U0874694

『雨花英烈史料』丛书

雨花英烈日记

2

◎雨花台烈士陵园管理局 编

南京出版传媒集团
南京出版社

图书在版编目（CIP）数据

雨花英烈日记. 2 / 雨花台烈士陵园管理局编. -- 南京：南京出版社, 2019.3

ISBN 978-7-5533-2529-3

Ⅰ. ①雨… Ⅱ. ①雨… Ⅲ. ①日记－作品集－中国－现代 Ⅳ. ①I266.5

中国版本图书馆CIP数据核字(2019)第039689号

丛 书 名：“雨花英烈史料”丛书
书　　名：雨花英烈日记 · 2
作　　者：雨花台烈士陵园管理局
出版发行：南京出版传媒集团
南 京 出 版 社

社址：南京市太平门街53号　　邮编：210016
网址：http://www.njcbs.cn　　电子信箱：njcbs1988@163.com
天猫1店：https://njcbcmjtts.tmall.com/　　天猫2店：https://nanjingchubanshets.tmall.com/
联系电话：025-83283893、83283864（营销）　025-83112257（编务）

出 版 人：项晓宁
出 品 人：卢海鸣
责任编辑：王松景
装帧设计：王　敏
责任印制：杨福彬

排　　版：南京新华丰制版有限公司
印　　刷：南京艺中印务有限公司
开　　本：787毫米×1092毫米　1/16
印　　张：21.25
字　　数：257千字
版　　次：2019年3月第1版
印　　次：2019年3月第1次印刷
书　　号：ISBN 978-7-5533-2529-3
定　　价：40.00元

天猫1店　　天猫2店

“雨花英烈史料”丛书
编委会

主　　任　张敬华

副 主 任　沈文祖　陈　勇

委　　员（按姓氏笔画为序）

卢海鸣　杨永清　项晓宁

赵永艳　彭振刚

丛书主编　陈　勇

本书工作组人员

选　　编　杨海龄

资料整理　邢　慷　叶雅慧

校　　注　岳　静　李　军　张婉颖

　　　　　　白　莹　顾　芗　濮小南

统　　筹　吴　伟　向媛华　王松景

编写说明

1.因作者文字水平各异，语言习惯不同，文章中有些词句略欠规范。为保持原貌，在不影响理解的前提下，对原文一般不做改动。

2. 文章中的错别字、通假字用［ ］表示。

3. 文章中作者本人的注释，用（ ）表示。

4. 文章中的缺字、漏字和编辑补充的内容用〈 〉表示。

5. 文章中无法辨认的字，用□表示。

6. 编者的注释以脚注方式表示。

7. 在一些日记原文中，“的”“地”“得”“底”“那”“哪”“他”“她”“它”“做”“作”不分，均未做改动。

8. 作者日记编号不清晰，编者在不改变原意基础上进行了重新编号。

9. 部分内容有删减。

总 序

雨花台，古称玛瑙岗，是坐落于南京城南的一处美丽山岗，也是自古以来为人吟咏的江南名胜。然而在新民主主义革命时期，这里却沦为阴森可怖的刑场，成为中国共产党人和爱国志士的集中殉难地，在此牺牲的烈士数以万计。

雨花英烈们牺牲时大多很年轻，许多人出身富裕家庭，受过良好教育。当他们救国救民的宏远理想与马克思主义所指引的科学路径、所昭示的光明前景不期而遇，伟大的信仰便在他们心底生根发芽，并在他们勇敢的革命实践中日渐坚固。他们在成长过程中、在革命历程中，曾写下了不少言语文字，包括遥寄思念的书信、记叙生活的日记、抒发情怀的诗词、陈说观点的文章。这些文字穿过腥风血雨、跌宕起伏的革命岁月留存至今，成为我们了解雨花英烈心路历程、提炼雨花英烈精神内涵的原始文献资料，虽历经岁月洗礼，更弥足打动人心。

2014年12月，习近平总书记在视察江苏时指出："在雨花台留下姓名的烈士就有1519名。他们的事迹展示了共产党人的崇高理想信念、高尚道德情操、为民牺牲的大无畏精神。要注意用好用活丰富的党史资源，使之成为激励人民不断开拓前进的强大精神力量。"为贯彻落实习近平总书记的重要讲话精神，充分挖掘和利用雨花台丰富的红色资源，大力传承和弘扬雨花英烈精神，南京市雨花台烈士陵园管理局组织专门力量，对关于雨花英烈们的原始文献资料进行了系统梳理和认真研究，汇编成了"雨花英烈史料"丛书，并由南京出版社出版发行。丛书包括雨花英烈家书、文集、诗词、日记等册，通过不同形式、不同体裁，还原了革命年代的历史画面和英雄人物的内心世界。丛书内容真实，条理清晰，是雨花英烈精神的厚重载体，也是思想政治教育的生动读本。

伟大的事业需要伟大的精神。在中国特色社会主义进入新时代的今天，更加需要我们回望来路，感受革命年代的信仰选择和生死抉择，终身坚守和实践入党时的誓言。雨花台是中国共产党人的精神高地和信仰殿堂，雨花英烈们的英雄事迹则生动诠释了中国共产党人的初心和使命。在新时代传承好、弘扬好雨花英烈精神，是我们义不容辞的政治责任。相信“雨花英烈史料”丛书的出版发行，能够不断丰富雨花英烈精神的深刻内涵，让红色文化焕发出更强的感召力，激励广大党员干部不忘初心、牢记使命，以更新的精神状态向着建设“强、富、美、高”新南京美好蓝图努力前进，以更大的责任担当为党和人民事业不懈奋斗。

前　言

在雨花台烈士纪念馆丰富的史料收藏中，革命烈士日记是极为珍贵的一个部分，具有很高的历史价值和思想启迪意义。这些日记大都产生于20世纪20年代初至40年代末，分别记载着雨花英烈们不同的人生阶段，真实而鲜活地反映了当时的社会背景以及他们的生活和内心世界。

在此前编辑出版《雨花英烈日记》的基础上，这次又整理出版《雨花英烈日记·2》，由于篇幅原因，《雨花英烈日记·2》编录的是吕惠生烈士日记。

吕惠生，安徽无为人，1942年加入中国共产党，抗日战争时期曾任皖中行政公署主任兼皖中人民抗日自卫军司令员，1945年11月牺牲于南京，牺牲后被誉为“党的优秀干部，皖江人民的领袖”。吕惠生烈士日记记载了其1943年至1945年带领皖江抗日根据地军民坚持敌后抗日和大力发展生产的经历。

日记记述的内容与当时革命斗争的进展、政治思潮的起伏以及社会背景的变迁都有紧密地联系。很多细节不仅是烈士生平的实录，也是复现烈士履历的极为重要依据，而涉及到的一些时代印记，也可以作为重大历史事件的佐证或补充。

值得一提的是，日记中还记载了吕惠生主持修建长江“黄丝滩大堤”的各类详细情况，包括工程计划、施工范围、材料经费等等，吕惠生领导抗日军民一边与日伪作战“反扫荡”，一边冒着战火修建大堤，共产党人带领人民坚持抗战和发展生产，“勤”和“廉”的本色通过日记记载跃然纸上。这座大堤，后被誉为“惠生堤”。

从烈士个体思想变化来说，通过吕惠生烈士日记，也可以看到烈士作为一个有血有肉的个人，他是如何在大时代的背景下思想一步步向着历史前进的方向靠拢。日记里的一些话语或平实、或慷慨，都是历史上的那一天烈士心底最真切地表达。

烈士的遗墨，是革命文化宝库中熠熠发光的宝贵财富和精神食粮。《雨花英烈日记·2》不仅为中国革命历史研究者提供了坚实的资料，也是对当代青年进行理想、情操教育的最生动的、最有说服力的素材。捧读《雨花英烈日记·2》，我们可以从吕惠生纯粹而真实的记述里读懂其不可磨灭的初心，感悟信仰的力量。先烈精神将永远激励我们为实现中华民族复兴的伟大事业而努力奋斗！

目　录

“大家应有的认识——私的世界与公的世界，社会之发展，旧社会之丑恶，新社会之来临，工人在新世界中的地位，工人的创造，革命中的工人，将来的工人。

我们对工人的看法及工人本身应有的努力与贡献——自尊自信，争取模范，力求进步，严守纪律（制度）。

普通应做的事——努力尽责，爱惜公物，团结友爱，服从指挥，做一个模范工作者、一位文化战线上的战士。”

吕惠生

吕惠生（1903—1945），又名惟俩，安徽无为人，中共党员。1922 年考入北京农业大学，毕业后从事教育工作。1939 年任《无为日报》社长兼主编。1940 年任仪征县抗日民主政府县长。1941 年 5 月任无为县抗日民主政府县长。1942 年加入中国共产党，任皖中行政公署主任。1943 年 10 月任皖中人民抗日自卫军司令员。1945 年 9 月随新四军第七师北撤时在芜湖被捕，解至南京，11 月牺牲。

1943.4.2—1943.12.29

1943 年 4 月 2 日

一、恍城区划天花乡给新民区领导，不划石嘴保。

二、尚礼区划龙吼双枫农村（即双枫乡），三保给恍城区。

三、新编乡前乡长周衡山账目未结。

新编乡副万连城与界碑保云坝村村长任宏发为公粮账目事纠缠。据闻万连城对公粮有移挪，每甲都未清楚，先是（约去年割稻时）五三团要各甲买两担米，每担一百元，万收用，

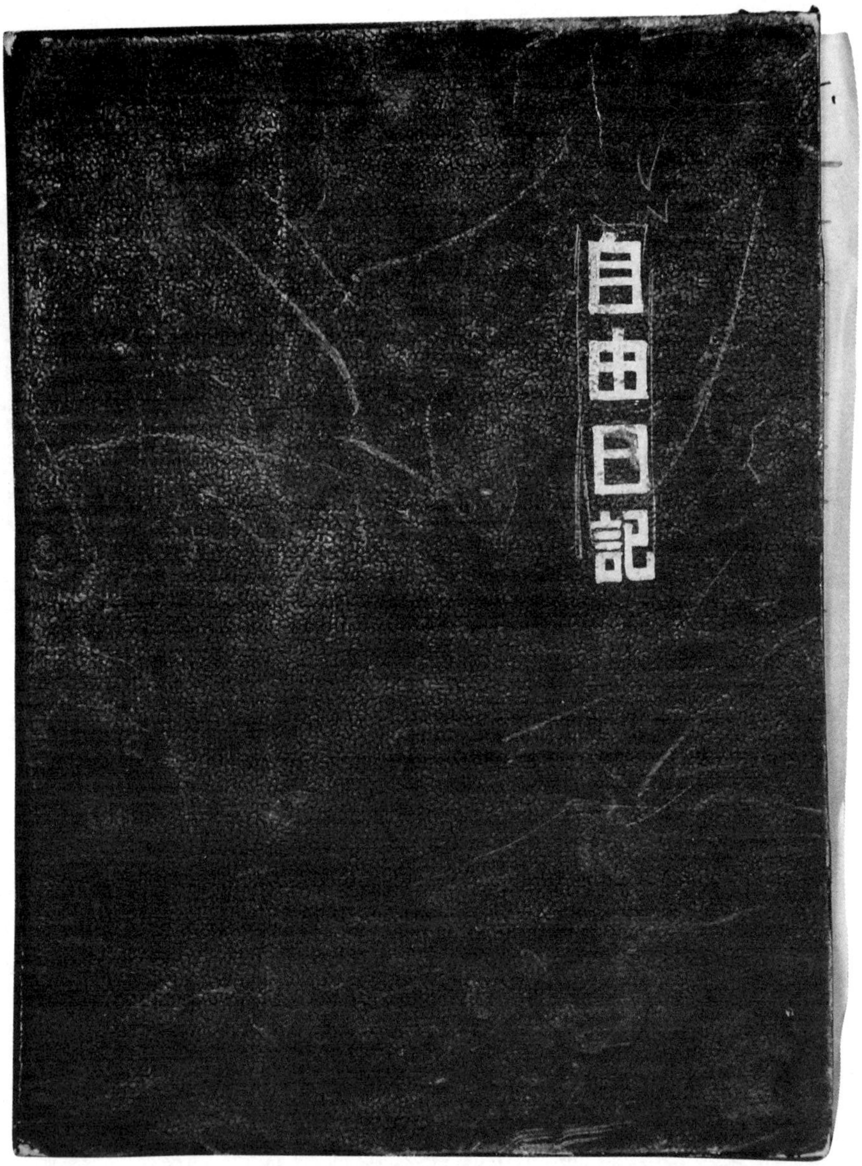

吕惠生日记封面

但各甲不卖，只愿预支公粮。这样卷混，不知如何呈报，大致有千斤米左右。

4月15日　二、三、八区情形

一、办事处

主任江干臣、秘书陈北林、民政科长刘国棣（不负责任）、文教科长胡今、财粮科长倪化黎、司法科长刘哲夫（积案不办）、保卫科长李德生，地点龙桥区叶家闸萧家大村了，武装八支枪。

二、各区政府

虹桥谢箨有与刘国棣共同运贩食盐十余担之事待查。

龙桥陈汉桢，原系乡付［副］，能力弱，有没有一千余元未报，分买用物之事。

高沟王文正尚积极工作。

白茆夏日畏尚好。

流泗周骏尚好，但小孩气习。

田桥李树声（铁锋）尚好。

斗沟蒋霞不能深入工作，前次还借款只分发乡长，致有许多未还的，如新临乡长周厚民、乡副侯坤。本利先不还，经查始还本，而利仍欠着。民人蒋顺和反映，侯坤警告他："我公家事，你别管，下回小心。"现侯在王家墩、蒋家墩一带，挨户坐吃。还有宋庙乡保长夏辉霞，七百元只还一百元，其余今仍在腰里（蒋兄少云做三官殿伪区长了）。

汤沟谭长发与李实不合宜。

三、米粮问题

农抗设立合作社统治粮食，每担收买卖费二十多元。

查登合粮时说，大家别急，查好分给大家吃。故多米之户，咸尽量卖去。现在三区民间存粮甚少，缺粮恐慌，至为严重。粮食除农抗准许外，不准通行。以村保村、户保户之办法施行，有洲上妇女在圩内（斗沟）买米五升，也不准行，妇女哭。最近农抗有抢粮均粮之空气，如此运动者，多半是赌徒地痞。

四、闷湖

筑埂委员徐志谦，不懂工程，又不努力，致其埂取土太近，未照原线，埂身太小而松（三尺高者，三丈脚，二丈五尺五头；五尺高者，三丈五尺脚，二丈二尺五头）。现经倪科长、彭副局长尚完，将埂抻脚三尺，加夯坚做，约即可竣工。

地价尚未全清，已垦约十之八。

圩务主任萧炳南，住萧家楼，付［副］主任何汉陶，督工委员王文正、彭尚完。

缺口（龙桥区）地约千亩，沙占六七百亩，官业只有二三百亩，每亩能收羁脚四五百元，开否结存。

五、相商之事

1. 财粮合并暂不适宜。2. 铜繁与临江合并不适宜，尤其经济上制度不协调。3. 黑沙洲撤回，作为同情区，反使我力退缩，伪力伸张（现伪乡长已产生）。4. 五洲乡外滩约四五十亩，农抗分子要伐林开垦，现已决定归原户承领。5. 白茆区赌风炽，谓做统战工作。

六、徐盾，精简时排队，指名脱衣，对己不满者去。

七、郏子侯侄子之款不知还否。

八、叶家丧费五千元，查给。

九、王绍宸二十亩地，纠纷解决，价款查，郑启书强占地头不让，王金无法，郑说曾勉答应他了。

4月19日

自三月十七日，敌人开始对根据地扫荡以来，忽已过去一个月了。扫荡是二十五日终止的，一共九天，计算起来，我军事无损失，唯参议会及水利会负责人陈可亭、叶玑珩两先生殉难，为最大损失。此外，经济损失亦可观，此外则干部与群众减低了信心耳。

我在扫荡前头病复发，先赴严桥医病，乃在包围线外，故未大吃苦，家眷亦然。

至今日止，民心仍未安定，是一大忧，马上要想特别法子才行。这一向东跑西跑，不成事体，如何使民心镇定呢?

前次赴湖东，突然脑筋昏瞶，不能言语，又像以前在路东时一样，因而生趣更低落，吸烟已化［花］去不少钱，如何得了，但病况如此，奈何。近来夜里事多，不能熟睡，苦痛至极，早不能起，尤于卫生不利，最近绝对要改的。

做日记的功夫，我曾大有成绩，不知为何中断。自今日起，以后每日必记，借以检省过失，日常琐务不记入，单写思想与行为可矣。

今午何伟同志来晤，蔼然可亲，大可师范。我作函诤曾政委，但尚未敢即投去，为真正爱护首长计，必投去。反正我无其他，成则于事有益，不成我亦何所计耶。

4月21日

今天开了财经会议，着重解决粮食问题及民间米荒问题。曩年破坝，饿死人之事，恒不多，今乃并不十分荒欠，竟至饿死人了，其原因在于管理之不善，以致粮食冻结，此实政治上之失败也，愧之。若不立即设法挽救，前途将有不堪。

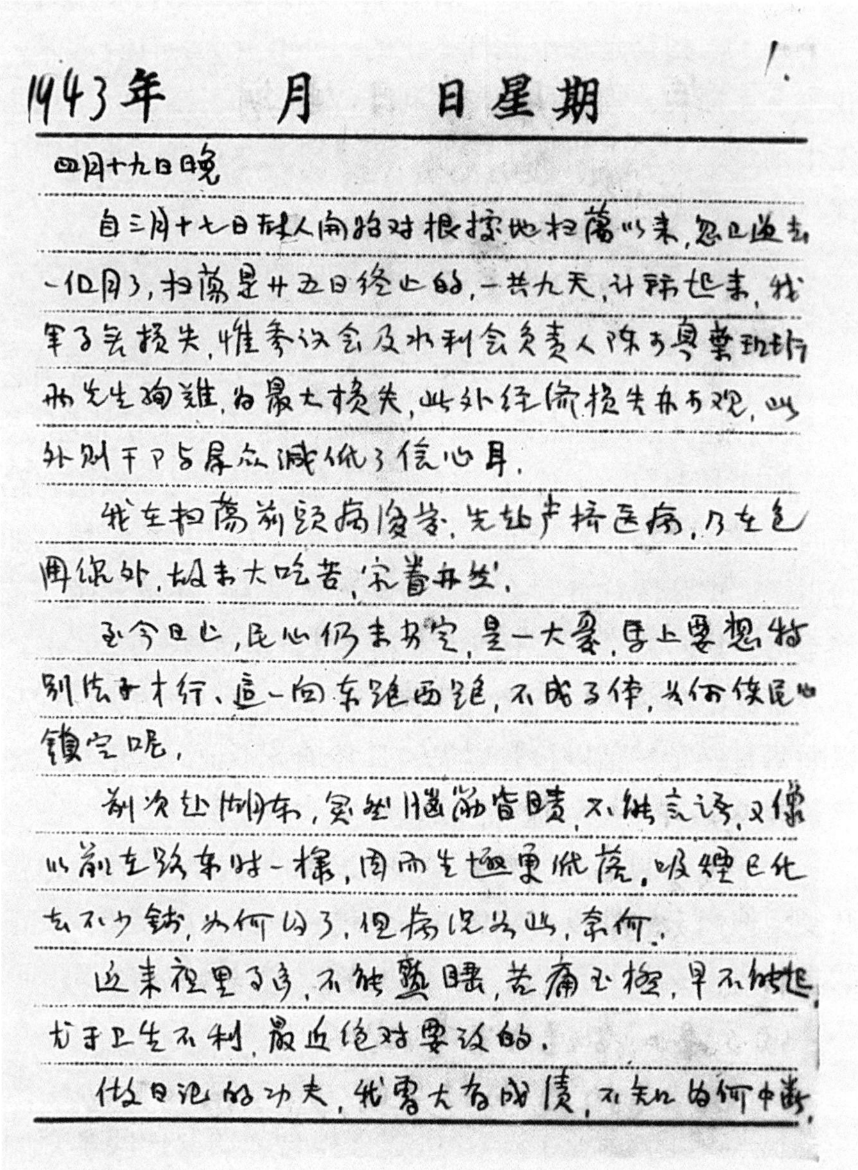

1943年 月 日星期

四月十九日晚

吕惠生日记手稿

传来自家中来，道伊家庭生活之困苦，今始知生计之艰难也，吾为之心酸。自思日常生活，仍似过奢，如不速改，必遭大祸。

特务员们晚间抹纸牌，虽云借以守夜，而非赌博，但总非好事。我自思或与我吸烟有关联，所谓上梁不正下梁歪也，我何能再荒唐，以自损威信与人格耶。今早即赴牌楼散发赈款，说了些话，午后开会时间过长，因而登时头昏脑晕，不得不退席。这一年来，我之身体多病，工作情绪大为减低，两下互为因果，造成政治上之无能。与我自身信用之降落，诚可叹矣。但愿易职，以求兢兢业业，尽我所能，绝不妄求地位增高多给自家以苦恼。家庭方面，亦当力求节约，以为公家省却消耗。食米每担达千元，生活岂易事哉。无知无识者，人在福中不知福，所弗知也。这一月来因犯病耗费特多，细检实不自容，有昔年剩余衣料卖去，可得一二千元，足资称补。挪用公款，心有不安。

近一年来，我之意念中，突时有“死”之印［阴］影，自思不知其何来。一切功名利禄之心，我早无有，唯常料之，假如死去，我之老妻与幼子，将何以堪？至于革命之业，我惜太无修养，亦只能鞠躬尽瘁，死而后已，我不敢有若何事业成功之奢望。昔江忠源与国藩初晤面，观其亢爽节烈，乃曰此人往后恐将殉节死。嗣果因被围，自刎于安庆。人有人格，党有党德，吾人视性命不如格德之贵重，此非与初生之犊所可语矣。历代朝政日非，乃为覆破之征。今各事每多离奇，坐视无法挽治，岂亦曰政事日非耶。太息太息，闻恺帆、君武、明布、尚鲁民之过失，此举不仅挽回民心一部分，或亦吾政之曙光欤。然出之与我，则又责难多多矣。

4 月 25 日（自我述评）

一、无城概览

无为城本是一个交通便利的地方，东至芜湖百余里，南至长江四五十里，物产丰饶，生活极易，亦且舒适，然风气殊闭塞，文教不开通，在五属中为最落后的县份，地方封建势力极雄厚，以伐［阀］阅把持公事，盖由来久矣，城区之林、卢、西乡丁、北乡郗、东乡李刘，均称土霸王。民八九年后，地方无日不在斗争激烈中，新派欲起而代之也。先有金稚石、卢仲农、倪仲坦、朱子帆、胡竺冰等，次则我亦称为健者，均各树一帜。新派中首称卢氏，后则胡吕。

二、我之幼年

一个家庭，也正如一切万物，有他的少壮老死。从老死的家庭，又产生出少壮的来。我还记得，我家在无城北门官巷住的时候，父母都在壮年，我们兄弟姐妹四个，都在幼年，五间茅屋前面一块空地，一块菜园，左手一棵大梧桐树。家里间或雇一女工，一切皆自操作。母亲是特别唯一的忙手了。一家和和气气，非常有秩序。屋内每逢年节下，都写着新的联语，如“志士不嫌茅屋小，英雄总是布衣多”“组织仁义，琢磨道德”等等。当时父亲不问公事，但算地方公团上一个清流派罢了。大哥兰生在芜湖皖江中学肄业，二哥芝生在县里高小读书，我小姐妹两个，在米公祠初小破蒙。每当寒暑假，家里高谈阔论，书声、歌声、嘻［嬉］笑声，不绝于耳。可算是极快乐、极有希望，而且与众不同的家庭。

家里收入很有限，祖遗田只有十八亩，其他便是母亲自娘家带来的，可以说整个家庭都是外祖父的赐予。父亲是行三，自幼读书勤奋，廿多岁才中了秀才，以后参加府试，落第乃止。

他老人家思想并不那样愚［迂］腐，对于世之所谓荣华富贵，视之淡然，待人接物，甚宽厚平易，一天到晚，任凭怎样穷困窘迫，都不改其笑嘻嘻的面容，他终身未做过抓强骗赖的勾当。家里纵然穷到没饭吃，宁愿典质衣物，不肯向他人低首乞怜也。母亲的娘家，江氏，是含山运漕的富家。外祖汝愚公，只有一位舅父，早殁，家产为亲房所夺，外祖气阻而死。母亲原系富家女，陡然过我家那样苦日月，至难堪也。大哥兰生，自幼雄悍彪勇，英气勃勃，他人无不称为虎男，父母亦以大器视之，钟爱过于寻常。可惜以后专事好大喜功，不学无术。父亲与彼在家吵闹，将母亲气闷成疾时，曾谥之曰：贪纵骄横，殆非过也，或曰即人们殊视之之果也。二哥芝生，性柔而富理智，但壮年以后，升官发财之念极笃，殆亦旧世界中平凡之一人耳。然其文学、字学甚精，在中央军为幕友，固不下于他人。姐一，适齐氏，自幼少教育，见解狭隘，不贤，故姐妹间无往来。次则我矣，为最幼之子，父母钟爱，平生未尝受过打骂。自我出世，家庭境遇即渐佳。我岳家相助甚多。我度苦日月不如诸兄之甚也。

父亲是个穷秀才，家是个穷家，但兄弟三人，英资［姿］勃发，有吕氏三杰之称。父嗜酒，交游极广，终年忙于排难解纷，以故好人之声远播，人咸敬爱。富家沈氏，因被欺凌，移居城内，求以五女为我妻，父母许之，时我年才八岁。以女给穷家子，出乎一般见解之外。岳母曰，我但有佳婿，何愁其贫。今日视之，此老殆有特识矣。

我自破蒙即在学校读书，六岁起直至廿四岁。小学时代，极顽皮，不用功，但每逢考试，辄列前茅，昂然傲然，颇觉自大。张春帆、林调青诸师曾曰：“此子将来必不同凡响也。”

某年，军阀混战，倪嗣冲为安徽督军，停学办团。小学关闭，因入任先生私塾，只一月，我与先生吵闹歇掉，父亲亦未深责。其时，先生出联曰“春雨润花”。我对以“秋风枯草”。先生以对得工顺，喜告于父。父大为不怿，且曰：“此子后必好杀人矣。”因屡以处世宽宏之道相勉。我自入社会以来，做不欺人不害人的自克功夫甚久，秉父训也。

中学时代，习学农业，此与周佛航先生的教训有关。周系参加孙中山第一次革命之一人，与黄克强、柏熊武等同谋起事。其人有血性善言语，对中山先生的三民主义建国方略知悉尤详。平时在小学的课堂上鼓吹革命，提倡实业救国，学生无不动容，我更印象极深，是以入中等农校也。当时办学校者，如办厘金，校内腐败，真害死人。我算是学生中的优秀了，自以为多大多粗，殆投考东南大学，竟举笔无措，名落孙山之外。校中有同班钟诗杰者，克［刻］苦励志，为我至［挚］友，得益于彼甚大。嗣钟亦入北京农大，亦助我甚多，但卒业后，彼成俗子，专竞荣利，拍上一个李烈钧，遂做起分赃的买卖，迄恐仍在官位，与我早已绝交了。我十岁左右，即读三国及各种野史，父尝酌酒论前人事，掌故特多，我今略知一二，殆由于此。

中学卒业（民国十年）之夏，我投考东大，落第回家，极其羞恼，固发右额头痛之疾，至今未愈，父尝笑曰：“没有失败，即没有成功，这样年青，何必着急。”我研读愈勤奋。此一年中，进步颇大。次年不敢到南京，径赴北京投考国立农业专校。衣不解带者两月，以能强记幸获录取。彼时，国立大学，内容虽腐，而宫墙万仞，殊不易入，取生百五十名。投考生有两千四五百之多，其难可知矣。有人曰，国立大学，入学考试与毕业考试一次举行，言入学难而卒业易也。我入学后，攻习殊勤，惜不得方法，无有特殊心得。是年冬季，父病危，家中以电招我，奔回，父已逝去七日了。忆是年夏，我止预备北行投考时，天晚甚热，父命我取竹簟茶具，至后园纳凉，其容似极倦，突谓我曰："有熊先生明早赴汉口，你可随去，但今冬定要回来。"我诺诺。讵料竟以此为我父子的永诀语。父晚年，心身愉快，体气极旺，处世为人，更磊落不同凡众，尝自结茅屋江边，躬耕洲地卅亩，饮酒赋诗，不与人竞，邻里戚党，无不爱悦，何期一病竟至不起耶。其时大哥在家吵闹不休，殆亦老人伤心之一事欤。酒饮更多，故伤之。

忽忽五年，我卒业于农大。五年中，娶亲授室皆吾母之支持。初，我的家庭观念甚薄弱，与自芳感情亦平平。所学纯系书本字句，可谓完全不通世故，以所受教育皆是庸俗的，心中但有庸俗的妄想——如何取官职、发洋财、买田置地以求自己的快乐而已。毕业之年，眼前漆黑，入了社会，不知从何下脚。曾小心在意，投谒许叔玑先生（他是中国农业界大佬，农林部师长），其家门甚阔绰，见过两次无成功，第三次则拒绝不面矣，鼠窜愧赧而归，告之大哥，反受一场教训。大哥此时在京兆冯玉祥部下任财政专员，颇得法，取妾，高门大户，所耗甚繁，俨然京官中之得时者也。冬日有大火炉，正屋三间相通，日夜和暖，我独居下屋，无火温，夜间寒冷透骨，尝一夜不回热，鼻气使被沿结冰焉。住两月，兄嫂有厌意，谋事又无成，只得由海道归里。于忧患中，始渐知社会之黑暗，平生只习科学，自是才开始看社会科学书。为首一书，乃《三民主义》。彼时正值第一次国共合作，孙中山北上，党人大活跃。《三民主义》论民族篇中，其精彩之处，使我流泪，盖我是纯洁书生，感情丰富，民族意识，最易唤起也。遂由黄人祥、卢光娄两人介绍入国民党。黄，六安人，系共产党员，后在苏州被害；卢，本县人，亦共产党员，贺叶发难时，在赴江西途中遇害。故我当时所入小组，实系共产党小组，然我幼稚至极，全然不知，党中有国共之分，亦全无知也。忆光娄与我谈及无产阶级专政一节，我甚不谓然曰：有产阶级专政以压迫无产阶级，固一大不平也，今若反而行之，岂不还存在一个不平么？他当时并未用大道理为我明解，可知所学尚浅，以后我看书研究，始悉专政是革命过程中所绝不可少的，乃系一种手段，非目的也，待其成功，根本消灭了阶级，则专政随之取消矣。

5月5日

张——

1. 此次扫荡性质：或系清乡性，或系声东击西，但为较长期性。

2. 我们一定要长期坚持工作，尤其经济工作，不可稍停，三八区突击赋税。

3. 工作人员不能因埋伏而不做事，通令下级，全权处理，坚持信心。

4. 保长之教育加强。

5. 行政指挥中心并分派他区工作督查。

叶——

1. 在政治方面，防止群众情绪低落。

2. 经济工作（特税，上忙）以三八区为中心。

3. 经济制度，设可以通融之办法。

傅——

1. 政治上照计划，督其实现。

2. 此次扫荡与前不同，但前后有联系，前次办法失败，故转变了方法。

3. 其方法:（1）依据点出兵，增援快，调我主力，进行缓慢。（2）调查路线粮食。（3）主力最后出来，与我作战。（4）各据点埋伏出击。（5）证明前次方法失败，故改变，以后还要改变，因我有改变。（6）主要的是反复扫荡，但带清乡性的是造成条件。（7）前次扫荡后有一月余，今后将更迅速，或将连续扫荡，分两批进行。（8）如不占领何地，为最可恶，此盖造政治阴谋，较前厉害。

4. 我此次大进步：（1）我死伤少、敌大，我能迅速分散，与民兵配合的好（主力民兵化）。（2）到处是我兵力，到处无主力。（3）初次还嫌给敌杀伤少了。（4）党政方面有进步，这次无停止工作者。

5. 布置长期反扫荡非常必要：（1）鼓楼为中心，此地群众情绪不高，不跑反，此地有六连。（2）户——牌——南岳——大任山，八连。（3）南岳为中心，南庄，九连。（4）南苏——三中队。（5）新民——团教队。（6）石——以东，七连（曾）。（7）大山岭，盛，四连。（8）高林——游一中队。（9）周围都有兵力，借以坚持，支持政工。（10）我的四地点: ①新——余家段；②邵家岗——南苏，闻鸡；③南岳殿（陆家庄）；④万家（姚庄边）。

6. 指示政府：（1）加强民兵，提高情绪，锻炼群众斗争。①乡保长不脱离军队，随时布置协助，奖励；②发动民兵大军，配合部队行动，但并非打仗；③军队帮助春耕；④短期的总结，好的奖励；⑤乡保在任何时不间断工作。（2）经济问题重要。

6月7日　米麦价格评议的调查会

日期：6月7日下午7时

地点：新编乡方家坝子

出席：何杰，新编乡行政委员，负粮赋责任。住方家坝村蒋家小庄，廿二〈岁〉，佃田十三亩六分，六口〈人〉，家计将就维持，无副业。

文平：土地滩村，行政委员，廿八〈岁〉，十六口〈人〉，做田三十二亩四分，皆自家的。

任宏法：方家坝村长，五十五〈岁〉，自田地五十亩，九口〈人〉，雇工三人，共十二口〈人〉。

印道苗：副村长，四十四〈岁〉，自田地三亩六，人田三亩三，四口〈人〉，尚可维持。

任克犹：方家坝，五十〈岁〉，自田地十二亩四，人田九亩五，八口〈人〉。

任克胜：方家坝，农抗小组长，廿四〈岁〉，自及人田地九亩五分，四口人。

任克玉：方家坝，模范队班长，廿七岁，七亩多田地，五口人。

吕栋臣：土地滩，六十七〈岁〉，人田三亩五分，二口人。

吕锦元：土地滩，五十岁，自田十亩九分半，五口人。

吕家宏：土地滩，三十三〈岁〉，自田地十三亩六分，佃田地十二亩，五口〈人〉，雇二个半人。

吕庆如：土地滩，六十一岁，一亩六分地，一口人。

吕惟银：土地滩，三十岁，佃田地十亩五分，五口人。

〈讨论问题：〉

一、大米和面粉在食用上那［哪］个好些?

1. 何杰：米当然比面好。吃米便利些。军队有移动，尤便利。面手续多。吃面动火多了伤人。面多费油盐，煮饭则不要。

2. 文平：同意何杰，吃米便利。饭固然要菜，但菜少，而吃面整锅的下油盐，不经济得多，且手续太繁。军政人员若整个吃面，恐不行。小麦作烧的，恐生厌。

3. 任宏法：何、文两先生说得极对，米当然好得多，但这是政府体恤老百姓，才这样办的，甚好。

4. 印道苗：公粮被百姓吃了，现交面是政府恩德，老百姓无人不知道。

5. 任克犹：同意上说。

6. 任克胜：米经饿些，面不经饿。

7. 任克玉：年头不好，鬼子又抢，故逼得不能不吃麦了。

8. 吕栋臣：要求政府体恤百姓，以麦代米，价格须平。百姓自己亦须问天良，赶紧搞。

9. 吕锦元：以上都同意，但全给麦，多了吃不来，故还要想点办法，能挤米者，当挤出来。完全给麦是对不起政府和军队。

10. 吕家宏：同意上说。

11. 吕庆如：只是在价格相当的上面来商量，好在政府〈是〉爱民如子的。

12. 吕惟银：附议。

总结：（1）米在习惯上好，养人的，便利，不多花费。

（2）麦不愿吃，作大气的，费油盐、耽工、不便利。（3）米的确比麦好。

二、米和麦面之比值及应该的兑换法

1. 何杰：米每担 800 元（135 斤）——市价；麦每担 650 元（125 斤）；面每担 1000 元（160 斤）零卖的，950 元（100 斤）兑买的。一斗麦（中上等的）磨成 10 斤面（面坊）家内磨的约得七折，因为：坊内磨七次，家内至多磨两次。吃起来一斗麦只能抵八升米吃。如果是面，则经吃多了。一升米一人能吃掉，一斤面一人则吃不掉，面比米经吃。但米经饿，面不经饿。究竟米与面兑换是否可以呢？面应打折头，〈如〉上面说：一斗麦抵八升米吃，若是面呢，则十斤面抵九斤米吃，应打九折。今天有人来要公粮，是以七五折取麦，即是十斤麦等于七斤半米，似嫌折头太大了。

2. 文平：上说，一人吃一升米可以，吃一斤面不行。这是因为有水在里面的关系。若吃干的，则一斤面能吃下去，故九斤米换十斤面，可以的。

3. 任宏法：收面不可能，还是收麦，由公家搁在面坊去做，百姓交面，恐太坏，麦较米八折计算。

4. 何杰：但我意，百姓交麦给面坊，得面再交政府，比较手续简便。

5. 印道苗：百姓自己给面，自己做得不好，不能吃，还是交面坊做。

6. 吕锦元：一斗麦只换八斤面（在面坊），而一斗米则十三斤半，两下折头（面算九折只剩七十二斤），百姓吃亏太大。百姓若自做，还可落点麦麸，又可多得面，不然反映怕不好的。

7. 吕庆如：两不吃亏，很难。如百姓太讨便宜，下回人家都引以为例，迟迟不交了。

8. 印道苗：一百斤麦换七十斤米，同时一斤面换一斤米，这有鼓励出面的用意。但面多了，吃不掉呢？故要有计划，则麦七折，百姓吃亏了。

9. 吕锦元：如上换法，在价格上百姓吃亏；在食用上，政府吃亏。

10. 吕庆如：如皆要麦，则应照七五折。政府要面者，倘若给麦，则应七折。

结论：（1）尽量还是要米，必须真正贫苦无米者，方准用麦代替。（2）100 斤麦等于 75 斤米。（3）100 斤麦等于 70 斤米。（4）旧法秤一斤（十八两）面等于 1 斤米。（5）一斤面等于一斤米。

以上调查会，约经两小时，其程序：（1）宣布开会意旨及漫谈形式；（2）顺次个别发言；（3）初步检讨，初步结论；（4）休息散会（大家不拘形式畅谈，相互交换意见，共商适当之结论）；（5）正式讨论结论；（6）开会完毕（会外漫谈）。

开会时供给些茶水、黄烟，大家都能畅所欲言，会场空气非常活泼。开始必须逐一发言者，使到会人无论其善于言与不善言，均有发言机会，乃不觉寡落无兴趣。中间必须休息一时者，使不为会场形式所拘，大家更能倾吐一切，而于折中商酌之间，得出同一的正确的结论也。

6 月 10 日

严家桥行户问题的调查会

1. 出席人：蒋伯群、黄少山、万鹤林、任松斋、蒋振岳、刘希本、翟厚兴、胡德之、夏云。

2. 各人发言：

万——此镇上普通站街者，愚弄乡民，盐市亦然。

胡——站街头的角色，每日吃茶在街上，遇农人卖物，先以大价告之，且令等至很迟，乃另人说此价太贵，压之，至低价，买之，转卖高价于人。

万——去年巢县王哲夫在盐市串走盐一担多,不知下落。

大家——盐市的秤不平允，在人行事，乡下人吃亏，一担盐将讹二三斤。

夏——此镇一切皆有行。

任——盐米行、鬼市、压买。

蒋伯——一周散漫无道理，一周滥发行牒。

夏——家数多，不统一，价格不平衡。望货行真讨厌，几等于日敲竹杠。

伯——要有组织的长久统一起来，还是民办，而有其敲诈之部分，分合问题甚严重。好办法是：总［综］合各行，成立委员会，内容为行，而加以正视。合格之鉴定，由政府负责。

任——行太易，而赚钱太多，若使不易而赚钱少，则可行了。

本日结果：

1. 大家都赞成组织委员会，予以统制。

2. 推夏云等为起草员，将办法拟草呈核。

部署：

南苏——开、襄（间），横、塔（间）方向侦警，各建游。队数 60—108。

新民——县、分、横游小组（不脱产）。队数60。

各区枪保证不提去，民军情形两方报告，每年每区1000双鞋，经费区预算呈支。

6月14日

无为县政府陆县长补行就职召开全县人士大会讲演

两年零一个月之检讨：

一、在人的方面

因为有此政府，团结大众，维系了人心，好的不失望，坏的知所警惕。

二、在事的方面

因为有此政府，与军队、人民合作，控制国家土地，保护人民。至今还有敌人在境内，而我们的力量还欠缺，保护不够周到，利益还未大。

因此，我们必须继续努力，改弦更张。

一、由于个人身体精力不够。

二、由于工作发展中必然之分工，故有今之改变。适应改变，于事有利的，是将去其不善，增加其善，而不是翻板的，因为不是个人政治利益与安全，宣传组织训练了千百万民众，为国家与自己做了不少事情。

三、这些成绩是

1. 得亏了新四军；2. 得亏了全地区民众，尤其是各位士绅及代表；3. 得亏了全体工作人员，尤其是陆秘书。

四、工作做得不够的，以及缺点很多很多：人的方面，首先见面嫌少，帮助亦少。

我们的目标：

一、抗战胜利，把敌驱出中国

二、建国成功

1. 军事上足以捍卫国家；2. 经济上人民生活繁荣；3. 文化上大家进步，能改进生活；4. 尤其是政治上，是自由平等的法治的国家。

三、所谓法治

1. 不赖人治；2. 建［健］全法律制度，同立同守；3. 唯法治才是天下为公。

我们已做到的法治：1. 私人退进，于政策无变动；2. 退者进者，均无得失之心；3. 陆县长的将来成绩一定好。

7 月 1 日　临河、临湖、西董三圩开挖山河总结

1. 生工——自包家神墩至伍家油坊三里，伍家油坊至西梢三里——雾龙山，自仁泉山至夏步山七里——鸟观山，自仁泉山至宋河圩二里——罗山，共四段十五里，河宽一丈，深五尺（三百六十方一里，每方五尺），共计六千七百五十方土（两个工一方土）。

2. 平工——自杨家桥至桥形梗长十四里，平均约加宽五尺，高一尺（有缺合在内），约一千二百六十方土（三个工一方土）。生工动员约一万三千五百个工，平工动员约三千七百八十个工，共 17280 个工。

3. 生平两工，挑四十五天，每天 384 的工，按亩摊派，东食（每工米一升半，囊斗）。佃工，偿挖压价每亩二元，全是东家担负。

4. 挖压——四段共约田十七亩，每亩偿洋五百元（已

办过）。

5. 收费——照起六万元，现征三万元。

6. 田数——三圩号称五万七千田，现在只有三万田当差。

7. 均伕——进行中止，应速办（因兵荒）。

8. 东方祈雨山一段，不可开，因与外圩十三连有害，其他西南（乌观，罗山），西北（雾龙山）皆开，未开的是西梢外的西岗子。

9. 西岗子长约三里，自佘家沟老达白湖，应开宽一丈五尺，深一丈五尺至二丈，共约需12150方土。照三个工一方计，约需36750个工。

10. 港田三千亩，应出双工，出六千工，余由内圩公摊，港田先受益。

11. 挖压废田，将有三十亩之谱，应全由受益田亩摊派。

12. 令关河临泉两水利工程委员会，赵彬如，陈善夫，现在一方面结束，一方面准备开西岗，次则均伕必办好。

槐林区肇河之研究：

1. 白湖在南，其流出乎黄姑闸襄安凤凰颈、无为及仓头至运漕，计二百四十里。2. 巢湖在北，经东关淋头盖洛河至运漕七十里，达白湖一百四十里。3. 白湖至巢湖之间（淋家集），长不到十里。4. 如开通，白湖水面高，将一放而尽，内圩三百六十圩受益，伕子六千。5. 以凤凰颈双碴为入水防旱之道。6. 巢湖增水量（这边一丈高，那边五寸高）。7. 传说曹操以军挖开未成，度系便利军事，进攻东吴也。

7月2日

皖中水利会委员：吕惠生、郏子侯、徐冬荣（总）、齐丹九（工）、丁汉杰（动）、陈四箴、万鹤林、李祝三、许移山、金笑侬、潘伯诚、叶符青、熊济众共十三人。

皖中参议会驻会参议员：金稚石、周新武、后奕斋、胡治平、刘芳、方琦德、陈四箴、陈建钧、章幸之、王试之、胡厚培、李祝三、许移山、连故、陈万亭，共十五人。

皖中行政委员会委员：吕惠生、张恺帆（代禹子畅）、唐晓光、陆学斌、倪子干、倪则耕、张君武、章啸衡、金笑侬、徐冬荣、连故、叶玑珩，共计十一人。增加何伟、叶进明二人。

查田委员会：傅秋涛、李步新、周新武、金笑侬、徐冬荣、叶进明、蔡辉、陆学斌、张世荣、倪子干、黄若萍、吕惠生、张恺帆，计十三人。

新民 6 乡，田 4.1 万〈亩〉；南苏 12 乡，〈田〉6.0〈万亩〉；银并 7 乡，〈田〉4.6〈万亩〉；恍城 10 乡、镇，〈田〉7.0〈万亩〉；石涧 10 乡、镇，〈田〉11.5〈万亩〉；〈共〉33.2 万亩。七月份中心工作为查田。

7 月 4 日

吾年四十多，而无成就，性情乖张，苦极了，竟无一人知心者。一切假来假去，何来此种鬼生活耶。古人云：三缄其口，多言多败。吾本直爽痛快，无所欺于人，无所愧于心之粗汉，处现之局，动遭忌嫉，将来何以自存耶。少说话，多做事，后当勉之。

人之意识上对我的侮辱，我最难堪，最不能接受。他人动辄自以为完人了，而曰，某尚有革命性多少；某人做事，暂时利用；某可给些经济上之满足以豢养之；某不能刻苦等等，我最痛恨，实乃无知幼稚可笑也。我自问良心，生来未做亏心事，生来不善阿谀逢迎人，今日尚来这一套吗？宁死亦不能失却生平的几根穷骨头。白话有云：千秋万世名，寂寞身后事。我固无此自私心，然如现在朝三暮四，毫不讲一点忠厚的样子，我不敢参入，我无此精神应付也。

作文各有其心苗，乃不加深思，拿笔就画，俗气满纸，而不自觉。我实不以为然。我亦此荒唐错误否？联挽陈叶及诸烈士曰：八千里路江山，尚共策同筹，收拾平章臻上理；四万兆民意志，看磨金炼铁，开张挞伐靖群妖。行政公署其下款也。

7月13日

1. 有押板的佃户，增加0.5，无押板的佃户，减少0.25。但有押板的东家，大部是较大的东家。无押板的东家，大部是小地主。故大东家加了5数，小地主却减少了0.25数，以年月比较，小地主吃了亏。

2. 敌区封锁——租稻，柴。县级办理，发证据。

3. 本年秋收方针：（1）在根据地内，以对自然作斗争为最重要，这样可以改善生活，团结人民。（2）民众生活改善了，但还是执行二五减。（3）今年评年成，必须正确公平。（4）保证政府二五减法令完全的执行。（5）最后只有凭事实来证明（看割）。（6）边区可以用让租口号，少减亦可。（7）中小地区的押板与无押板者，照旧。

4. 评租会：（1）评委会的组织问题，不是重大问题，而是基本上在于党的政策之决定与领导方针之决定。（2）评会仍保留，不取消，乡调会解决。

5.〈内部〉斗争：（1）不能说完全没有，〈但〉不能制造。

（2）采取合法手段。

6. 群众组织

7. 党政军怎样帮助：（1）组织将改善。（2）初期流氓无产阶级有作用，应加教育，他们并不完全是坏事之由。（3）掌握骨干。

8. 团结号召——东佃之间，农抗会与地主〈之间〉。

9. 生产问题——拟办法。

10. 口号：（1）近敌区——武装保卫秋收。（2）近顽区——武装保卫秋收，自卫斗争，发动民兵。（3）发动军粮。（4）公务员每人帮助24小时。

11. 注意：（1）防止左右倾。（2）汉奸及逃亡地主的租利——办法。（3）城里开各点，准酌运租稻。

7月14日

赴临江事务

1. 银租问题；2. 子弹问题；3. 人员安置问题；4. 黄丝滩工程检查；5. 参议会提案；6. 治水；7. 农抗问题；8. 送礼舍去；9. 王之出席；10. 高沟区杀人案；11. 复凝东方埂陈少乐问题；12. 石板洲水利案；13. 陈一新全安；14. 干部调含和（财政）；15. 统计材料；16. 杨长云请求津贴之件。

7月15日

黄丝滩

土工：加高——低六尺、高八尺。加宽——埂头：二丈二尺。长——共一百四五十丈。无为：九十多丈；和州：四五十丈（三分之一）；需款：全额约一百万元（全无）；无为田一万亩（每亩十元以上），和州（照三分之一）。

六四乡口号乡，实纳赋，应照口号乡更正。

临江行政办事处张主任君武就职礼讲演词

1. 临江办事处成主之原因及经过——一切服从于战斗胜利。

2. 张主任的来临——为事择人。

3. 典礼之意义——提倡信义，大公无私。

4. 我们还不够的——法制体裁，法制精神。

5. 我们要做到的——真正民主，天下为公。

6. 抗建需要真正的民主才能成功。

7. 我们现正做到的：（1）人换了，政策不换——不以人废政。（2）人换，公务照常进行——不以人废事。（3）是义务，不是权利；是责任，不是快乐，更不是差事。（4）割除天下为家，而为天下为公。

8. 他们（张主任及办事人）前途一定胜利。

7月16日

1. 本年借米、借稻，必须归还。

2. 汤沟区三番谭长发、吴佩龙两组，谭有徒数千，吴较少。

3. 春间在新板桥（窑湾乡）有金大盛、鲁小毛子两人被杀，夜间突然在家中打死，来人携有枪。

唐家湾内沙柳圩，一名三毫伕，180田，但自新沟下至唐家湾，系家务埂，归廿四圩担负。黄丝滩自闸上（蔡家甽）起至新沟为止，按廿四圩，约有田二万多。（计伕），家务埂即私埂（见下页图）。

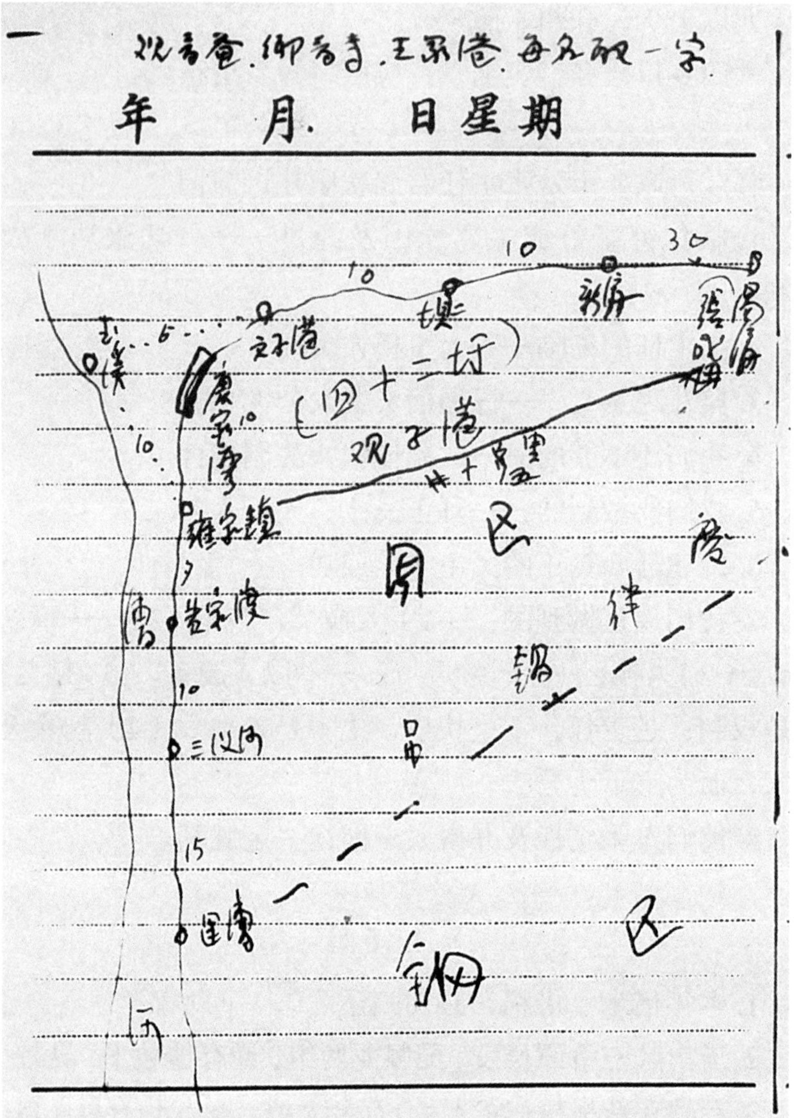

唐家湾内沙柳圩

1. 江南司法繁剧。2. 无南亦繁。3. 人员少。4. 黄丝滩退建。5. 保安工作，县级与行署脱节。6. 盐行多收佣金问题。7. 货控李超成（二区资发主任），强收长磐价格四十多万。8. 行的问题。9. 春季收获物与下［夏］季收获量争执问题（小麦吃得笑，吃得田中稻）。10. 年成即是收获量，但依习惯，总要少五分至一成。11. 春收照邻田纳租。12. 原非麦田，现径种麦者，有争执。13. 区乡整风由县委领导负责。

7月17日　临江行政办事处行政会议上谈话

一、我所得到的反映

1. 好的方面：干部积极、苦干、工作深入，有生气。群众起来了，在艰苦斗争中，和我们结合愈密切。

2. 不好的方面：干部主观拔户［跋扈］——乱斗，捆打，杀人，各自为政，袒护。干部腐化——民家吃饭，借钱，收礼，奸淫，贪污——流氓行动。工作稳健性差——中上层畏缩，基本农民无所谓，佼者豪强。中上层的呼声——叹息，有治法无治人，以前说下层坏，中上层好，现在也不说了，发生离心现象。

二、对反映的分析

1. 不正确的反映：（1）悲观失望，不满，呼声——没落阶级的悲哀；（2）扩大，宣传，下层坏上层好的挑拨——恶意破坏。

2. 大堪注意的反映：（1）本身——统治者自居，眼底没有别人；（2）对人——看不清，乱来，令使畏惧，不敢说话了。

三、我之成功与失败

1. 失败方面：（1）深入不够——技术等，真群众的组织；（2）团结不够——干部及政策执行有差，人们不敢说话。

2. 成功方面：（1）整个的是进步了（光明）；（2）地方是安宁了。

7 月 30 日

和含情况一般

1. 和含行政办事处

主任马献龙、副〈主任〉倪则耕、秘书顾训方、财政科长陈炼九、粮政局长张作文、副〈局长〉代力、宣教副科长余惠、公安局长温华桂、副〈局长〉李继生、司法科长张帆、副〈科长〉郭鲁夫。

2. 南庵区区长杨国典（甲）、区员何恺、粮政区员陈孝刚。

3. 陶运区区长赵潜（本）（甲）、区员成仁（本）、副区长储蓄（本）、财粮区长李德厚。

4. 白渡区区长王新群（乙）、区员葛理模（本）、财粮区员倪伴梅。

5. 娘望区区长高艺林（乙）、区员林泉、财粮区员王英华。

6. 清淋区区长杜少庵（甲）、区员江萍、财粮区员王纯。

7. 西埠区区长王苏民（丙）、付［副］张翅。

8. 香泉区区长杨明（丙）。

8 月 2 日　社会调查研究大纲

一、调查研究之意义

1. 检查政策执行状况；2. 作为根据来改善及确定今后施行方针与方法；3. 倡导全体干部从事于调研工作以克服主观主义。

二、调查研究之对象

1. 人口分布；2. 土地关系；3. 经济生活；4. 一般文化习惯风俗；5. 一般政治军事状况；6. 特种问题。

三、调查研究方法

1. 每一乡内选择一个保（有典型作用或特殊作用者）作全保的调研；2. 制定表格；3. 开区调查座谈会选定调查对象（保）；4. 开乡调查座谈会选定调查人（以各该保热心人士为标准）；5. 讨论调查方法，限定工作期间；6. 收表格（区政府汇收）；7. 统计核对工作；8. 研究工作；9. 扩大讨论会；10. 调查研究报告刊印。

四、花费

1. 时间：印制表格七天，无为、临江两单位开会两个月，研究廿三天，共三个月。2. 经济：表格二万五千元，旅费五千元，共三万元。

五、人力

开会散表等工作，由行署专人办理，待材料齐全后，由区党委视其需要调集人员突击完成之。

自我批评大纲

一、我的简略的史的素描

家庭的苦处，被父母哥哥们过在头里去了。当我母亲四十一岁生养我的时候，已是小康的生活。一家正如朝日上升，父亲下乡做地——虽然是个文人，两个哥哥在完结了中等教育后，相继的生活独立。只有我，一切不愁，优裕地度过少年生活，并不那样用功地结束了小学读书时代。

十六岁到廿四岁，是我的青春的黄金的读书时代。在中学里，我是一个用心的守规则的学生。不然，正当五四运动，我早就该思想转变的，但我总是守旧，死读书，不失为纯洁而已。及至大学，我也还是贸贸然，读的是农业生物学；在思想上、方法上，不能逃脱出旧方式的羁绊。如今说来，我学的都是死东西，虽然人家还说我是一个上等的学生。当然毕业的年头，四处碰壁，结果，才开始研究到人类的学问——社会科学。

初入社会，一切盲［茫］然，只能在学校教书。因为一向所学的教条，还能道说得出来，乃于是站住了脚，做了校长。那时，我委实有些发恨；我以纯洁的心地、勇猛的精力——表现出来的是“不要钱，出气力”，对付了我的职务。在旧的污浊的社会里，拿这样的法宝去和别人斗争，自然是一往无前，胜操左券的（但这也不过是在特定的条件之下罢了），于是我自己造成了社会信仰和威望。时间和事务，长久地锻炼着我，社会科学与自己的观察悟觉唤醒着我，使我更成为刚正不屈、富于正义感与反抗性的人。我一早就有许多弱点，往往能使我退步堕落，但我能够反省自觉，曲线地走上正当的道途。我的进步虽不过于快，而始终不曾走上岔路，总是一步一步地向前进，直到四十一岁的今朝。总起来说，半生生活，平淡无奇，没有大的突出，也没大的洼陷。已往如此，将来亦是如此。忠的奸的，好的坏的，革命的反革命的，白云苍狗，在我看见了多多少，然而我还是一个我，谓之好可，谓之不好亦可，盖无容于心矣。

二、我的思想与行为——进步的稳健的与自由主义色彩的

我在大学里，学的是自然科学。统治阶级的手法，是把一切学问各各［个］隔断起来，使人迷惑，坠入促狭的深潭，我就是入了潭的一个。然我终有自觉，在入社会目见着无限肮脏以后，便发生冲天的愤怒，这宗愤怒，由于正义感的，

人道主义的性质者多，由于实际生活感觉者为少。起初，不满封建势力而与之不断搏斗，既而了解新的黑暗，觉察到改良主义之无功，乃渐皈依于现实主义，衷心的信仰共产主义的制度，思想如此，实际行动亦如此。因此，可以说我的思想行动不是进步的么？

然而，由于我社会的阅历有相当的深，我的身体也先天的软弱，我的打算比较的精刻（素来有智囊和老谋深算及有谋有勇之称号），我不愿意走回头路，我不愿意做枉然无味的事，所以在许多事务进行上，表现出来，往往被人看成右倾，或谓之好人主义。事实上怎样呢？我却绝不是畏缩、胆小、软弱，我的勇气非常大，我从来没有做过失大体的事。我要想现在，也要想将来，更从不因为想了现在，就移改或丢弃了将来，必须是斟酌现在，而如何顺序地有利地必然地使之达到将来。我不是一勇之夫，攒进头不顾屁股，我必然要攒进，同时也得顾全屁股。如是，我自称之为稳健。可乎？

此外，在我的生活史中，知道我原来是一个充分的自由主义者。我的家庭是一个半新半旧的自由家庭，我的职业完全是一个自由职业。我生长这么大，好像不曾受到什么约束和限制。总而言之，我是旧的统治阶级中的一个。只因为我有些古怪，这当然是旧礼教旧小说所谓“人各有志，可杀不可辱”等说教深入的关系，所以我一向难为集体的羁绊。自从断绝了国民党的关系以后，任何党派我都不愿参加。原因是我不愿受那些无谓的约束，我想做一个自由人。所以，从各方面看去，我的自由主义色彩很浓厚。然而，是否是完全的自由主义者呢？却又不是。首先，我有深刻礼教思想，虽然是旧的，我倒以为是仍须保留的，如人们的人格与节操问题，人们之间的男女问题等等，我丝毫不曾给自己以自由，我死守着。其次，我在立身处世上，守着自己的本位，从不曾以自己的利益侵害他人。在行为上，入社会廿余年，战战兢兢，如履薄冰，从不曾做过不道德、丢人格、有欺于人、有愧于心的勾当。所谓严以律己，虽不说完全做到，而廿余年如一日，从不曾丢失过这个念头与努力。因此，只能说我有自由主义的“色彩”。

三、我的长处和短处

我有什么长处呢？有的：

1. 我有公正的思想，童稚的心地；2. 我有高尚的品格，不屈辱的硬骨头；3. 我有生活的常识与技能，使我不会饿死；其次是“旧日的法宝”。

我有什么短处呢？更多：

1. 自尊心与自信心过强，因而表现为英雄主义与主观主义的色彩；2. 感应性与怀疑心过强，因而表现为紧弛失常与无恒少果；3.“有我存在”的观念不能去掉，因而家庭观念甚深，在受无理压迫时，尤以依凭家庭为解除苦痛之唯一工具，也是以它为包庇自己的东西，借以得到精神上可怜的解放。4. 在可能的条件下，生活总想优裕一些，但亦不是浪费。表现在住室求其清洁整齐，食物求其质地干净与美味适口（倒不求其多）；纸烟求其质地较优。

照上面好坏点总的看来，我的本质已经大致明了，就是：有进步性亦有顽固性，进步得不够彻底，而顽固得也不是不像样子，且是在某些方面我认为还算正确的；有小的瑕疵而无失于大体，小节、小不如意、小纠纷争执是有的，而大旨、大方向、大局面以及处身之大道是不糊涂舛误的。总而言之，大好，成为大器，是不可能，同时自己也不愿成为道地的布尔塞维克（那便是圣人），也不可能，同时自己也不敢希望，这是一方面。相反的，怎样大坏，成为反动分子，违背时代，无耻的背叛革命，也是万万不会的——要是会的话，早已干过了，这又是一方面。我就是这样僵化了的东西。在今日中国的局面下，正多着呢，这是把中国社会乐观一些的看法。

四、我的愿望与自处

虽然有时我会愿望我一家伙遗忘了全部的感觉，或熄灭了我这渺小的微乎其微的生命之火——这正是一种没落阶层的顽固思想因素的残余。但是，我是一个“人”，而且是一个受了社会高深教养的知识分子，当这样国家民族空前困难，且是国家民族空前转变，将要扬弃一切坏的东西，变成一个崭新的万世幸福光明的局面的时候。在这时候，我能不尽心竭力地担负起我人民一份子的历史使命吗？！我是一定要担负起来的。但是我的愿望不是那么大，也不可能那么大。所谓“志于圣则圣，志于贤则贤”的陈腐调门，在我是跛子不想那条足了。我只想的是，安分自勉，做一个中华国民，尽力快跑，做一个老老实实的革命拥护者，所谓鞠躬尽瘁，死而后已，清洁明白，死而无臭，就完了。对于一切朋友们，我愿望他们不要把我看得过高，同时也不必把我看得过低过鄙，因为那都不是真实的。真实，只待时间的试金石试验了以后，总是能够明白的，犹如过去的许许多多事情一样。

在这样的愿望之下，我何以自处呢？我将竭力发挥我的优点，克服我的弱点，力争上流，不做下流，以充实我做人的内容，以副［不负］朋友们对我的厚望——当然也有人不是如此的。所谓上流、下流，即好人坏人之谓也，而不是做了君子上流或者是高官厚禄。假如不幸而争不上或者少争了一些，则自己只有付之一叹，朋友们亦当原谅多多；人家万一要笑骂，我也并不记仇；还有人会说，这不是领导者的地位呀！我却并不生怎样兴趣。李白说："千秋万载名，寂寞身后事。"这当然是道地自私立场的发言，不足以言今日之大道，然而脆弱多多的我，根本就不敢有那宗千秋万载的奢望与野心，而且这心已经有了些伤痕，似乎生着一些阻碍血液奔流的锈质了。然而，生存着的我，到底定是要不断的兴奋，不断的努力！

五、评后杂谈

1. 自评的总结是什么呢？是——此人很好，但也有不好者在；此人很坏，但也有好者在；此人有前途，但前途不过于伟大。

2. 我的经济观点，是否有问题呢？知道有些人早已以为有问题，甚至也不知创造多少圈套了，不，仅是一种无根的烂言罢了。譬如开闷胡洲地，那时人情汹汹，以对我斗争的方式，在背议，在会场都一口咬定我发了财了。然而，事实如何呢？时间是试金石。如今一查，发财的却不是我，而另有人在，公正的先生们哑口无言了，不，他们相好。呜呼噫嘻！可叹者此耳，而一种无聊的意识上给人的侮辱，比杀人还难受，尤令人可恨。集体生活中，就应该这样以众暴寡吗？

3. 天下最可恨可耻，并且最靠不住的是伪君子、活小人。

4. 上级是明眼人，有本领者，近来对我的关心与爱护，也可以说是好意的争取，的确很着紧，一眼而知也。然也许根据报告的不确，在道路上还是不对症：大概别人的反映，第一认为是政治组织问题，因此就再再说有负责的保障，最近叫缴费邀开小组会以及发给了党的特别保健费，凡此用以表示党并非对我遗弃耳；第二认为是经济供给问题，因此就再再询问有无所需，最近帆兄要加我家属津贴，并正式将我私人待遇提高，每月纸烟一大盒，每天增加菜金十元，凡此用以满我欲望耳。我以为，此种意思殊可感，而对我作这样的猜测，实是错误，在我则为大可痛哭的耻辱——尤其是第二点。

此以小人视我矣，我何至被视为此？！在往年白色恐怖那样厉害之时，我对共产党尽了尽有的关照、担保、营救、庇护，不知危险之何在（因而被控之案件累累，有一次几遭不测）。此有政治组织欲望耶？在前几年，与广西军国民党作显明之斗争，对新四军共产党作正义的拥护，亦不知危险何在，以致举家抛弃而逃，此有政治组织之要求耶？老实说，我认为革命是自己纯洁天良之自觉，天良之驱策，革命不是为了加入共产党的（当然加入党会革的更有效），即不加入，志同道合，一般样也能革命，也有效用的。前次周新武定说我在路东曾经向党要求，而未得准，这简直是飞来的白话；但我并非说我有何身价有何重要，不屑加入，或非加入不可也。只说无此事实，而且对此并非以为非得不可也。周曾鼓励我道，不加入，乃为赞助革命，加入则为领导革命了。对于这个鼓励，我一点不生兴趣。赞助如何，领导又如何，在我不见其有何私自性的区分；而且依我自量，我实大有缺陷在，改之甚难，故根本不敢有领导者的欲望；况领导云云，非能自居，更非加入了党，即算领导，又岂易乎哉。所以，以为我的苦闷，由于政治组织之未解决，殆属误解也。其次，以为系经济供应不满足；对于金钱，廿五岁以前，我简直不知其价值，廿五岁以后迄至今日，我虽时在经济不充的压迫下，但取与分明，一文不曾苟且。倘稍看重，今已富家翁了，不仅如此，我之小康家庭，且为我在二十余年来的社会活动中，弄得几至完全破产了。廿九年仅以九百元将卅余亩洲地都卖去，今当值价六万元，我何曾有丝毫顾惜？！时至今日，我还想发财么？不仅我无此思想，即我内人亦早无此念头矣（去年开放闷湖洲，有无聊者，以己之腹度人之心，竟凭空硬说我领地多少多少，预备发财了。然事实如何呢，足以惭愧侮辱者之心矣）。然人是生物，必须生活资料，我家既已濒于破产，可能之下，应由革命政府为我负责；我家亲丁八口，帮助者又有两口，米出于公，次则每月得到津贴三百元，并非全赖公家也，公家亦更不能说以此为我供职之交换条件也。我之全家已委托全部生命于革命，革命胜则我全家存，革命败则我全家亡，此已为明显不易之铁的事实，我何他虑？！国民党以高官厚禄，为统人之具。我果无聊，应向彼之行伍去征逐，则财早已发过；正因鄙之，殷殷然皈依于共产党，今乃以此观点视我，岂不痛心。我尝言之，有些不知人事的小孩子，一味抬高自己，看重自己，只有自己是天下最清洁高尚的骄子，而他人则是靠不住，将来会叛变，即是只要几文臭铜便可收买，这是如何的幼稚无理可恶可笑！所以，以为增加对我的经济待遇，即可叫我感激积极起来，殆亦完全误解也，我当作严重之抗议。

然则我自去年春以来，工作能力消失一半，经常在无精打采苦闷消极之中，何也？贾谊过秦，一笔千言，而归结于一句——仁义不施，攻守之势易耳。我之症结，但在彼此凭心莫为凌辱耳。不由此道，而乃加甚其辱，其为知人不明，知事不允矣，将来何以争取天下之士耶，我深惜之忧之。语云，以国士待人，人以国士报之，有理哉此言。

8月4日

六安、合肥人民担负种类：1.正粮；2.附加粮；3.大户余粮；4.强购军粮；5.二五捐粮；6.三七捐粮；7.汤粮；8.豫粮；9.区积谷；10.县积谷；11.国家积谷。

此外，以上各粮均是民力运送或给低价工资或不给，在运输上民众必定添花一笔巨额。

关于银租地问题

一、全地区银租地不足五万亩。

二、执银租利的业主大约统计：

1.白茆区复凝洲

张南玉1400亩；吴世德堂200亩；汪尧阶1600亩；孙鼎臣800亩；财教两局12000亩。

2.白茆和七洲

兴善堂400亩；刘安喜棚2000亩；许建华200亩；倪姓200亩；刘芮义100亩；李从龙200亩；韩姓1000亩；八股1000亩；三陇李姓1000亩；丁农波100亩。

3.二区兴隆、石板，大小文兴各洲，约：教育局10000亩、李府10000亩。

三、银租的起源

约在三十年前左右，李府管与陈总宋者，将李府大子洲、太平洲、冒新洲的所有额租熟地，一律改为银租，遂成惯例焉。按此改革，在东家便于计算与管理，其收入在当时并非减少，而佃农亦颇以为恩。

四、后来的有银租地之来源

1. 银租地原多是荒滩水影，由少数有权势的人在政府报领，取得业权，再行放垦。2. 放垦时，羁脚金甚重，约超过原领价五十倍至数百倍，故原领业主早已赚回其大利矣；同时，开垦造埂建闸，全由承垦人担负，其仍保业权取得银租，乃属分外收益。3. 此种银租地不但是永佃，且与普通之永佃权有非完全相同者，即佃权超过一切，东方几等于零也。4. 银租地中，亦有少数系中途由熟地变卖为银租者。

五、银租收利数目：1 元至 1 元 5 角，最多不过 2 元。

六、东方利益实例

金带洲在荒地时，李姓卖与李府，计一千余元，地二千余亩，李府转卖张南玉时，则得价一万余元，南玉放垦每亩收羁脚金二十余元。

皖中参议会第一届第二次代表会出席人数表

地区	临江	无为	湖东	和含	巢北	驻委	行委	合计
人数	10	9	6	4	3	14	11	57
备注(实到)	8	9	6	3	1	14	10	

8月7日

干训班讲话——抗日民主政权（以战时施政纲领为据）

一、总则

1. 以促进三民主义新中国之建立为最高准绳。（1）三大政策的三民主义。（2）战后的新中国是独立的、自由的、繁荣的、幸福的、和平的。2. 以抗战民主团结力量为达到目的之方法。

二、政治

1. 保障政权与人权。2. 保障财产权。3. 男女平等，实行四权。4. 精简及廉洁政治（司法）。5. 经济卫生（烟），迷信，风俗。6. 优抗。

三、军事保安

1. 组织人民大多数开展游击战。2. 敌伪锄奸工作。

四、财政经济

1. 依照收入征收赋税——公平、革贪、归公。2. 各种税的性质及状况。3. 财政概况。4. 农工政策：①减租交租；②增加工资，增加生产。5. 工商业政策及现状。6. 合作，资源管理，调节金融。

五、文教工作

1. 教育方针（在政治类）。2. 做法。

六、民众运动

1. 民运政策。2. 民运概况。

七、希望大家

1. 做一个政治战士；2. 取得本钱；3. 在艰难中创造新中国来。

8月8日　立秋（散文随笔）

又是立秋了。在北纬31.5度扬子江中游，还正当盛暑，天空中光彻之地，一点雨意也没有。当正午时，火一般的阳光，直射到大地上，把世界变成一座蒸锅。小白狗吐出长舌头在树荫下喘气，行路的人们不停地摇着芭蕉扇子向前快走，满野刚在结实的稻叶子日渐焦黄起来。此外，大豆、六谷、棉花、烟草、山芋等等，都为各自地生存，在老大龟裂的干燥陇畦上艰难地挣扎着。这样情景，无怪乎当家的老农们愁眉苦脸，终日展不开笑容。

一种无端力量催促我向廿里外的寓所奔驰，有什么欲念吗？简直没有。然而，只是觉得一种不可名状的枯燥、寂寞、无聊，压迫着我，使我失掉生趣。

怎么办呢？于是打量了，也许在转移一个地点之中，可以得到可喜的解放——可怜的安慰。

门前一块秧田的早稻，已经割去了，似乎面前空旷开朗不少，场基上的风也大得多。东边荷花塘里依旧开满着荷花，但在月色下细一点看去，荷叶及荷叶梗子，已是残缺不完，大有断梗残荷、秋寒霜降的意味了。

华贵的春早已过去，茂盛的夏也正在离开，眼前就要来临的是丰实的秋天。秋天是生长发展的成功，是生物界一切劳作的集成期。它有丰满的涵容，有严肃的劲气，它已准备好与冰雪严寒相搏斗的方法和工具了——它能够战胜冰雪严寒。

四十一岁的我，已经大有秋意了，可惜还没有像秋天那样多的美德。然在意志上，恍若一塘断梗残荷是不可讳饰的。如此，则被非笑于牡丹桃李者流，正无足怪矣。

8月21日

午时自新民屋与冬荣兄出发，正值天热，约三时留石涧埠区府休息，查问该区本年秋收工作情形如次：

年成——最高九分五（极少全租者）；最低三分（有百分之二三免去）；最多七分五至八分；以上是山田。

评委——大致能照政府法令执行。

事端——甚少，往乡府判断者三人，往县府者一人，无到区者。

反映——较大地主满意，中小地主仍无好感。对中小地主利益照顾，无法实现，因他们大都似乎生气，并不提出要求。对允许中小地主运租回家（在敌占区此法令□□）。

倦宿耿家墩、彭国彬同志家，其边近〈来〉秋收情形：

一、年成

以 7.5 分至 8 分为中心，有全租者，最低 5 分租。

二、反映

1. 中小地主有谓：“民主只是佃农的，地主没有。”在他们争执，经评委论断后，不满意的发言中。2. 评租委员解释还不够，使并不十分厉害的东家生气。3. 减租法令普遍实行已没有加以反对的意思。4. 分路口里头鬼子滕报，使敌对评委开枪，打伤一人（是评委），此乃十天前听说的。5. 今年圩田分红较小的，每亩平均约收五担五斗，弓口大的则较多，约每亩六、七担之谱。

8 月 25 日

1. 区政府干部配合问题（行政事务没人做）。2. 二区司法问题（区调解会）。3. 抗属优待方法问题。4. 人员调整。5. 函胡义县及张声。6. 神塘河罗某吊打人（货检）。7. 二区罚款一万（不经行政）。8. 货管待遇等与不平等。9. 财政与行政级位问题。

关于黄丝滩退建问题之商讨（报告）

一、参议会之决议及办法

二、现在之拟议

1. 本职（能停暂停）；2. 照案执行。

三、执行之步骤

1. 筹委会之任务

（1）定路线：①方法的计拟及其利害；②实地勘验；③回商。（2）拟工程预算（摊费问题）。（3）伕子问题。（4）工程实施计划。

2. 成立工程会

（1）筹委会全体会；（2）大会选举。

大家讨论

一、建不建的问题（情形估计）

1. 王星五：就现况，年根还可保，但一般见地，年熟当干，若今年不干，明年不能当［挡］水，故天时地利人和，均应干，方孚众望（主张干）。

2. 邢振声：依往年、历年滩脚与现今比，必须干，往年滩百丈即建，现只有七十丈了，尤其水势直冲，必干。次则本年丰收，伕米不虞，稍有年成不好，则难办了。倘纵缓干，最多只能一年了。若年收不好，奈何，故民众愿干。唯现在鬼子非常坏，人多即加干涉、糟干、捣蛋，堪虞，须有办法（主张干）。

3. 朱仲英：同意当干。无论何人都注意了，万金无备及民众热望，是干的好机会，还是干。

王，前年小崩（薛家大树）约十丈。去年大崩，二大处约三四十丈，外埂崩去。薛大树外堤在廿四年尚滩三四十丈。

外埂到新埂100丈——200丈，现只有六七十丈。

4. 齐涵清：今年定有崩，势必干。

5. 刘国棣：老埂固，必先干，且今年收成好。

6. 谭长发：五十岁以上老人及士绅，都说最近大崩，潮发人心惶惶。群众要干，都说，如不办，田不能做了，论说去年即当办。

7. 张君武：如能带三四年，即停，更好，如不能挨过，即应干。

8. 熊济众：应实际来研究，有利条件是天时地利人和，但不利条件，是均伕未成，畲伕不够，势必用民伕，则费不过大（带米带草自己去干）。倘候均伕及编制成功，则一年后更易办了。

9. 徐冬荣：有利条件天时地利人和，固属的了，但环境问题是最大的，现在推测，我之有利更将好。次则，年成明年固难推，但纵坏，也定能修的，若不绥，明年特别建好，乃为人事问题。

10. 张：如仅是大窠子，一两处坏，能否小干，待后再行。

11. 众：各处都坏，小补不能，且每年崩之多少，不敢必定（大体干，待实勘，再决）。

二、假定是干，如何决定路线？

1. 大干：永远除害——从汤下姚林碑至中路。因将来在安庆陡门也要崩的。若薛大树崩去了，即也要崩去的。但路线太长，约廿五里。2. 其次：自小骆家到新沟下，约十三里。3. 小补：除非是自五显店到新沟，约八、九里，但人民不同意。4. 小骆家必在埂外，越出小天龙的深沟。5. 塔头：如在新沟下（孙家土地庙），不能不越出龙塘。6. 修复观寺港（十八里）。7. 自三坝新埂到滩镇河南，约十三四里。

三、以上四条路线，用何为佳（依各种条件）？

以采适中路线为佳，从小骆家下三支笔，沿大沟到骆家跳，管家村，下圩达鲤鱼地，到管家后巷，达新沟下的孙家土地庙，这是一条直线，约十三里。（自同治年，此处蔡畋起，共退建九十六次，据老年人说，现退得若太多，则未免太凶。）利害：丢去最宽处三里路，长十三里。

四、实地勘法（另定）

五、挖压问题

1. 以前不管。2. 现在，被挖压者，予以垦地之救济，另外在观念上予以改正。

六、佚工问题

1. 佚子以民夫为原则（雇佚自己负责）。2. 别处大致东食佃力，而周区则否。周铜区地的状况，大致一样，而铜区凡出钱时为东担负，出工时东佃分担，但周区全由东担负。其来由：a. 周区历来为畲佚（较便宜），皆由东出；b. 铜区东家有大业，周区少大业；c. 周区佃权的活动性大。

七、摊工的原则

1. 主体——周铜；2. 直接受益——全体圩田；3. 间接受益——和含巢庐、山田、外濩：180 丈 ×180 丈 =32400 平方丈、32400÷60=540 亩（每里）、540×22.5=12150 亩（全弃数）。

所以，约丢弃一万二千亩地，再多则约为一万四千余亩之谱完全废弃的（挖压）：压——180×10=1800÷60=30 亩；30×13=390 亩。挖——390×3=1170 亩。养滩——390 亩。共 390+1170+390=1950 亩。14000−1950=13050〈亩〉。

8月27日

昨日天未明，同诸委赴之察勘，夜二更回齐宅（王家埂、三元乡）。其路线：王家埂—10—周家桥—3—曹家坝—15—准提庵—3—骆家跳—3—五显殿—7—薛家大□—3—新沟—1—孙土地庙—5—下圩王家坝—4—准—28—原地。

水陆共八十二里，内水程五十三里，陆程二十九里。

五显殿往下去，大埂以外，是家太圩。薛大树以下的外圩是外八圩，新沟以外为十三小圩，亦名小家太圩。

友谊帮助——繁铜、桐东等

以上四大类中，再视情形分别摊派：主体——每一亩田摊土方一个；直接——每六亩田摊土方一个；间接——每廿亩田摊土方一个；友谊——每亩田收团三元。

8月30日

参驻会第十四次常会

1. 考虑拥军办法及优抗办法。2. 发拥军宣传标语。3. 公布必要的法令于《大江报》。4. 公粮要缴好的，教育人民。5. 救济公务人员贫苦者的办法之拟定。6. 存储公粮五十担（每保）的问题之实行，拟具办法。

认储、列表、户主盖章、粮赋办事员与乡长商量，召开粮赋委员会、核定，要公平，乡长通知储户开会，认定之。

9月3日

一、整风中干部的模范作用非常重要，尤其在反省之中。

1. 反省

（1）自动反省，注意帮助程度低的同志，他不知如何反省。对知识分子，注意他不是概念空洞的反省。（2）用组织力量推动反省，要选适当人与之谈话，打破其恐惧心理，鼓励他，要〈有〉耐烦的精神。（3）别人给他揭破，用群众力量，事先搜集材料，举行思想论战。

2. 重复反省——有重复六次者，主要有两种：

（1）假反省者（历史自传，思想自传）；（2）不会做反省。

3. 坦白运动——所做、所思想者，说真心话。

组织上对以治病救人、与人为善的精神。反省在全部整风中，为最重要之一部，盖必知党员之情况（由于反省而得），而后可以改造之也。

反省与批评、揭发有密切联系。反省有各种，如全党的工作，但其主要的是自己的工作与思想，当自己反省时，有过去、现在之别。有些同志只着重过去，然不生动，得不到他人帮助，故宜由现在起，一直反省上去。

二、整风运动分阶段问题

按指示与经验，文风、学风一气学，并注意学文件及反省检查，学文件在前，反省检查在后。还有学文件与反省检查同时并进，又有学文件，检查反省，总检查；又有文学风及反省，党风及反省，总检查。以上现尚无定。

三、无例外的，大家都要整风

有主张单整领导者，有〈主张〉单整下面的等偏向。但高级干部责任大、关系大，倒不是他比下面更坏，故亦应整风。还有〈的〉以为未负责或经验少，不必整的偏向，这是全错的。

四、自我批评与自我学习问题

自我批评较易，互相批评较难，此因自由主义作怪，须与之作斗争，行此斗争先，须将反自由主义及党员修养文件学好。

五、整风运动领导方法问题

1. 领导与群众互相结合，凡领导与群众结合好的效果必大。2. 一般与个别结合，以重心推动全局。3. 此阶段与别阶段联系，以运用文件的精神实质联系到反省。4. 思想领导与组织领导。

整风全程，将运动推到思想上去解决问题。此外，处处要联系到实际，尤其是自己的思想及工作。

在领导方面，第一时期，在发动学习，第二时期在克服错误（帮助）。

整风运动是中国〈民〉党建党工作，细密斗争，中央规定华中自今年6月到明年6月为整风年，作为三大任务之一。

9月5日

国共所控制敌伪军比较：

国民党	共产党	附注
42%，25万	58%，35万	敌36师团60万
10%，6.2万	90%，56万	伪62万人

1943年6月材料。

9月7日　三闸问题之研究

陈家闸内十三小圩的老范家庄的岗子，开掘，使由天花寺一带的花水，直流于西河，出魏家桥，则十三小圩每年成熟、无水患。

9月13日

湖东会报（张）

1. 湖东五区，五十多乡，一镇，中心乡约半数（桐东现加二［两］个区）。2. 人民二十万，粮田约四十万斤。3. 七月一日顽军攻占盛家桥，七月三日占黄姑闸。4. 区长龚绍遂、孙刚、夏冰流、张嘘云、马家堂（数鸣）、冯翼、张革。5. 秋收动员少了，地主反攻，使农民怀疑，不快活。6. 谓之左，则为二八，谓右，则为三七。7. 命令多于动员。

9月16日　干训班第二次讲话（抗日民主政权）

一、总纲

以促进三民主义新中国之建成为最高准绳——抗战胜利，建国成功。1. 三大政策的三民主义——新民主主义。2. 战后的新中国，是独立的，自由的，繁荣幸福的，永久和平的。3. 以抗战民主团体之力量，为达到目的之方法。

二、政治（政权的性质及参加者）

1. 保障政权——男女平等，都有四权。2. 保障人权——有社会活动之各权。3. 保障产权——私有财产权。4. 精简及廉洁。5. 社会卫生迷信及习惯。6. 文化教育——方针与做法。7. 优待抗属。

三、经济及财政

1. 土地政策——减租交租。2. 劳动政策——增工资、劳动纪律。3. 商业政策。4. 合作社及资管。5. 依照收入征赋税——平允、革贪、归公。6. 各种税的性质及现况。7. 财政概况。

四、军事保安

1. 组织人民大多数开展游击战——民兵。2. 敌伪锄奸工作。

五、民众运动

1. 民运政策。2. 民运概况。

六、对大家的希望

做一个好的政治经济的战士。

我的报告提纲

甲、目前形势

一、世界大战

1. 两个阵营——法西斯与反法西斯；2. 国度与人口之比较；3. 政治性质之比较；4. 我们之所属阵营；5. 世界战场——西方与东方。

二、欧洲战场

1. 意大利近况与英美战争；2. 德国近况与苏联战争；3. 欧洲各小国近况与苏英美关系；4. 法西斯必败及速败前途。

三、东方战场

1. 东方战场将来之形势；2. 日本与英美在太平洋上的近况；3. 中国的配合与反攻；4. 日本必败与速败之前途。

四、中日战争

1. 日本对中国进攻的已往、现在及将来的攻势。2. 中国内部二条战线之形成与实质。3. 中国分裂内战之可能及其来源。4. 分裂内战之克服：（1）世界（英美）不同意；（2）中国人民不同意；（3）国民党内部不协［同］意；（4）共产党及其部队之主张与力量；（5）不当者必败，可以克服。5. 最后胜利必属于我。6. 胜利的条件：（1）客观条件一一具备；（2）主观努力，则必成功。

五、中国前途

1. 民族独立；2. 民权自由；3. 民生幸福；4. 永久的和平与幸福（解放）。

六、皖中抗日民主根据地的近况

1. 总的认识——抗建之实践。

2. 我们的政策及政绩之检讨：（1）安定了地方；（2）团结教育了群众；（3）改善了群众生活；（4）加强了力量，准备反攻；（5）在意志上，纯洁高尚，公正坦白，坚定沉着，对国家无限忠忱［诚］；（6）在行动上，刻苦耐劳，牺牲奋斗。

3. 我们的遭遇及困难克服：（1）敌伪仇视扫荡；（2）顽固派侮辱打击；（3）其他经济、政治、军事上困苦；（4）我们的进步现象与巩固发展。

4. 我们的冬季工作：（1）三大中心工作——军事、文政、住建。（2）工作之目的。

5. 我们能否坚持这一根据地？（1）首先是敌伪不成问题。（2）国内国民党之进攻：①世界有利情况决定了；②中国人民决定了；③国民党内部之变化决定了；④共产党八路军、新四军的正确政策与本身实力决定了；⑤本地区，我们的各种力量决定了（游击战的解说）；⑥我们绝对能坚持，且作为一支强大力量，从事反攻与建国。

乙、关于此次水利会议

一、会议之来源与筹备经过（参议会之进步表现）

二、会议之范围与目的

三、黄丝滩问题

1. 是否需要退建？需要。2. 路线怎样决定？三种方式及三丈笔至孙土地庙下。3. 如何出工出费？全地区共同的责任，视利害关系分别担负——主体，直接、间接及友谊。4. 施工方法？群众运动方式。分埂负责，比赛做工。5. 怎样组织？成立总的领导机构，境内一切部门动员。

四、我的希望

1. 对中国前途之认识：胜利在望，团结向前。

2. 对皖中根据地之认识：利害切已，安危与共，大家来充实保卫这一好国土（与他区域比较观察）。

3. 对黄丝滩退建工作之认识：（1）人类劳动意义上——克服自然，创造世界；（2）政治经济意义上——抗战建国，建国抗战；（3）利害关系意义上——七县屏障，我们长城。

所以，必须：①大公无私，团结友爱的精神；②切实负责，紧张进步的干法。

4. 决定一切问题：（1）筹备会及行政会初步决定及检讨；（2）慎重推选出公正能干的人来负责；（3）各尽一份子的责任（宣传解说与实际帮助）。

5. 政府对此工作之态度：（1）凡是与民有利的，无不全力以赴；（2）本年年成好，政府以为中心工作了；（3）政府一定用全力，以整个组织力量协助成功；（4）有志必成，我来一个预祝。

9 月 17 日

独立团

罗宝联——代团长；袁大鹏——副团长；彭胜标——政委；参谋长——王培仁；政治主任——王；蔡园——副参谋长；刘应举——管理科长；第一营长——萧；第二营长——胡金龙；特务连长——黄；供给处主任——何正德；副主任——袁锦如。

10 月 3 日

斗沟区中心小学：

副校长倪亚文；主任倪惠仁；教员周则人、周朴、查冠吾、萧云；会计朱庆天。

10 月 6 日

皖中水利会议——黄丝滩退建专门会议（十月七日）

1. 召集者——皖中行署。

2. 出席者——无、巢、庐、桐、和、含、铜、繁代表。

3. 日期——〈民国〉三十二年 10 月 7 日。

3. 地点——无为东乡汤家沟镇。

4. 会议日期——二日。

5. 会议程序：（1）开会；（2）向国旗及孙中山先生遗像致敬礼；（3）默念前方阵亡将士及死难同胞；（4）主席致词［辞］；（5）吕主任报告；（6）演说；（7）黄丝滩退建工程之讨论（筹备报告）：①组织与选举（小组讨论）；②办法讨论。

10 月 7 日

汤沟镇民众欢迎会

一、对于欢迎（放炮竹）

1. 有悲——18 月 540 天中，同胞们受着如何悲惨的损失，难堪，意识上之变化（如伪币）。2. 有喜——我们的国土终能恢复，我们终能拥护着祖国、自由、保障。3. 有愧——为何使大家受苦，地土沦陷？ 4. 不愧——因为有政府军队以及抗战的外围，才能收复，有今天。

二、汤沟区今后应该怎样，即大家怎样呢?

在认识方面：（1）对中国前途的认识：胜利在望。（2）对皖中抗日根据地的认识：积极参与工作。

10月8日

黄丝滩退建问题

1. 皖中地区黄丝滩退建工程委员会常务委员候选人：王绍宸、徐冬荣、王星五、江祝堂、邢振声、王试之、朱仲英、齐丹九、倪彭斋、倪汉臣、叶蔚青、李少畲、张君武、丁汉杰、齐涵清、刘效彭、胡德容、熊济众、谈长发、张松滇、李馨斋、毛寿山、李祝三、管鉴堂、蒋平波、胡治平、许移山、刘国棣、朱辅庭、吴荣定，共三十人。

2. 皖中地区黄丝滩退建工程委员会委员：王绍宸、徐冬荣、张君武、江祝堂、李馨斋、倪彭斋、倪汉臣、王试之、王星五、谭长发、胡德容、齐丹九、蒋平波、朱仲英、李少畲，共十五人。

3. 黄丝滩退建工程局：局长张君武、□□、副局长徐冬荣、总务科长江祝堂、副总务科长邢振声、工程科长王星五、副工程科长倪汉臣、副工程科长熊济众、经济科长王试之、副经济科长毛寿山、动员科长胡德容、副动员科长田夫。

以上委员会主任委员王绍宸、副主任委员齐丹九、副主任委员倪彭斋、秘书汪镜天。

黄丝滩退建工程委员会筹备委员：王绍宸、郑子炙、徐冬荣、王星五、倪汉臣、邢振声、江祝堂、王试之、国风、巫锦三、金稚石、胡治平、张世荣、陈四箴、吕惠生、王拱臣、马献龙。

决定八月十五日前后召开成立会议，此会由徐冬荣、吕惠生召集之。

10 月 15 日

双十节 32 周年、新四军成立六周年纪念大会

主席报告开会宗旨

1. 为什么开这大会?

——因为：它俩的意义很重大。

2. 重大意义在什么地方?

——在于民主革命。专制，则国家不兴，可以亡国。民主，则国家兴旺，故意义重大。

10 月 20 日

抗战前后物价比较表

	26 年（1937）	30 年（1941）	32 年（1943）	前比	后比
米担	3.0 元	10.0 元	400.0 元	130 倍	40 倍
盐担	14.0 元	100.0 元	2800.0 元	200 倍	28 倍
土布丈	0.7 元	1.7 元	130.0 元	190 倍	80 倍
香油担	13.0 元	40.0 元	3600.0 元	276 倍	90 倍
柴担	0.25 元	0.5 元	35.0 元	140 倍	70 倍
平均				187.2 倍	61.6 倍

以上是七年来物价之变动，从 26 年（1937）至 30 年（1941）变动甚小，而自 30 年（1941）以后则激变矣，其原因在于顽固制造摩擦赶走新四军后，引入鬼子占领无为全境，即于此一刹那间，不过数月间，使全境经济变成敌人控制下瘦鬼，迄今不能翻身了。

10月30日

皖中人民武装委员会及皖中人民抗日自卫军司令部成立大会宣誓后之答词

一、接受诸位来宾的指示，保证自己赤胆忠心，为民为国服务，做好誓词中各种任务。

二、我的几点感想及说明

1. 抗日民主政府，是依照抗战建国纲领做事的表率，说真话，做真事，说到那里，做到那里。这在现今的组织人民武装一事上，得到证明。相反，国民党只说不做，打击人民武装，恐怕不能自保地位。它违反了抗战建国纲领。2. 抗日民主政府，不仅为目前的抗战胜利而奋斗，而且为建国的伟大事业，自现在起，作基本的准备。因为，伟大的建国工作，需要全民的组织力量，而组织民兵——寓民于兵，寓兵于民，即正是这种组织力量的正常表现。因为，一盘散沙的，所谓无组织的人民，任何多数也不会产生任何力量的。相反，国民党何曾想到这里，它只是死死的紧压着人民，除一种束缚人民的保甲组织以外，不准人民有任何组织，不准人民有任何力量之表现。它只空言建国，没有一点诚意，所以也就一点不打算如何才能建国了。3. 以上两种表现，是对国家民族负责任的表现，是天下为公的表现，是生聚教训复兴国家民族的表现。这桩事，是天下大事，我觉得心中是十分愉快和光荣的，希望同仁也都一样如此。

三、对各位来宾的希望

1. 因为我们干这事是初干，希望大家经常给指示。2. 政府正把民兵工作当作全地区冬季中心工作，我们同仁都注意到争取时间，要在今年冬季，一定把全地区的人民武装整顿得好好的。以不负全体人民对我们的委托和重视。我们拿切实努力来答谢大家。

皖中各县区田亩统计表

<table>
<tr><th colspan="2">区别</th><th>圩田</th><th>山田</th></tr>
<tr><td colspan="2">斗沟</td><td>175,082</td><td></td></tr>
<tr><td colspan="2">汤沟</td><td>99,500</td><td></td></tr>
<tr><td colspan="2">虹桥
白茆</td><td>70,032</td><td>28,380</td></tr>
<tr><td colspan="2">运漕</td><td>50,000</td><td></td></tr>
<tr><td rowspan="5">临江</td><td>银并</td><td>10,697</td><td>32,092</td></tr>
<tr><td>南苏</td><td>28,703</td><td>57,397</td></tr>
<tr><td>新民</td><td>28,856</td><td>14,428</td></tr>
<tr><td>石涧</td><td>103,044</td><td>34,348</td></tr>
<tr><td>恍城</td><td>13,726</td><td>54,874</td></tr>
<tr><td rowspan="4">无为</td><td>五区</td><td>76,719</td><td></td></tr>
<tr><td>槐林</td><td>60,793</td><td>120,000</td></tr>
<tr><td>关河</td><td>32,353</td><td>25,000</td></tr>
<tr><td>当临</td><td>40,405</td><td>90,000</td></tr>
<tr><td colspan="2">湖东</td><td></td><td></td></tr>
<tr><td colspan="2">洲地</td><td>外滩</td><td>总数</td></tr>
<tr><td colspan="2"></td><td>3,500</td><td>178,582</td></tr>
<tr><td colspan="2"></td><td>500</td><td>100,000</td></tr>
<tr><td colspan="2">127,356</td><td></td><td>225,768</td></tr>
</table>

（续表）

区别	圩田	山田
〈缺〉		50,000
		554,350
		42,790
		86,101
		43,284
		137,392
		68,600
〈缺〉		378,168
		76,719
		180,793
		57,353
		130,405
		445,270

皖中地区黄丝滩退建工程委员会委员

甲、无为县的，由无为县政府发给：万鹤林、陈伯文、丁汉杰、徐冬荣、齐丹九、李祝三、金笑侬、周新武、张世荣、金筱石、谢道昂、周心田、盛颂宣、朱树云、陆风羽、陈建生、许移山。

乙、湖东行政办事处的任兰畦、胡璧如、朱辅庭、伍逸亭、丁俊侯、陈建钧、高锦堂、何其茂、宋禹川、陈四箴（五区二人，桐东二人，由区府呈送）。

丙、临江行政办事处的：巫锦三、古国栋、叶蔚青、丁聘权、范植生、吴子宽、倪彭斋、胡厚培、李启汉、倪仲纶、刘效彭、王绍宸、江祝堂、王试之、倪汉臣、李少畲、张君武、胡德容、张世杰、金稚石、胡治平、蒋平波、吴荣定、奚道平、宋炳然、朱月华、吴济周、刘坦如、章啸衡、刘功臣、姚子建、熊仁斋、王星五、邢振声、朱仲英、齐涵清、张松滇、李馨斋、管鉴堂、刘国棣、姚锡五、王守义、徐安仁、汪镜天、黄仲山、江照林、伍开诚、田夫、谭长发、骆秉钧、毛寿山、熊济众。

丁、和含行政办事处：马献龙、国风、刁菘寿、林岩。

以上，湖东空白四份、临江四份、五区二份、桐东二份、运漕一份、铜繁三份、和含五份，以上共发104张聘书。

一、曾政委讲

武委会的意义，在于把人民与武装联系起来，把武事与文事联系起来，保卫根据地。

二、高锦堂先生——湖东代表

湖东区的武装之效，今后又得上级之领导，加紧工作，则以后一切敌人都不怕了。

三、周新武先生——参议会

1. 此会表示根据地更加巩固；2. 表示人民与军队更进一步密切，正如参合［会］成立，人民与政府的结合一样；3. 今后军政民真正一致，是根据地一个大进步，愉快。

四、唐司令晓光

1. 本根据地鱼水合欢而得生存；2. 但另有人在忌妒及摧残，是一件大事；3. 何以保之呢？必须更加密切，才能永远保持下去——必须武装，不然，反而大坏；4. 以三年合欢精神，努力干，必定胜利属于我们——在司令政委领导之下。

五、李部长丰平

1. 今后武装工作更加开展；2. 除奸保卫工作，也是保卫地区的，希以后给我帮助，只有民兵开展，才能巩固地区，欢迎。

六、金笑侬先生——主任委员

1. 外人讥我睡狮，现仅武装同志在干；2. 人民是有力量而无领导，现有了；3. 打鬼子打敌，是人民个个应当的；4. 接受大家指示，以后还请不断指示。

七、李政委

1. 此会充分表现一致团结并进一步认识，保卫皖中是自己的任务；2. 武委会是从下而上的，现因各种关系，只得先上而下的，这是说明民主的，是大家所要求的；3. 新四军与民众为鱼水关系，但别的人们则常先假革命名义，反而危害人民，其必定消灭的，相反，与人民利益一致者，必胜利生存。

10 月 31 日

姚子建同志谈：繁昌现在能收粮赋约 10 万亩，我占有区域约全积三分之二，全县圩田约十分之六，山田约十分之四。

有小乡，是四八乡，平均每亩四担，有大乡，是六八乡，平均每亩八担。大小乡各半，大乡略多，约十分之六。沿江一带，土地较集中，有数千亩（3000—7000 亩）之地主，如合肥李府等。徐国英，内面都是田，与外面洲地不同，不大集中，圩田人多田少，甚苦，故多做生意。

铜陵，亦有大小乡，小乡多，大乡少，在山里。该县一般较富裕。

经济上各种问题：

1. 油坊税卅一年七月一日至十二月底止，执照已定价，收税了，乃于未满期之中又向油坊征税，加价甚多，对于政府信用大有损失。

2. 郝觜山一带土产茶叶税与汤池上等茶税（每石200元）相同，茶商吃亏，存茶甚多，不能运出，以后要分等收税才好。

3. 捐太多，如冬季劳军团结会等五项，以后募捐必须经政府批准备案，以资统一。

各区工作人员名单

姓名	地址
彭效东	三元乡长，白茆人
蒋举	副，流沙人
刘南生	姚湾乡长，落蓬湾人
耿质夫	山东人，副
吴少华	板桥乡长，张家桥人
余丽生	副，观寺港人
束汉道	汤沟乡长，流沙人
姚国海	副，板桥人
邵荣华	新五中乡长，俞家坝人
宋□□	副，宋家庙人
吴代炳	二临乡长，三官殿人
谢□□	副，本地人
蒋继华	提树乡长，张家桥人
蒋耀林	副，流沙乡人
陈宜亭	铜陵第一区长
王同茂	副（中间）
陈中明	铜陵第二区长
陈式	铜陵第三区长
阮太祐	铜陵第三区长副
沈兰喜	繁昌第一区长

（续表）

姓名	地址
陈国英	繁昌第二区长
马象乾	繁昌第二区长

11月4日　拟办事务

一、关于国民党顽固派摧残抗日民主根据地，破坏抗战之暴行的宣传要点：

1. 自一日以来，顽固派（广西军）对我根据地进攻事实、口号、残酷状况及与敌伪互相默契的事实。2. 这是怎么一回事呢？（1）国际法西斯之倒台及诱降。（2）顽固派之本质与专制主义之没落前途。（3）私欲超过国家利益，于是不顾一切，倒行逆施。3. 吾人对此应有的认识与批评。4. 他必败，我必胜。5. 我们不能不胜与如何胜。6. 胜利的条件。7. 结论：（1）保自家，保国家，必须战胜顽固派。（2）一致起来奋斗，才能战胜。（3）拥军拥政，做民兵积极活动。（4）政府与七师坚决态〈度〉——与根据〈地〉同胞共患难，同死生，一直到胜利，还是如此。

二、皖中行政公署为国民党顽固派（广西军）摧残根据地破坏抗战之滔天罪行告全皖同胞书：

1. 摧残事实。2. 他的无耻阴谋与罪恶。3. 对人民对国家之不利。4. 前途——他必败，我必胜（条件）。5. 号召全民警惕及努力。6. 对民众〈的〉希望（附广西军中的□□及广西下层份子）。

三、皖中参议会为顽固派倒行逆施，危害国族，严重抗议，并号召全根据地同胞一致奋斗，告同胞书。

1. 中国当前险象与救治方法。2. 民主政府的成绩与民众爱戴状况。3. 根据地前途与其发展中中国之胜利与改造。4. 最近暴行事实（残害民众状况）。5. 历数罪恶而质问之。6. 彼败我胜之必然前途。7. 人民应采之办法：（1）拥政拥军；（2）一致起来作为后盾；（3）坚持地区，保家乡，保国族，保持既得利益。8. 劝广西军对政军表示态度。

四、行署为目前时局对各县工作紧急指示（另详）。

五、部署交通命令——三四区，四区和含，三区和含，三区铜繁。

六、严肃工作纪律命令（战时）：1. 坚持辖区，非命令及必不得已，不得离职及工作地区；2. 一切服从战斗胜利；3. 提高警觉，养成胆大心细作风；4. 县、区、乡长离职一天，必须先得上级批准；5. 加强上对下检督工作，有过失时上下级同受处分；6. 恶习废弛公务者，以渎职论处，给以批评、警告、记过、禁闭等处分；7. 工作努力有实在成绩，完成上级交予任务者，予以精神嘉奖及物质奖励。

七、加强敌伪据点侦察情报与盘查放哨等。

八、加强边区工作（安插）。

九、各机关之联系与工作。

十、加强地方警戒、维持安宁。

十一、加强宣传工作——座谈会、干部会、村民晚会、群众大会（发宣传要点）。

十二、粮草供给之研究。

十三、函召各位先生并饬各县给予特别优待照料。

陈四箴、陈钧建、朱辅庭、宋禹川、高锦堂、徐冬荣、丁汉杰、金笑侬（特找）、李竹三、万鹤林、王绍宸。

11月6日

临江行政人员表

区别	区长	区付［副］	注明
斗沟	周骏	查全敏	
白茆	王文正		
汤沟	先长风	熊济众	
虹桥	陈北林	刘功臣	
运漕	张声		
雍镇	吴佩隆		
繁一	陈中明		
繁二	姚子建	吕美楠	原督导员兼
繁三	钟江松		
铜一			督导员鲁森
铜二			
铜三			
全区水利督导员：刘国棣			
垦荒局：张君武、叶海舟、刘国棣			

临江行政办事处

职务	姓名	备注
主任	张君武	
民政	潘效安	宁远
副	胡瑞祥	
秘书	潘效安	
司法	蒋露	（胡代）
财政	彭尚定	
副	叶海舟	
文教	胡敏如	宁风
副	张小红	
保安	李革	王安澜

（续表）

职务	姓名	备注
队部	段之高	政委陈宏
教官	李坚毅	
指导员	余震	
教员	胡斯兴	
会计	沙迁	
会计	王超、江振	
总务股	冯初明	

黄丝滩工程：自三支峰至孙家土地庙下180丈，长2125.05丈，11.806里，土方总计394724.06方。

专区塘牧圩有1636亩田，共有16.3伕。本年定：

1.50亩为一小伕，两小伕为一大伕。2.本年以一二号新伕簿名次，共同执年，以他为主体，但是现年亦将均助之。3.每大伕筹洋400元作棚厂及烧火用，每亩收洋4元，由各伕首即垫。每大伕筹米两担，作为伕食，每亩二升。4.年内每大伕派常伕两名，每亩征工两个，合计200个工。如不足数，则临时加伕工。5.圩董现年伙食在内，不愿者自行办理，自己出钱，他们是义务，不算工。

起伕方法之参考：

1.圩乡及向来赴坝之乡，已经均伕者，一律依照新伕簿当差。未均伕者，依原有之伕簿当差。2.没有伕簿者（如山乡），以乡为起伕之单位。即以一乡以内之田地，按其性质（山田或圩田）分别照亩派伕。3.每乡伕子由乡政府编成乡分队，决定其领导及事务人员，送交区政府。4.田多者出伕，田少者帮伕，有田即有伕，不得丝毫闪避。5.田最多者为伕首，多尽义务，不得推委［诿］。6. 区为工程负责及比较之单位，各乡送到之分队，由区政府合编为区中队，选定其领队及事务人员，送县政府（或径送）转送黄丝滩工程局。7. 工程局应精细计算，按照区的单位，划定工程段落，指交各区进行工作。8. 伕子工作用具、火食用具、食品、衣被及棚厂，悉自备。9. 一乡之田地不足或多于一伕者，则由区政府就各乡状况匀配之，使帮贴成为全数。

11 月 12 日

临江干部训练队讲话——汤镇

一、青年的责任——（干）

1. 青年的解释；2. 青年的优点及缺点；3. 青年的责任。

二、青年的路——（怎样干）（方针）

1. 目前三条路；2. 应采取的路；3. 我的路的前途描绘

三、文化战线

1. 战争之复杂性；2. 文化战线之重要性；3. 对自己任务之认识——战士；4. 研究与学习——理论、技术；5. 关于大众文化——普遍、群众、浅显的。

四、目前时局

1. 国际、国内、本地区状况。2. 我们在文化领域上的紧急工作：（1）扩军、民兵、冬学；（2）黄丝滩工程；（3）禁种烟苗。

五、对大家〈的〉希望

1. 加强自己的认识——坚定；2. 加强自己的学习——致用；3. 成为一个大时代好战士——致果。

11月14日

虹桥区情形

一、区政府

区长陈北林、副刘功臣；治安陈容陶、副朱镜明；粮赋叶海舟兼、副巫清泉；会计吕振华。

二、各种委员会联合委员会

文教主任委员陈兼、副委员叶松如、水利副委员古国栋、拥军主任委员刘兼、副委员肖成章、武委主任委员丁聘权、副委员刘兼、副委员张兼。

三、各乡

高沟乡长陈汉珍、副乡长夏祺；姚沟乡长张桐、副乡长赵先银；五洲乡长陈刚、副乡长汤镜行；隆兴乡长姚震、副乡长吴江天；宋桥乡长谢箨、副乡长蒋锐；泯仪乡长孙成达、副乡长范镕；三溪乡长卢一寒、副乡长吕寄生；神塘乡长陶铸九、副乡长王澜田；南都乡长罗积中；马腰乡长刘延令。

四、各种委员会

1.联合办公，各有圈记，联合戳记，有定期会议，有工作计划。2.常委驻会办公，分班（十天）办公，代理各会务，解决一般参议。3.有秘书及会计。4.经费从公款内开支，预算报销成伙食单位。5.进行实际工作，分工进行。6.委员参加一般与实际工作之领导。7.分级有同样组织，得向下行文，检查工作。

为此节省了干部及经济、时间。

五、垦荒

1.太白洲、刘渡两厂三十万拨，因耿华章、萧道中、陶华山、洪子杨、丁汉杰等说与行署区接洽，固中止，只出九万元，现正交涉，准备干了（函）。2. 放垦由整个放，少数人定［订］合同。由我介绍领垦，规定垦价。3. 确定五百亩作为抗属垦，由拥委会代付垦价。4. 现在停顿着。5. 缺口荒地，备丈量，放垦，约两千多亩。分两期，一抗属，二贫民，三机关生产。6. 闷湖窑清理大量。7. 大小文兴洲，清丈。

六、一般行政工作

1. 一般进步了：（1）政府威信提高；（2）动力增强，迅速；（3）分行机构及人员健全了；（4）作风较变，贪腐减少，违纪政策事少了，故上了轨道。2. 党与政府关系甚好，党政军民配合好。

临江地委商谈问题

一、目前紧急工作——看总结

二、工作方面

1. 民兵主要干部之配备；2. 津贴无为十万元；3. 垦荒问题——濑浦滩、太白洲、刘渡外滩，对于黄丝滩挖压之救济；4. 铜繁粮赋——黄丝滩友谊帮助；5. 禁柴出口，1800.0 万担；6. 黄丝滩大会的时事座谈——电报；7. 七洲升沟运动。

三、干部方面

1. 李景曦、王文正及姚湾乡长；2. 白茆区问题；3. 汤沟伪保长刘铸九；4. 运漕区长。

四、政权武装

五、公粮变价问题之决定

六、汤家沟兑换所问题

七、保甲改造

近事一束：1. 派倪子干、邢振声赴和含。2. 派齐丹九等赴无为湖东。3. 工程彻底研究及内务整理。4. 参议会通电及三八区人民通电。5. 行署开始办公（陈沛往二区）。6. 山田起使办法。7. 工程经费之打算（复滃洲）（萧需［须］知总队部）。

民兵

1. 湖东民兵状况——重要性。2. 起来的方式——干部作用。3. 干部问题：（1）领导干部；（2）地方干部（注意）；（3）干部训练——冬学。4. 经费问题：（1）区公学户及乡小组；（2）其他。5. 领导问题：（1）党的领导——掌握；（2）行政作用——号召、编制、训练、调遣。6. 训练问题：（1）骨干之造成（退伍军人会）；（2）训练者。

民兵

1. 无为湖东民兵状况——重要性；2. 高潮及持久；3. 起来的不同方式；4. 武委会的作用——经费；5. 领导干部——主席、党、地方干部及其注意；6. 干部训练及普通训练——冬学。

11 月 15 日

临江五个区民兵大检阅

一、中国人现在的两大紧急任务

1. 国家的生存——亡国危险；2. 自己生命一切的保存——亡家亡身。

二、怎样来解除危险

由［有］力量的奋斗——干。

三、怎样来干

1. 出力干；2. 团结的干；3. 进步的干；4. 干的方式——当自卫队，民兵，精干队；5. 这就是具体的、有效的，救国救身。

四、举证

1. 抗战后，中国因团结，而得不亡。2. 抗日民主根据地，人民平安幸福。3. 上次及这次湖东、无为民兵协击顽军的光荣成绩，与大家的保全。

五、经验教训

1. 只有开展民兵，才能不可战胜。2. 只有当民兵，才能保国保身。3. 只有民兵，才是：孝子贤孙、英雄豪杰、最光荣优秀的公民。

六、临江民兵工作

1. 由于敌伪骚乱，发展较迟。2. 今天成绩很好，马上就干，不迟。

七、我对临江民兵工作的希望

1. 临江是大家自己的，所以大家一齐都要干。2. 一边做田，一边当民兵，不信特务造谣。3. 以前大家忽视民兵，今后大家〈要〉重视民兵，视为自己责任。4. 把临江造成铁的临江，真正不可战胜。5. 大家好好学习研究，精益求精。

来共同担当救国救民的责任，抗战要胜利，建国要成功，大家享平安幸福！

11 月 16 日　临江各界时事座谈会

地点——汤家沟

时间——十一月十六日下午

出席——临江士绅

开会报告

一、开会的必要

1. 由于时局的紧张性；2. 由于政府及人民是抗战的。

二、本月初本地区西边发生摩擦战争的经过

1. 战前的情况：（1）多种谣传（顽方）；（2）多种行动（顽方）。2. 自一号至四号的战斗经过。3. 顽军兵力及口号。4. 进攻中的残暴情形。5. 与敌伪之配合。6. 战斗结果。7. 人民的动态及舆论——民兵。

三、战后顽军之态度及行动

1. 集体整理准备报服〈复〉；2. 增兵调将准备报服〈复〉。

四、国民党顽固派一贯的暴行——破坏团结

1. 沟筑、平江及皖南事变；2. 无为境内之摩擦。

五、一贯暴行之原因与实况

1. 基本上动摇——动摇性；2. 专制主义的中毒——封建性；3. 对于胜利果实之把持——顽固性；4. 垦荒的忘嫉与恐慌——落后性；5. 它现在的策略——全局拖，局部打（对外）；6. 它的前途估计：（1）与日汪联合反动——有可能；（2）拖下去——可能最大；（3）略略反省改善——可能也有，但少。

六、今天的大势

1. 全世界的必然前途——民主胜利，法西斯倒台，人类大体的自由解放。2. 日寇的必败前途。3. 中国的胜利与将来：（1）胜利的必然性；（2）民主势力的胜利必然性：①世界援助，②中国新势力，③顽固派的内部分裂；（3）中国强盛复兴的必然性。

七、我们的目前紧急任务

1. 加强大家认识，并扩大之。2. 加强团结并扩大之。3. 加强正义的号召与呼吁及监视——众口吁［铄］金，众志成城。

八、政府的表示态度

1. 不为戎首，不做亲痛仇快之事。2. 坚决为保卫人民既得果实而自卫。3. 有足够力量足以自卫，一切事照做。

九、对大家具体希望

1. 帮助三大工作——尤其是军事。2. 宣传号召与呼吁。3. 一切人站近些，不旁观，同为中华民族解放大业而作最后奋斗，以迎接我们必然的伟大胜利。

11 月 17 日

一、每方土的评价：

1. 以米粮计算；2. 每担米以 600 元（暂时）计算；3. 每方土作为两个工；4. 每工吃米 1.5 升，柴油盐等 1.0 升，工资折米 5.0 升，合计每工每天米 7.5 升，每方土 15.0 升。值伪 90 元，边币 100 元。

二、全工程土方价值，合边币 4000 万元。

三、总董圩董现年伙食约每人每月 500 元，总董 50 人，圩 200 人，现年 400 人，共 650 人，打五个月完工，每月需洋 325000 元。五个月需洋 1625000 元，即 160 万元。

四、棚厂费，每棚 20 人，每棚 600 元，约 8000 伕，应有棚 400 个，共需洋 240000 元，即 24 万元。

五、车水等杂用，约 4000 个工，每工 100 元，共须［需］400000 元，即 40 万元。

以上系人民担负，共边币 4224.0 万元。

六、公家行政费，全工 50.0 万元。

七、公家材料费，全工 30.0 万元。

以上系公家担免，共边币 80.0 万元。两共边币 4304.0 万元。连同私人用费，此一工程，约耗费边币 5000 万元之巨。

黄丝滩土方总数 404085.64 方，即四十万零四千零八十五方六分四厘（更正数）。

桐区总董：鲁少东、奚道平，周昌林、吴万三、朱介明、朱月华。

11 月 20 日

三国会议内容

1. 缩短战争时间；决定了确切军事准备，不久将看到第二战场的实行开辟，从东西两面夹击，而打败希特勒。欧洲问题解决后，转而对日本。

2. 有中国参加的四国宣言，规定了保障战后和平与安全整个重要纲领，决定在战争中合作，战后合作。

3. 宣言中规定战后将组织包括一切大小国家在内而主权平等为原则的新的国际联盟，与旧国际联盟大不相同，应将是真能保障和平安全的联合机构。

4. 三国会议决定对意大利基本原则与全体政策：法西斯主义及其所有恶势力与其所产生事物，应予完全消灭，而予意大利人民以每一机会，建立以民主原则为基础的政治机构及其他机构；其具体政策：（1）意大利政府应容纳始终反对法西斯的意大利人民团体代表，使其更加民主化；（2）意大利人民要完全恢复言论宗教信仰政治信仰，出版与公共集会自由，意大利人民并将成立反法西斯政治团体；另外有一条是关于建立地方民主政府。根据这些条文，消灭一切法西斯遗迹与建立有共产党参加的广泛的新民主主义意大利的方针，是确定了。最后还作一个声明：本决议内容，决非付诸实行以反对意大利人民最后选择其政治制度的权利。以上是给予战败国人民以自由解放的光明道路，这是苏联人民与英美人民及各国人民的伟大国际主义精神的集中表现。

5. 三国会议宣布了奥地利脱离德国，并责成奥国人民要为反希特勒战争而努力。

6. 在莫斯科会议中，宣布了罗、丘、史三人的宣言，规定惩办法西斯凶手的原则，一切法西斯刽子手将无法幸免，“必将追寻他们至天涯海角，务使归案法办”，借以瓦解法西斯营垒。这个文件，对世界光明前途有决定的意义与力量，中国之前途于此可见了。而中国反动派顽固派以及准备投降的坏蛋们鼠目寸光，还在高唱一个主义一个党一个领袖的专制主义，还在实行亲痛仇快自相消耗的摩擦战争，真是死而不知死的可怜虫。卅二年十一月廿日录自毛泽东讲话。

11 月 24 日

顽固派第二次无理进攻：

一、进攻——20、21 两日（分两路），22〈日〉停攻，晚退却。

二、兵力——三个支队（安徽人多），四个正规营（广西人），伕子约 2000，配备甚强。

三、计划——第一日占领尚礼岗，第二日占领严家桥，第三日占领恍城、达石镇，组织剿匪司令部□□□。

四、死亡——二百多，被俘——一百多。内支队长，大队长及中小队长多人。广西人十余名，余安徽人。

五、我之收获：迫击炮两门、平射炮一门、重机枪一挺、轻机枪六挺、步枪二百多支、子弹二万余发、炮弹四箱，另有轻机枪四挺及步枪甚多，在圩内正起捞中。

六、我的结果：伤亡五六十人，大胜利。

又讯：

1. 俘 200 多人；2. 重机〈枪〉三〈挺〉；3. 轻机〈枪〉廿多〈挺〉；4. 步枪约 300 支；5. 子弹廿余箱；6. 杀伤与击毙 1000 左右。

11 月 25 日　临江武委会成立大会

一、报告山内第二次反顽自卫战果

二、败与胜的评判

三、“奸匪”问题

四、反顽与抗建之一致性

1. 错误的党争观点；2. 错误的内战无害于国族观点；3. 我们的双重责任。

五、民与兵

1. 新四军的性质；2. 民兵性质——大众利益的；3. 果实之保全。

六、所望于临江武委会者

1. 区任的观点；2. 号召〈的〉作用；3. 筹款；4. 政府与正规军之态度。

11 月 26 日

择〈摘〉录《大江报》社论（20 日）

一、顽固军——国民党反动派的目的

1. 乘盟国与德国法西斯决战时，摧毁国内民主进步力量；2. 继续专制独裁的统治；3. 以遂进行妥协投降的迷梦。

二、我们实行自卫战斗的意义

1. 保卫皖中及整个华中敌后抗日阵地；2. 抗日人民的自由生活；3. 与盟国共求胜利；4. 求民主的世界及民主的中国之实现。

三、我们必须百倍警惕，紧张起来，认清打击反动派的重要，否则，他们不会觉悟与转变的，他们将：

1. 增高反共反人民投降之毒瘤；2. 使中华民族神圣抗战事业受损失；3. 使中国人民解放事业招致大损失。

所以：1. 麻木不仁的念头不对；2. 忽视反动派进攻的严重性，是严重的大错误。

四、我们必然胜利，其条件

1. 共产党的正确领导；2. 强大的从皖中人民中生长壮大的子弟兵团——新四军第七师；3. 进入巩固阶段的民主政权；4. 紧密团结在抗日民主政权下，并深深体验到自己利益与根据地利益完全一致的各阶层民众；5. 数万已经发挥伟大作用的勇敢民兵参加作战；6. 四面八方抗日根据地的配合呼应；7. 多次反扫荡反摩擦斗争的经验与各方面的充分准备。

五、我们应该做的

1. 充分准备，加紧努力，争取时间；2. 实行空室清野，围困敌人；3. 加强民兵训练。

11 月 28 日

临江干训练及民兵干部会讲话（关于民兵工作）

甲、对于民兵的认识

一、从性质上——地方性的武装

1. 他与纯粹的兵有区别。2. 他与纯粹的民有区别。3. 他是民又是兵，寓兵于农，寓兵于民。

二、从任务上——配合帮助

1. 主要的是配合作用（在战斗上）。2. 后勤工作。3. 维持后方治安。

三、从组织上——骨干（说明整个组织）

1. 是自卫队的骨干与先锋——模范。2. 是全民精华——白血球。

四、从效能及作用上——不可战胜

1. 可以摧毁一切——历来革命动力。2. 可以建设一切——万里长城作喻。3. 是宙宇第一个不可战胜的力量。

乙、组训民兵的迫切性

1. 中国力量，还不足以战胜日寇，抗战胜利无保证。

2. 群众不起来，不足以战胜奸伪及反动派，还是断送胜利果实。

3. 自己不自卫，眼前所得民主自由及丰衣足食的成果，即将失去。

丙、政府的民兵观

1. 组训民众，在新旧政府之异同（理由）。

2. 我政府真诚的宣传组织训练及武装民众——这是最高阶段。

3. 民兵是民众自己的武装，而不是私人工具。

4. 民兵是民族的孝子贤孙，是民众中的优秀男女，是第一等公民。

丁、对于谣言的驳斥

1. 民兵是拉壮丁的另种方式（整队编）。

2. 训练或比赛是调到别处去。

3. 把民兵当做［作］头炮。

4. 山内打了败仗，将去补充。

戊、民兵工作注意事项

一、在宣传动员上

1. 详尽的耐心地说透道理，小心浅显比喻。2. 室内细谈——各种会议。3. 奖励激动。4. 注意谣言及驳斥（追根）。

二、在组织训练上

1. 不要过分勉强。2. 适合其生活及情趣。3. 先松后紧的渐进法。4. 绝对耐心，教法及态度要研究，多奖少惩。5. 推动情绪、抓紧情绪、利用情绪、保持情绪。6. 竞赛法、自觉法（自我批评）、核心法。7. 纪律之服从。

三、在武装及战斗上

1. 打破唯武器论。2. 各种方式的战斗之认识。3. 武器之制造与配合。4. 游击战争及配合作战。（1）战争的种类；（2）我们必然采取的战术；（3）配合事项——敌住我扰，敌走我追；室空清野，肃清内奸（民兵内的捣乱者，更应注视防范）。

巳、我的希望

1. 国历年内组成民兵。

2. 农历年内训成民兵。

3. 大家做模范，努力。

4. 抓住胜利的高潮奋斗，以使自己不再遭受危害，成为不可战胜的铁临江。

5. 学习、学习、再学习——干，干得好。

对于财粮工作的意见

一、观点——是革命工作重要之一部分

1. 重视的观点；2. 征取应得的观点；3. 爱惜民众，减轻负担的观点。

二、办法

1. 剔除中饱，滴滴归公——一文钱用在有利革命上——

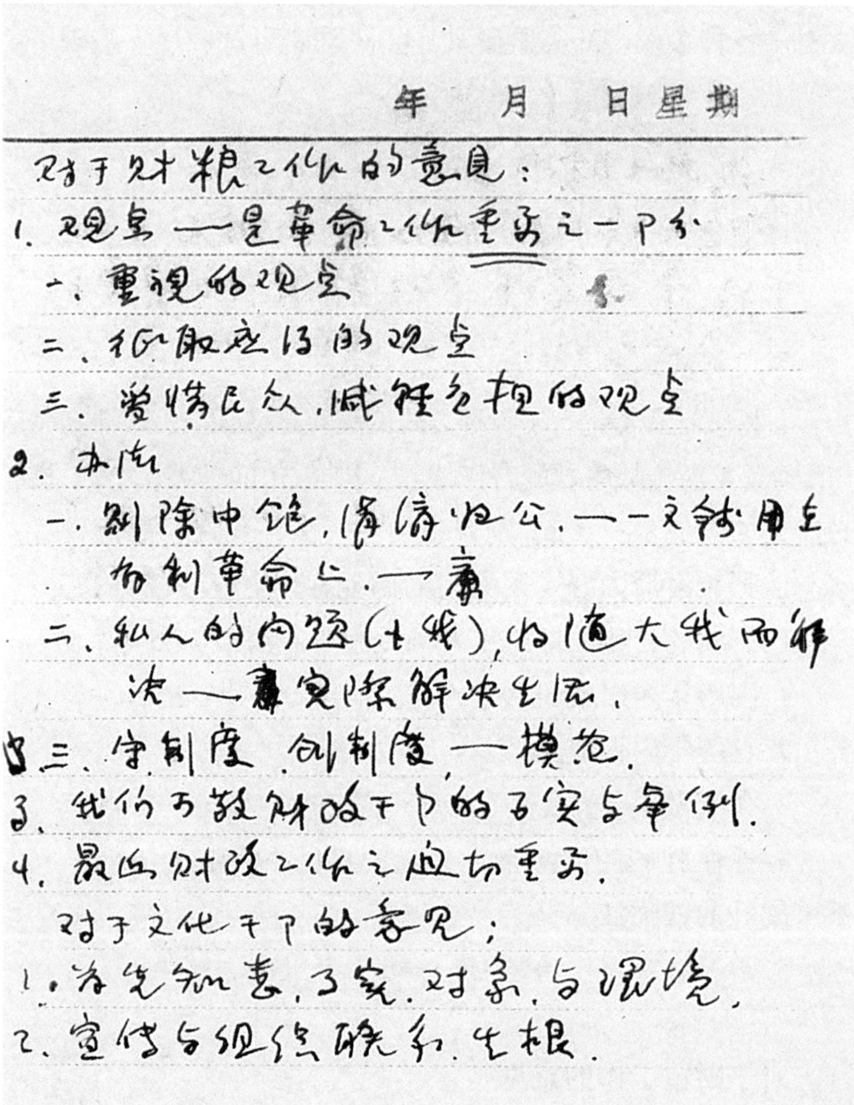
年 月 日星期

对于财粮工作的意见：

1. 观点——是革命工作重要之一部分

一、重视的观点

二、征取应得的观点

三、爱惜民众，减轻负担的观点

2. 办法

一、剔除中饱，滴滴归公，——一文钱用在有利革命上，——廉

二、私人的问题（士兵），必须大我而解决——实际解决生活，

三、定制度，创制度——模范。

3. 我们[illegible]财政干部的[illegible]与条例。

4. 最近财政工作之迫切重要。

对于文化工作的意见：

1. 首先知道，了解对象与环境。

2. 宣传与组织联系，生根。

吕惠生日记手稿

廉; 2. 私人的问题（小我），将随大我而解决——实际解决生活; 3. 守制度，创制度——模范。

三、我们可敬财政干部的事实与举例

四、最近财政工作之迫切重要，对于文化干部的意见

1. 首先知悉事实、对象与环境; 2. 宣传与组织联系，生根。

11 月 29 日

汤沟区概况

一、区政府

区长: 先长风、熊济众; 保安区员: 王云（王雨林）、周政; 财粮区员：朱觉民、金光祖；办事员：江耀林；收发文书：胡春庭；民教干事：刘镜元；班长：郑国之。

二、汤沟乡长: 吴伴梅（正），東汉庭（副）；姚湾乡长: 戈挥（正），陈宜（副）; 三元乡长: 彭效东（正），蒋华（副）; 板桥乡长：余丽生（正），王槐（副）；堤树乡长：蒋济华（正），吴少华（副）；新五中长: 邵荣华（正），吴彬（副）; 二临乡长：吴代炳（正），周（副）。

12 月 1 日

白茆区

一、白茆区连二陇共九万地（黑沙洲在外）。

二、照间接关系算，每十亩一个工，则一千二百亩为一百二十个工，合为四个月一个长伕。

三、但该洲热心，决定五百亩出一个长伕，应得伕子一百八十名。

四、黑沙洲地约五千亩，作友谊关系计算，其总董即到（李

克澍）。

五、银租地概由佃方担任。

六、棚厂自办。

七、白茆各总董三号来。

七洲开河问题

一、由临江行政办事处下训令给七洲堤工委员会

朱仲英、徐南州、查正飞、朱之时、倪仲纶、胡继胜、李自维、崔和甫、陈克让、查贵然、吴剑平、朱传咸，及该洲农抗理事长等。

二、饬办事项：

1. 即日动员组织；2. 依照实际需要，考察计划工程，呈备考核；3. 准备动工。

三、令饬白茆区政府及六洲乡政府全力协助。

四、定期开动员大会。

和含

一、38 乡，211 保。

上芒征 138 保，73 保未征；已征 191939 亩，米 767779 斤（四斤一亩米）。

二、完全控制的 81 保，半中心 71 保，敌、顽、我三方面者 38.5 保。

三、江全，三区，17 分，115 保。

上芒未征。下芒可征者，55991 亩，米可收 405834 斤米。

征数额——6、7、8 三种（斤），变价 12480 亩，伪币 459800 元。

四、地方税（含和）

每月收 17 万，支出超过甚大，数尚不知。

五、现在情形——无统计。

六、改正：

1. 健全会计制度；2. 总清算；3. 调整区级会计人员。

七、定标准亩不好，又不公平，上中等不公允。

行政上不抓紧，未一元化。

八、浪费现象——养猪（每猪四人公粮）。

九、查登田亩——估计 2553435 斤（可收额），已支 80 万，只余 50 万斤。明天无出，如查登 5 万亩，则解决。

十、南姥区粮赋区员藕志朋携款逃去，但区长杨国典袒护之。

十一、财经组织。

十二、货管上问题：

1. 土产内销——地点复杂（行政）。2. 转折税——分运证。3. 营业税与货检税问题：（1）营业税打八折；（2）准特殊照内销办法。4. 金融问题。雇主问题，0.8—1 元（使用及政治）。

12 月 3 日

和含武委会委员：

孙仲德、林岩、杨汉林、马献龙、倪则耕、谷少风、刁松寿、闻杰、周恺、洪玉堂、张自耕、颜济民、祁家振。

主任委员：马献龙；付［副］主任：倪则耕；兼□总务：谷少风；宣传科：刁松寿、祁家振；训练科：杨汉林、闻杰（军事科长）；组织科：林岩。

十一月廿六日成立的。

12月9日

与杨汉三先生谈话：

一、我政府的锄奸政策及其不得已之变迁。

二、杨本身的案情经历及现在办法。

三、各种形势及中国前途。

四、国民党的将来与我们的前路。

五、个人的见解——人生观（将自作喻）。

六、对杨之希望：

1. 勿介怀——知道我政府的文明；2. 正义与人道之立场——国家前途估计；3. 做一些进步的实事——大家一起干；4. 座谈会之效果——征求意见。

12月10日

献弹运动人名表：

张松滇、熊仁斋、邢振声、伍开诚、王星五、倪汉臣、王试之、倪佩龙、胡顺萍、徐冬荣、齐丹九、王绍宸、吴子宽、范植生、丁聘权、叶松如、萧成章、萧道中、丁汉杰、郗子侯。

和含行政概况：

一、和含行政办事处

主任：马献龙；副主任：倪则耕；秘书：颜训方；财粮科长：张作文；副科长：石楚玉；文教科付［副］：余惠；军事科长：闻杰；副科长：任道济；公安局长：姚士章；司法科长〈缺〉。

二、南姥付［副］区长：杨国典

三、陶运区长：赵潜

四、白渡区长：王新群

五、粮望区长：高艺林

六、清淋区长：杜少安

七、农元区长：卢达先

八、江全行政督导处主任：李岩

九、西埠区长：王苏民

十、香泉区长：杨明

还有一个区（江全共三个区）。

行政上的优缺点：

缺点——党与行政未分清，包办；干部弱，贪污腐化，保长尤坏；工作制度没建立，各区对县没有汇报，像独立了。

优点——工作热忱高，突击工作很好，固亦无经常性（各抗属恳亲会，大吹大擂），有朝气，各方面联系尚好，统战工作好，士绅团结不错。

财粮方面：

缺点——没有制度（收支），只做到收，未做到保管及支付；干部能力弱，区级尤不行（西梁乡长另加粮赋每亩十四元，按正价应收卅六元）；未脱突击方式，转入行政路线，工作零乱；贪污腐化多，变价入腰，不结账，浪费食粮。养猪及鸡鸭，每猪抵四个人吃米，合县级干部。

优点——突击热潮还好，如红五月之救荒工作，解决食粮恐慌，收了数十万斤。

区以下不重视粮赋，没有这宗观念，也是缺点。转变作风快，乃是优点。

临江各级干部——办事处

职别	姓名	职别	姓名
主任	张君斌	秘书	潘效安
民政科	胡瑞祥	财粮科	彭尚定
文教科	胡敏如	司法科	倪勃

（续表）

职别	姓名	职别	姓名
会计	沙迁	工作队	章晓红
船管处	徐瑞卿、谈振民		

一、虹桥区干部

区长	陈兆林　刘功臣
宋桥乡长	谢英　蒋俊
高沟乡长	陈汉桢　钱淡如
隆兴乡长	卢一寒　吴江天
五洲乡长	陈刚　唐金行
姚沟乡长	张桐　赵先银
泥汊乡长	孙成达　范智群
神塘乡长	陶铸九　王润田
三溪乡长	尧政　夏奇
南都乡长	罗执中　朱半痴
马腰乡长	叶沛群　刘延龄

二、雍镇区干部

区长	吴培侬
黄马乡长	陈灼希　刘伴民
沈南乡长	黄松岩　黄俊生
八角乡长	朱植坤
雍镇乡长	余永辉　黄振初
裕溪乡长	余正东　杨秀民

三、运漕区干部

区长	余性平
庙赵乡长	胡云　林国柱
田桥乡长	高磊

四、铜陵各区干部

铜一区长	陈笑树

（续表）

〈铜〉二〈区长〉	王本修
〈铜〉三〈区长〉	古换时

五、汤沟区干部

区长	先长风　熊济众
板桥乡长	余丽生　王振华
汤沟乡长	吴伴梅　束汉庭
三元乡长	彭晓东　蒋华
堤树乡长	蒋济华　吴少华
姚湾乡长	戈辉　陈骥
二临乡长	吴代丙　周云山
新五中乡长	邵荣华　吴宾

六、白茆区干部

区长	王文正
白茆乡长	刘钜农　龚田
永固乡长	何若民　王汉
六洲乡长	阮墨卿　倪端
泽桥乡长	叶百川
义圩乡长	沈少轩

七、斗沟区干部

区长	周骏　查全敏
藕塘乡长	魏明凯　江清
田桥乡长	倪炯　胡云
桂山乡长	程克东
斗沟乡长	许肇
流泗乡长	谌锟　杨登银
宋庙乡长	魏朋
河坝乡长	夏建平　江作琴
张桥乡长	杨挺

八、繁昌一区干部

区长	陈中明　马杨

繁〈昌〉二区干部

区长	吕美楠
江坝乡长	陈昊鸣　杨定波
保兴乡长	王道平　姜文炳
慕莹乡长	李向明　张浩然
磕山乡长	张家珍　艾萍
笔架乡长	古复初　刘云之
白象乡长	乐平风

繁〈昌〉三区干部

区长	钟国松　陈国英
义勇乡长	郭剑文
岳山乡长	周克
长庆乡长	陈芝兰　沙克东
漕河乡长	丁仁一　杜末初
姥山乡长	余畏之　杨凯
凝峨乡长	严峰　汤光明

12 月 16 日

为根据地安全问题在石涧埠举行各界座谈会——反国特斗争

一、正式宣布杨汉三先生开释——因为，他很坦白……

二、对于反国特问题，在抗日民主政府建立前期，我们的心理——“不会的吧？”但国特：造谣，打进来，勾引，破坏。因此，直到一年后才建立保安工作。

三、我们后期的心理——“只要不毁坏”（作比喻）

但国特：造谣，白字帖，伪化借杀，割电线，放土匪，暴动，计划联络作内应，调查带路，准备查抄。因此，才建立正式的保安组织。

四、我们的方针

1. 居心——只求不毁坏；2. 目的——保卫根据地；3. 办理——真真假假，不放松破坏者；4. 方法——教育改善为主。

五、方针错谬么

1. 最低限度的要求，是宽大的，应当的。不然，劳而无功。2. 保卫根据地有必要，不然，小则危害根据地一切人民的生存等。大则危害抗战建国，因为没有根据地则一切等于零。3. 办案识别真伪，是事实，不放松，对的。4. 以教育及改善为主更好，有实例。

总之，这是正确的。反之，广西佬及顽政府如何？

1. 他们束缚并强制一切人，毒辣。2. 他们为了欺人肥己。3. 他们株连。4. 他们残杀，诛除易［异］己。

总之，两相比较，大家凭良心说，我们正确，他们野蛮。

六、对于各种不正确谣言及论调之驳斥

1. 逮捕，因为他是国民党（或亲属）。抗日民主政府对友党正确关系，友党正确活动。2. 逮捕，因为他讲党义。民主政权对于党义之实行，真正的国民党之义。3. 逮捕，因为他做“工作”。国民党在今日正确的工作。我们希望于国民党者。4. 这是党争——报仇。十年血仇之不报，“党争”是模糊观点的掩眼法。绝不是党争，而是根据地生存的斗争，中国存亡的斗争。5. 这是一党专政。国民党区域与根据地之比较。6. 这是蹂躏人权。（1）政权之正确解释——它是抗日民主各阶级的联合政权，它应该对敌伪及一切破坏者专政。（2）人权之正确了解——人权是有条件的（坏人没有），根据地人权保障之光明实在（好人都有，如安居乐业，夜不闭户，坏蛋去掉，大家平安，民主，平等……）。7. 案子问题——酷刑、格杀、迟缓。（1）与广西佬之比较。（2）坦白者之优礼相加。8. 总之：一切有误解的，有是阴谋。

七、结论——申明

1. 方针不变。2. 对于目前政治案件之目的：（1）不公开的破坏组织暴露。（2）大家悔悟莫为自杀行为。（3）共同对外，相见以诚，相处如初。3. 予破坏者以坚决之打击。

八、对大家及全根据地人民之希望

1. 了解情况——特务之危险性与政府之苦衷。2. 了解特务危害——自卫与根据地之关系。3. 警惕，及对此的正确见解，以及应有之帮助——指报，劝解，而不是糊涂的人道观点。4. 对国民党员，安心和反省、悔悟、坦白。大发良心——以无为抗战七年来的具体材料为张本。大家呼吁团结，大家促成团结，以迎接刚要来临的大胜利。

九、关于时事简略报告

1. 在伊朗举行的苏英美三国会议：（1）反法西斯战线之巩固——第二战线；（2）对日本的一致表示——共同剪除；（3）战后国际——平等互存的；（4）民主的光明的世界政治——前途；（5）希特勒之表示——求生存，上当，不降；（6）东条之表示——存亡时期，灵活运用。

2. 在北菲［非］举行的罗邱蒋会议：（1）以西战场战斗胜利的［为］第一；（2）太平洋反攻三国一致（中国不得媾和）；（3）中国国内必须团结一致对外；（4）中国战后有其全个领土。

3. 结论：（1）法西斯整个垮台，为时不远。（2）整个世界的前途，是光明的。（3）苏联实际执了全世界的牛耳。

（4）日本对中国的诱降，在种种牵制下已经失败，中国暂无整个投降危险。（5）中国国内可能好转，但小摩擦不可免。（6）中国前途是民主的、光明的。

4. 现在的军事：（1）世界。在苏联边境，苏不断胜利。英美第二条战线之建立，及在意境之行动。英美在太平洋上的局部反攻。（2）中国。日本诱降后对湘省、浙省的军事威胁。总之，法西［斯］阵营，日在瓦解失败中。

5. 总结语：（1）全世界情况，越发有利于我。（2）中国主观力量，要火速准备：①团结者存，分裂者亡。②进步者存，倒退者亡。（3）我们根据地之巩固发展，人人有责。这就是反攻的真力量。

金副议长：

1. 顽固特务应该肃清，他丧尽天良。2. 望意志薄弱的以后再大干，不要身在根据地，心在顽方。

陈参议员四箴——感动

1. 民主政府与顽方之比较，他是一党专政，而此地容纳。2. 对犯人处理周详，而顽方则不然（去年杀了九十三人）。3. 保安工作是大家的，如有坏的活动，乃是大家公敌。4. 普通人民尚欠了解，希大家多作宣解，主张正义及真理。

难民——感动要说话（潘善夫）

1. 填表入党（国）。2. 曾做乍期乡长、无理免职。3. 几年来看到政府的苦心。4. 希望大家增信心，巩固根据地，检举败类的特务。5. 要思索过去惨痛。

12月22日

县级政府编制

<table>
<tr><td colspan="2">县长 1</td></tr>
<tr><td colspan="2">秘书 1</td></tr>
<tr><td colspan="2">民教科长 1</td></tr>
<tr><td colspan="2">司法科长 1</td></tr>
<tr><td colspan="2">财粮科长 1</td></tr>
<tr><td rowspan="4">科员 7</td><td>民教 1</td></tr>
<tr><td>司法 2</td></tr>
<tr><td>财粮 3</td></tr>
<tr><td>秘书 1</td></tr>
<tr><td colspan="2">办事员 1（民）</td></tr>
<tr><td colspan="2">会计 1</td></tr>
<tr><td colspan="2">农务 1</td></tr>
<tr><td colspan="2">收发 1</td></tr>
<tr><td colspan="2">文书 2</td></tr>
<tr><td colspan="2">接待 1</td></tr>
<tr><td colspan="2">通讯 4</td></tr>
<tr><td colspan="2">理发 1</td></tr>
<tr><td colspan="2">炊事 4</td></tr>
<tr><td colspan="2">运 1</td></tr>
<tr><td colspan="2">警 1</td></tr>
<tr><td colspan="2">共计 30 人</td></tr>
</table>

区级政府编制

区级	甲	乙
区长	1	1
民政区员	1	兼
治安区员	1	1
财粮区员	1	1
办事员	3	2
炊	1	1

（续表）

杂	1	1
通	2	1
农建区员	1	1
共计	12 人	共 9 人

乡级政府编制

乡级	甲	乙	丙
乡长	1	1	1
办事员	2	1	
通	1	1	1
共	4 人	3 人	2 人

行政公署编制

主付［副］任 2	秘长 1
秘书 1	文书 1
民政处长（兼）	司法处长（兼）
付［副］1	书记管 1
文教处长 1	收发 1（监校）
农务员 1	招待员 1
会计 1	炊事员 3
警卫员 9+1	运输 2
共计 27〈人〉	

财政处编制

正付［副］处长 2	秘书 1
管理员 1	事务员 1
收发 1	财粮科长 1
科员 3	经建科长 1
科员 1	特务员 2
通讯员 3	炊事员 2
运输 2	
共计 21〈人〉	

货管局编制

正付［副］局长 2	会计科长 1
科员 3	贸易科长 1
员 1	总务科长 1
办事员 1	货检科长 1
炊 1	通 3
特务员 1	运 1
17〈人〉	

县局编制

局长 2	会计 2
贸易 1	货检 1
事务 2	通讯 3
炊 1	运 1
13〈人〉	

分局编制

分局长 2	会计 1
事务 1	通 2
炊 1	
7〈人〉	

12 月 27 日

严桥行户概况

行类	班数	状况
米行	24 家	
鱼行	3 家	
柴草	3 家	
山粉	1 家	
竹行	1 家	无帖
牛行	1 家	
猪行	1 家	

（续表）

行类	班数	状况
花生	1家	
鸭行	1家	
水果	1家	无帖
望货行	1家	无帖（油粮纸茶烟）
布行	4家	
车行	1家	无帖
43家		

12月28日

关于黄丝滩伕工鼓励办法

一、天阴不能工作之日，应该停发工资供给伙食；二、每伕每天规定工作数量，最低半方土；三、超过至八成者奖；四、少于半方土者罚；五、奖罚拟办法；六、奖罚之来源。

12月29日

欢迎同乐大会

一、欢迎谭师长与巢大及五师同志

1. 带来了我们好的示范。2. 增强了我们的力量，达到完全巩固。3. 欢迎至诚恳，用意在于改善我们的作风，加强工作，取得革命的胜利。

二、过去的检查

1. 建立政权、稳定意志、安妥地方（解放了群众）。2. 巩固据点，扩军，民兵。3. 政治改善各方面——政治经济。4. 物质建设——垦荒，水利。5. 文化。6. 群众运动——民主化。有成绩，但不够，基本上不辜负人民之付托。把革命的力量加强一些。

三、将来工作

1. 军事建设，备战，大胜利；2. 政治建设——干部作风；3. 物质建设；4. 文化建设，群众起来；5. 民主团结——迎接更大的胜利，用这来欢迎我们的师长同志们。

1944.1.19—1944.12.29

1月19日

明年着重改革者——革去老一套。

1. 管理方法要改善。2. 会议会报制度。3. 检讨制度。4. 一切新的方法。5. 总圩董起钱极多（每亩五元），这要检查清理，以免普遍贪污。6. 第三段工程之定额分工（按圩分工），各负各责。7. 工程局之组织改善。

涧北蒋冬学

一、校长蒋声朋，教员蒋声佩，冬学主任将声标，学习组长蒋直卿。

二、学生54人，现四十七八人。十六至三十岁最〈多〉，四十多有几个，五十岁者有，顶小的十三四岁（五六人）。

三、以前每晚上半课，现一课，已交［教］至第七课。

四、程序：复习、识字、讲解、小组讨论，每组六人，每班十二人。

五、每天一黑到二吏大止，每晚三四小时。

六、灯油费自动交，大致都给（苦者无、雇工归老板）交保管委员筹之。

七、没有强迫，大家愿意。有事者请假，故意不到者罚油一斤，迟到早退者二斤，但没有此事。

八、学生是由村民晚会上自动报名，未报者劝解之，但亦无此例。

九、全校只课本一本，无手册，学生临时抄。

十、冬师未参训练。

1月24日（除夕日）

关于变工问题的调查

一、以恍城乡间论，一般在每保或每村内，有牛者约占三分之二，无牛者三之一。

二、现时搭牛（连人）每亩五十元，无人者四十元。

三、一般牛每天可耕田（水田）二亩。

四、搭牛甚困难，但搭者以邻人者多，出乡者少。

五、新的换工办法如实行，农民一定便利欢迎。

六、一个平时人工，抵换牛耕田一亩，这是不带人的，如带人即加人工一个（以每日照还人工，非以亩计也）。

七、犁耙连牛工在内，一般不另贴工。

八、庆保改村之处，以每村为施行单位为宜，旧保以两个甲合并为宜。而亦须有计划的划分各甲，使牛数分配比较匀称。

九、要有一个组织，或称变工队，或称生产劳动合作社，此组织归乡行委会生产委员会领导之。

十、变工组织成立后，应将其所辖民户之待耕种的田地及全部牛力、人力、农具先行调查统计，分别决定变工计划，依照执行。

十一、变工守则：

1. 有牛之户，以自行耕作其田地为第一事务，当不能因变工而妨碍其自己的生产工作。2. 有牛者、必须参加变工，不得以任何理由推卸不干。3. 换工的工作，以组织保证之，任何人不得骗赖巧舍，但双方同意者例外。双方同意将工折款者，以当时当地的一般工价为标准。4. 变工时如收农具用坏，照物赔偿。

十二、变工制度，有集体劳动的重大意义，能在变工以外，更进一步拟具集体生产与劳动计划者更佳。此即合一村为一家而从事生产工作也。

十三、水车变工，以水车一天，变工四分之一。

1月28日

物价比较表（1944年1月28日统计）

货物	26年（1937）	32年（1943）	33年（1944）	比增
食米	3.0元	400元	560元	186.6
食盐	14.0元	2800元	4500元	321.4
土布	0.7元	130元	150元	214.3
香油	13.0元	3600元	4400元	338.5
柴火	0.25元	35元	65元	260.0
平均				264.2

注意之问题：

1. 去年十月，平均数字是187.2，现仅经过三月，增至264.2，可见法币跌落及物价高涨之速。2. 土布已降为第四位，是手工业生产之证。3. 香油被垄断如此高价，急应设法管理，今年秋季应对菜子［籽］增加生产。4. 每元折合0.003785元、3200铜元、一枚一元。

一般货物价格涨跌比较表

货物	26年(1937)	33年(1944)	倍数	备注
白米	5.0元	600.0元	120.0	以石计
柴草	0.25	50.0	200.0	以石计
食盐	17.0	4000.0	236.0	以石计
土布	0.6	120.0	200.0	以丈计

（续表）

货物	26年(1937)	33年(1944)	倍数	备注
洋布	1.0	500.0	500.0	以丈计
香油	20.0	4400.0	220.0	以石计
火柴	0.1	130.0	1300.0	以包计
肥皂	0.08	60.0	750.0	以条计
白糖	0.20	150.0	750.0	以斤计
猪肉	0.20	36.0	180.0	以斤计
鲜鱼	0.10	20.0	200.0	以斤计
鸡子	0.01	3.0	300.0	以个计
洋烛	0.8	250.0	312.5	以筒计
纸张	0.01	10.0	1000.0	以张计
棉花（熟）	30.0	6000.0	200.0	以石计

1月30日

关于乡下买卖田土：

收监证费，每元一分，买者出；收笔资费，每元一分，买者出；收中佣费，每元五分，买三卖二。

以上买田者，每亩小费达五分，卖者每元达二分，共每元七分。此七分现均由乡长及理事长一股拿去。他们并不向民众声明账目。

查现时每亩值价，大约总在四五千元，则每亩收费达三百一十五元。若每乡一个月中买卖田土有一百亩，则当收入三万一千五百元（此乃甚低限度）。我们有200个乡，此笔收入，每月就有630万元。这笔收入被瓜分还是小事，从此坏了干部。

纠正方法是：

1. 制定表格，限每乡填报，一个总结填报一次，月底连表及款送区府转解县。2. 月表填送税契处核对，如有漏报严办。3. 税契处改由区府办理。4. 每报须向民众公布。

1月31日

虹桥区联合委员会：

巫锦三、赵芳武、古国栋、肖风台、丁聘权、叶阴侬、叶景文、叶万水、叶玉成、宋恪安、肖成章、叶松如、柯景明。

以上高沟区最多。

2月6日

记王家墩河坝乡王村保、夏乡长建平的事。

去年腊〈月〉廿八日，在李家大塘，百姓50多股养的鱼，起鱼时，起210斤，是夏乡长与林启满（民兵指导员）起了，以前未通知百姓（用鱼鹰船起）。童茂发（执一股，有合同）与他们说，起鱼怎样呢？他们“政府空了”，乃丢下40斤，他们挑河坝卖后过年去了。廿九日用保人事关了他（童），关约四五〈个〉小时，“混蛋”。

2月7日

一、农村对于牛的成语：没有牛做什么田，不养猪过什么年，庄家无牛空起早。

二、洲地在三四十亩即养牛一只。一般有牛者三分之一，每牛日吃草卅斤。

2月8日

关于七洲疏河工程概况

一、全洲地(熟)10186亩,大套边7000亩,倒峡边3186亩。两地因地势关系，分为两个水道。

二、大套边疏河四条（3—5 丈宽，3 尺深），需土方 27996 方。每亩担任约 4 方，作为 4 个土工。

倒峡边疏河一条，7400 方土，七股每亩摊 4 方，八股等每亩 2 方，还有不担任的。

三、全工程 35493 方土。

四、今春硬干三个月。

五、南江沿生工（倒 30 丈），挑筑 90 丈，以脚八丈八尺，面二丈，高一丈二尺，需土方 6000 方土。

六、平工约四里半，需土 7000 方。生、平工，全洲担负，每亩 1.3 方土。

七、待决问题：

1. 八股的沟之填否？ 2. 四股斗门沟水道及蓄水；3. 六股帮七股；4. 生工挖压约；5. 三工先后，及工程改作计划；6. 开会。

2月9日

一、皖中地区垦丈委员会委员

王绍宸、王试之、金稚石、金笑侬、胡厚培、倪彭斋、徐冬荣、张恺帆、胡德容、叶进明、蔡辉、吕惠生、张君武、张世荣、黄耀南、丁聘权、倪子干共十七人。

二、皖中地区垦丈局负责人

局长：张恺帆；付［副］局长：倪化黎、刘国棣；总务科长：宋沛生；测丈科长：倪化黎；垦务科长：刘国棣。

三、会局于二月九日成立，并开委员会

1. 报告

（1）本地区土地情形之复杂；（2）粮赋情形之窳坏；

（3）国税之不合理状况；（4）整理田赋之必要与办法；（5）垦丈局及委员会之责任：①建立国赋基本的基础，整理紊乱状况，使担负合理；②以裕政府正当的收入，促进抗建事业之开展。

2. 讨论

（1）测丈地亩整理田赋暂行条例之讨论；（2）会局组织之讨论；（3）工作施行步骤；（4）其他。

张付［副］主任谈话：

1. 要估计工作前途之困难与可能发生的谣言及破坏；2. 首宜大家认识此事，不仅是经济的，且是对政治的重大意义。

2 月 10 日

是日上午十一时半动身回署记事如下：

一、东乡米每担 560〈元〉，价格太低，而总行又给贩运上很多不便，人民怨尤。

二、芜湖洋货价格陡涨，洋布一匹七千余元，洋火二十五六元一盒。

三、故谷贱伤农，此时更甚，要立即设法。

四、沟通方面，与人约期，应函告。

皖中民兵检阅暨军民联欢大会讲话

军民联欢会的解释

1. 字面的解释——军队政府和人民，大伙儿联合在一起，来共同欢乐欢乐。

2. 深刻的意义——军队政府民众，互相检讨，互相关顾，真正的打成一片，全根据地的人变成一个人一条心，同苦共甘，同祸共福，共同把根据地巩固起来，建设起来，打退一切敌人，赶走日本鬼子，建立新中国。总之，团结互助。

2月11日　军政民联欢大会

1. 大会意义

就字面意思解释——大家联欢：由于我们军政民素来相好。由于相好已经：粉碎敌顽一切进攻，使根据地巩固；改善人民生活，使大家不愁衣食。由于这些，故联欢是需要的。

2. 大会更重要的内容：（1）大家检讨一下，军政民之间有无缺点，来加强团结——这就是加强拥爱工作。（2）大家检讨一下，改善民生工作，有无不够，来加强生产——这就是加强生产工作。（3）只有加强拥爱，军政民团结得像一个人一样，才能更安全；只有加强生产，大家收获增加，才能更快乐。

3. 我们为什么要这样做

（1）我们的安全从何而来？是军政打胜仗而来的，否则……（2）我们的生活改善从何而来？是军队和政府实行保护政策而来的，否则……（3）我们的政策，从何而得施行？是军队给予地盘的，否则……是人民接受政策的，否则……（4）我们从何而能打胜仗？是政府和人民拥护的，否则……所以，互相血肉相关，不可分离。不如此做，都不能生存。

4. 我们怎样来做

（1）各自检讨，不到的地方，来改善，毫不虚伪——

譬如政府方面：①优抗工作未办好，对不起军；②米粮供给，有时不凑手，对不起军；③人民生活，尚未全改善，人们教育尚未全普及……对不起民。其他为何呢？都有一些。

（2）检讨出来以后——

①要坚决改善；②要在事实行动来表现出来。

譬如：拥军——扩军、优抗、帮助；拥政——实行法令；爱民——帮助、爱惜。

总之：①要诚心诚意，真心；②要实在的来干。

5. 结论

（1）大会是联欢的。（2）大会意义是加强拥爱，加强生产。（3）为什么这样做？不如此，大家都坏。（4）怎样做？

检讨、改善、真心诚意、实在的做。

只有这样：（1）我们更安全；（2）我们生活更好；（3）我们能克服更大困难；（4）我们能取得更大胜利。

军政民联欢大会

主席团：曾政委、谭师长、李部长、吕主任、金副议长、张世荣同志、刘芳同志。

主席：张世荣同志。

讲演：吕惠生、李步新、金笑依、刘芳。

宣布竞赛成绩：谢忠良。

投弹得奖者（手巾各一条）：

湖东：王安甫、丁德金；无为：陈顺恒、周世满；无东：倪寿五、张孝林；无南：王庆顺、陈寿江；和含：李叶富、杜华子。

民兵检阅

1. 比较上次进步完全（成绩）。2. 证明人民力量大。老百姓无武力，各顾各的思想被粉碎了。3. 人民力量——移山倒海。4. 只有人民力量才能救国——不依靠别的。5. 希望——继续干。加强演习，扩大组织。把皖中造成铁的——如华北、皖东。

我们要做事：1. 拥政爱民——真干。2. 生产运动——努力。

2 月 15 日

太北洲情形

一、公家芦厂 1850 亩；二、丁成圩 2724 亩，内银租 960 亩，分租 1260 亩（内沙地 400〈亩〉）；三、丁芦柴滩开塾 400 余亩（收一季），新垦 200 亩；四、共 4674 亩（全洲）；五、银租额春 6 秋 9（1.5），不收作完公粮；六、分租（东三佃七）原为四五（东），五五（佃）（收两芒）；七、用足裁尺 52 弓；八、400 亩在抗战前开的，羁脚 8.10 元（分租）；九、新垦 200 亩，卅二年春开的，羁脚 160 元（分租）租额 3.7；十、股东丁楚波 205、幼勃 75、冬荣 100、介伯 200（内外）；十一、利权归经理（丁）总收总付。

2 月 16 日

目前经济救急问题：加强对田赋之设法

1. 田赋增加；2. 田赋征上征——冬衣（买纱）；3. 田亩测丈——夏衣；4. 银租；5. 合作款；6. 公粮爱告——节粮；7. 黄丝滩折伕，作款。

2 月 17 日　曾政委财经会议总结

一、走私问题——奖励敌伪方的走私。东西两面的封锁，须利用其间之矛盾，以得我之利益。因此，控制是需要的，但控制不是政府能独办的，必须有群众力量。为此，必须公私兼顾，军民兼顾；否则，办不成，办不好，故必须以人民的利益为基础，不是控制人民，而是指导人民一致对敌控制。

二、如何渡过目前困难问题

因为全体都是被动的，无计划性的，争取主动——筹巨款（已定）；办法——以不碍长期打算的经济为原则，如测丈查田，公学产等；其次是严守制度，当作党纪一样。

1944 年皖中生产计划

一、关于农业

1. 继续完成水利工程（黄丝滩三闸等），在山区继续挖塘（平均每塘深二尺）；2. 解决农业本身困难，制造农具，以廉价售市或借给军队，严禁牢中举办农贷；3. 改善农业技术，研究并号召深耕施肥，禁止抛荒田亩，号召拟定增产计划，创造农村劳动英雄，试行变工；4. 垦荒。无为划给军队 1200 亩，湖东 1000 亩，和含 600 亩，临江 500 亩。

二、关于农村副业

1. 植树。保护森林，植树一千万株，无为 200 万，临江 100 万，湖东 500 万，和含 200 万，并将反顽斗争中所砍伐树木一律补植，树苗由和含购办十万至廿万桐苗，临江一千万株柳苗。2. 养鱼 1000 万尾，无为 200 万，临江 500 万，湖东 100 万，和含 200 万。3. 颁布生产保护法。4. 植棉 40000 亩，无为 10000〈亩〉，临江 6000〈亩〉，和含 14000〈亩〉，湖东 3000 亩。

三、关于手工业

1. 普遍成立纺纱小组。2. 举办合作事业，手工业贷款二十万元，以华洋义振会基金充之。

四、关于机关生产

1. 每人规定五分至一亩。2. 种菜七厘以供给本机关食用为原则。

五、关于春耕组织

1. 加强生产委员会组织。2. 区设农建区员。

一、革命的人生观；二、领导方法；三、中国革命问题；四、财政经济政策；五、什么是主观主义；六、自由主义；七、时事问题；八、抗日民主政权；九、锄保政策；十、司法工作；十一、目前工作；十二、修养问题；十三、文教工作。

参加同志：雷明远、查剑农、王耀、高节、孙冀、唐则洲、夏日畏、杨干、陈昭著。

2月20日

二月廿四日无为县各界人士公安座谈会——在县政府大礼堂举行

一、本座谈会的意义——公安二字

公安工作是维持新民主的社会秩序的工作。

二、政府宽大政策执行之经过

1. 料其必无——没有防特工作。2. 不会的吧——教育释放。3. 知之甚稔——从轻发落惩办其尤。

以上，这是出自真诚，本诸政策的。

三、为何而有宽大政策呢？

1. 民主政府坚决执行抗日战争，它以打败日本帝国主义为唯一的目的，它以杀害自家人为大耻辱——深明大义。2. 民主政府坚决执行抗日民族统一战线，它以联合全国各阶层为希望，以内战为耻辱——任劳任怨。3. 民主政府是人民自己的政府，它不是另外一个专以压迫为能事的阶级，它透悉中国的国情和民知的愚昧，故能体谅人们的错失——赤诚感人。4. 这是中国共产党的远大政治眼光，博爱政治风度，及忠忱［诚］于国家民族利益的大公无我的精神的表现。

这也是民主政府之所以不同于顽固政府的具体表现，说明了党与政府的博大与正派，而正派一定不因宽大而陷于失败，又是我们的认识。

四、国民党特务政策之罪行与我们宽大政策之比较

1. 国民党的特务政策。

2. 特务政策的一般罪行：

（1）造谣——曲解法令，惑乱人心（苏北例子）。（2）破坏——政府威信上的，电话、反间、挑拨。（3）恫吓——进行组织。（4）诱导——如抢米、暴动。（5）借刀杀人。（6）报密。（7）暗杀（现在的清乡等）。（8）总之，反人民反政府反国家民族利益，这完全是事实。

3. 为什么呢？

（1）从政治的促狭成见来说，它梦想专制——一个党，一个主义，一个领袖，天下为私，天下为家。（2）从经济的利益成见来说，它恐惧不能少数独占——巨大的财产，享用不尽的快乐，以私害公，私人利益至上。（3）从实质方面说，是妒智嫉贤，妨弱害能——奸邪行径。（4）从目的方面说，是把持黑暗旧统治——最后挣扎。

4. 特务政策与我宽大政策之比较：前者是邪道，后者是正道。

5. 质问国民党（两相比较）：

（1）用抗战政策来比较——我们说，持久战分三个阶层，必须团结进步（民主）才能战胜，它则相反（锄奸政策在内）。（2）用政治效果来说——我们根据地如何，它们如何。（3）用抗战功劳来说——我们在敌后搏斗，艰难困苦，它们否。我们为国守土三〈分〉之一至五〈分〉之二，制敌24万。（4）谁正，谁邪，谁为正义，谁为病狂，凭诸事实，凭诸真理，它应没有理由来破坏的。

五、世界、中国及皖中根据地之前途

1. 世界是反法西斯（专制）的，是民主的，是光明的。2. 中国是反专制的，反卖伪药的，是民主的光明的——胜利在目前。3. 皖中抗日根据地是中国排山倒海的新势力的一部分，是民主的光明的，而且必然胜利，不可战胜的，能克服一切困难而坚持巩固着的。4. 总起来说，正必胜，邪必亡，道必胜，魔必亡。姜子牙必胜，申公豹必亡。如一切史实。

六、我们今后应该怎样

1. 政府态度：（1）宽大政策是一贯不变的——因为我们中国人面前还存着强大的民族敌人，我们国家还不富强，人民痛苦极深，我们是具有远见的政治风度的。（2）人不犯我，我不犯人，人若犯我，我必犯人——因为，倘不如此，我将失败，奈国家民族何？故必然采取自卫。（3）希望其不犯，以不犯为好——因为，摩擦内战，不仅害了国家抑且害了你们自己。你的寄托何在？你的把握何在？路东路西以及全国的先例和两次斗争之实例，都可作为教训，故还是〈化〉干戈〈为〉玉帛，大家老老实实，忠心为国。

2. 失足者的挽救：（1）从事实真理上认识反省；（2）从

天理良心上认识反省；（3）从今后思想行动上去自然而然的证明——时间是试金石；（4）政府绝不记［计］前嫌，至此一笔钩［勾］销了；（5）几种错误之驳斥：①八面玲珑之取祸。②以人不知之可笑。③隐瞒自非之自害。④不自改过之太愚。⑤希图幸免之非丈夫。⑥鬼话连天之可痛恨。⑦利用宽大故意不改之将遭不利。⑧口是心非、阳奉阴违、事后仍然照干之不可恕。

3. 对公正人士和群众的希望：（1）明确认识这是“其事干己”的事，故不视之漠然。（2）明确认识这是“大众斗争”的事，故应参加反特务工作。（3）人人提高警觉，加强准备，党政军民在一道上来谋求集体安全——公安。

七、对会场中各种临时问题之解答

失足者，如为参议员，其参席当可据情转达参议会，考虑考虑。

皖中行政委员会（第13次）皖中参议会联席会（第19次）

一、卅三年春季工作计划

1. 拥爱运动。（1）12月24至1月24为拥爱运动月；（2）分发动（一周）、检查（二周）、总结（三周）三个步骤；（3）得到坦白，自承缺点，改善军政民关系。2. 生产运动（办法另文）。

二、健全行政机构——改保为村

1. 分区分别推行（经过调研）；2. 三月至四月完成计划以内的区域；3. 印发废改经教。

三、开展文教工作

1. 开全地区文教会议；2. 恢复联合中学及附设师资班；

3. 设立中心小学及模范小学（校长）；4. 教职员待遇提高；5. 加强群众教育；6. 整顿公学产（银租）。

四、公布保护生产条例

五、成立合作事业指导处

六、黄丝滩起伏办法

七、征收上芒（临8斤，无6斤，和含仍旧，湖东秋季并征）

八、临江成立财经分处（张君武兼）

2月24日　各界公安座谈会纪事

一、主席报告——陆县长

1. 宣布国特阴谋之破获。

2. 破获的意义——结果：（1）根据地巩固了；（2）有把握保证安全。

3. 为什开会呢？

（1）政府应该宣布怎样；（2）反特是大家自己的事情；（3）对失足者治病救人的挽救。

二、公安局报告——李局长

1. 报告范围，无为五个区。

2. 过去国特罪案之经过：

（1）他们不是帮助态度，而是暗害的，要想加以颠覆，再建黑暗统治的方针。（2）采取两种方法，公开的，秘密的。秘密的，即是特务政策，它渗透在一切方面，成为洪水瘟疫似的。（3）孙中山先生之国民党不如此，最近却完全改为特务组织了，成为特务政治。（4）他们的口号：汉奸可恕，异党难饶，三分对敌，七分对匪。其办法，只求目的，不择手段。

3. 其具体情形：

（1）组织甚大，隐藏于私塾学校、油坊等，或进行内奸活动。（2）其构成，或就老组织加以改造，或由特务机关直接派来的。（3）其机关大半在敌占区，如开成、无为等地，也有在内部的。（4）其工作（即罪恶）：①勾结敌伪策应顽军进攻；②破坏法令；③腐化干部，挑拨是非；④策使暴动；⑤组织逆产查封，破坏经济；⑥到处组织情报站；⑦制造反宣传，谣言攻势；⑧威胁利诱人民，发展特务组织。（5）如此严重怎干呢（瓦解或巩固）？①我们不得不干；②在三月内已将此案办了大体。

四、我们采取说服为基本方针来办理的

1. 很慎重的；2. 少捕少杀或不杀（逮捕者 15%）；3. 宽大争取为主（禁闭者 5%）；4. 一般优待；5. 审理采取座谈，允许争辩提反证；6. 以整风办法，赤忱［诚］感化，禁止刑讯。

五、国特破坏行为

1. 逼迫善良充当特务，用顽之进攻或金钱地位作为手段；2. 政治上反宣传，挑拨政府与人民关系；3. 收买我们下级干部用女人金钱等；4. 先打击后拉，如任区长；5. 强迫好人来干特务；6. 勾结敌伪，合伙一致的事实；7. 破坏电线，引敌伪入根据地烧杀；8. 假装帮助而又破坏之；9. 顽进攻时，刺激鬼子，配合扫荡；10. 国特策应顽军进攻；11. 便衣活动，收慰劳费，不准民兵配合；12. 破坏民主政权；13. 委区乡长，造册收三年田赋；14. 混入政府来干区乡保长；15. 破坏水利建设，如三闸、黄丝滩；16. 破坏减租法令，使人难堪；17. 鼓动暴动，如刀会暴动、春荒暴动；18. 暗杀，如陈克士案、陈效根案、贾周案件（贾玉道）、潘家鉴案、徐伯葵案、高性朝、胡海如案。暗杀齐平同志，谋杀宛区长，任区长被绑案；

19. 借刀杀人，挟嫌误控，诬告；20. 经济封锁，查封委员会；21. 调查公家物资；22. 造谣，三多部队，迷信宣传，牛生子；23. 破坏生产；24. 焚书坑儒。

六、政府对失足者采宽大政策，争取其共同抗战

1. 国〈民〉党特务政策应受历史裁判；2. 大家应该不能忽视，要来共同处理；3. 但被动者多，故宽大之；4. 但不是姑息养奸，希望他为善；5. 但死顽固者要好好反省，真心改善，否则，后悔莫及了。

七、关系人谈话

1. 新民区丁文忠先生：

（1）好政令不使行，与国〈民〉党无关者则行。如扩军谓为是抽丁，并延其期，敷衍。如慰劳将慰劳费与敌费同收，示民众曰，两皆一样。如减租则谓有意打击地主，对佃则云假恩假惠。

（2）除平时外，余为邦任区长，利用任昌来（小爪牙）与任之冲突，报告鬼子，后又利用以钱赎回，迫民众赎钱，挑拨政民关系。

（3）顽军进攻前，廿一集团军赵月桂回来，要准备一宣传，二欢迎，三新四军□靠鬼子，四建立政权，五与便衣接头，六沈长扣发动敌伪接应。

（4）只叫干部完成任务，而不告诉他目的，以免泄露。

（5）我被捕时甚恐惧，就是肉颤，但区级大家劝我两日夜，诚恳与我，我极感动，国〈民〉党只是升官发财，知道了共〈产〉党之伟大，故我全说了。后来受训中，认识政府是在救己救人，并知国〈民〉党已不是大革命时的了，而是假三民主义的，我现在实已被漂白了，今后为整个国族而奋斗。

2. 陈又蕾谈话（成见的，利诱的）：

甲：（1）国〈民〉党性质的改变，他特务化了；（2）组织种种机构，专制独裁；（3）违反总理三大政策。

乙：（1）根据地国特情形之暴露；（2）军事方面，破坏交通，看报情信件，泄秘密；（3）顽军到时，带路……向导；（4）到时开会劝止，每人出 80 元；（5）政治方面，反抗减租，恐吓农民，二五减租不长久，暗纳租。丁家将租送去，组织逆产查封委员会。丁汉杰主任，联络老四区士绅，准备没收。（6）反对政府一切新政令，延缓使推不动，活动神密［秘］，参会丁郛，县政陈之，乡级陈继贞，将照片，如吕；（7）布置暗杀陈克士，开了三次会。

丙：国特应有觉悟，及大家之警觉。（1）回头猛省；（2）大家提高警觉，加强拥护，加强抗战。

3. 陈伯文谈话（威胁的）：抗日民主是真理。

4. 卢季瑶谈话（威胁的）：

（1）顽伪合流，现被感动，今后绝对改过自新；（2）政府领导我们向光明大道走去。

5. 陈秀夫谈话：自己糊涂（糊涂的）。

6. 张健淮谈话：皈依新民主（思想错误）。

7. 项多好谈话（糊涂的）。

8. 李庭业谈话（成见的，利诱的）。

八、银并——参议员议席问题

九、金议长：忠奸要分别

顽敌蹂躏桐东

一、二月四日，桂顽伪一团（千人）到桐东周家潭乡，五日到青山水圩，挨户收索，民众被抢损失约百万元，被奸妇女无计（百余），五十多岁至十四五岁，无幸免，并毙夏老鸹子一人。

二、在周潭保甲收枪支保甲壮丁购粮等费，每保一万六千元以上。

三、民众跑反者，五分〈之〉三以上。

四、我住成泽湖小岛中。

五、桐南江燕、叶荣、周敏三同志在某鸭棚开会被国特指引顽敌捕去，周扑水得免。

六、八日晚，顽百余人进湖陇，经我击退之。

2月29日　顽军三次进犯纪略

一、顽五路军正规主力营二个，配合地方团队约一营，共一团之谱。

二、二月十五日晨，从杨家村金牌、泉塘三路向我祈雨山阵地进袭。

三、我有两中队，与〈敌〉战二小时，毙敌约百人，退回。

四、敌住泉塘、祈雨山，兵士不愿干。

五、十五夜祈雨山附近大小村庄之妇女悉被奸淫，并将衣物掳空。

六、敌征于民者：每保铁丝五十斤（每斤150元）；米五十担；香油十五斤；木柴十担；土基四千块；大树两棵、小12棵；每甲棉被一床；电话柱子七根；临时费2000元。

七、十六日开会，每亩田暂取50元，稍迟一星期再取70元，关闭很多保甲长，有些死得头破血流。

八、我湖东临泉区乡长万建中被敌惨杀，抚恤2000元。

卅三年（1944年）地方事业（文教、水利、慈善）经费收支预计

一、收入项下

1. 田4798亩，收稻2399担（250），应收洋599750万元。2. 熟地36000亩（50），洋180万元。3. 柴套洋50万元。4. 旧欠洋10万元。共洋300万元。

二、支出项下

1. 慈善洋2万元，0.66%；2. 水利洋8万元，2.66%；3. 文教洋290万元，96.66%。

三、文教经费支配

1. 中小经费30%（87.0）；2. 联中经费25%（72.5）；3. 民教奖金5%（14.5）；4. 私辅奖金2%（5.8）；5. 教材编印15%（43.5）；6. 文活3%（8.7）；7. 总预备金20%（58.0）。

四、区公学产分配

1. 民训66%、文教33%；2. 文教支配：乡小70%、民教20%、一般10%；以上写成决定发布照行。

汤沟镇绅商座谈

一、目前一般情况

1. 国际国内；2. 本根据地。

二、政府对难民之态度

三、政府的经济政策

1. 土地政策及廉洁政治；2. 增加生产——农业经营；3. 统治物资——农林经济。

四、关于集成行——公私有利

五、关于盐行——子盐店

六、关于护商——以前、以后

对商人的希望：1. 人事上——相见以诚；2. 政策上——大家研究，不时建议；3. 经营上——放心做去，政府保障。

七、关于熊仁磊先生的事件

1. 事件的经过——政府态度。2. 事件的结果——熊的作为。3. 所以的原因：（1）不了解我们；（2）老套思想与办法。4. 正确的了解（1）我们的宇宙观——“一切可变”，世界可以改造，人类社会可以改造。（2）我们的人生观——人生的意义在于谋得大众幸福，唯此才是不朽的。（3）合上两种，而坚定志向，刻苦耐劳，奋斗牺牲，为达两项目的而奋斗。（4）其表现：忠诚、博大、公正、廉明。5. 今后相处：以坦白诚恳、正直老实为主。

汤沟盐市情况

一、食盐问题

1. 原来在中路，十一月至十二月，入 8000 担。2. 但有偷的现象甚炽，加以禁止，则引起反感（抢三百多担），工人也不愿做工，这是极坏的，道德不存在的。3. 政府遂严加制止——改组盐行，公卖。4. 现在虽还有少数偷的，但其量甚少。5. 价格有对内对外两种，特务份［分］子每多造谣，但价格定于供求法则，政府只做中间者，视其自然情形为准。6. 现虽有黑市，但可解决，只要子盐店建全后即行。7. 上下价格虽甚悬殊，不久可以公平，政府绝压价，更谈不到居奇。8. 改组以来，进口量减少了，但这是交通运输关系。9. 子盐店手续不合（未登记），以后定要有一定组织基金及登记。10. 食盐问题，以人民利益为主。

二、集成行问题

1. 外界有些误会，殊不知对外统治，对内流通，是任何国家都〈相〉同的，我们当然要如此办。2. 集成行是对外统治的机关，三月历史了，内地正在扩大，将保护自己、打击鬼子。3. 坏蛋造谣集成行压价，其实全非，他们私人利益与大众利益矛盾也。

三、集成行的信用

1. 不逾期、正派、信实。2. 外来客商拥护、相信，很荣幸。

四、汤沟市面

1. 繁荣、人多、房子不够。2. 但不希望太过于红，很大事业，还宜在乡。3. 这商埠中如投机坏蛋要加取缔，必须取之有道，真的繁荣。

五、错误的观点与说法

1. 与敌伪方在经济上通来往，认为是汉奸行动。2. 物资交换或盐运客商，认为是汉奸。3. 抢劫他们的东西，发洋财，认为是应当的，不丑的。

这都是错误，要不得的。在无害于、有利于我的条件下虽与鬼子来往，也是无妨的，因为我们的战斗有种种方式。

3 月 1 日

在王家坝举行工程局工务会议，分局长、科长、局长及个别委员出席，目的在于初步考查工程状况：

一、前言

1. 开会〈的〉目的——了解状况。2. 要了解的事物——伕子方面、管理方面、工作方面、待决问题。3. 要表册——职员或伕子册藉，各种统计及制度办法。

二、出席人员报告

1. 分局报告。2. 总局各科报告。3. 局长报告。4. 其他出席人说话。

三、问题讨论

四、结论

1. 工程还好，但好得不够，可能向坏的更［变］下去。

2. 所谓“还好”——（一建三修，为多）：（1）大家都来到了；（2）工作做起来了；（3）约半月已做工作不少——尤其是二段。

3. 所谓“好的不够”——（一建三修）：（1）我目见的，第一段铲工少，烂泥多，第三段铲锹配备不匀，马虎；（2）硪工不足与不好；（3）精神不够，死板沉闷，不积极；（4）研究精神不够，敷衍，如用土；（5）对立现象，观念如学校师生，团结不够，非大公无我，不负责；（6）各种不正派的思想与行动蔓延着、猖獗着——落后的封建思想，皮毛的民主认识。

4. 所谓“可能向更坏的方面走下去”：（1）伪的民主思想流行的结果，成为无秩序无纪律——工作垮台；（2）真封建思想流行之结果，成为无收无管、无法无天——工作垮台。

5. 错误思想之来由：由于教育不够，制度不明，执行不力，由于有些人根本未丢旧思想，卖弄法门，借以示好。

6. 批评：前者是努力不够，后者是以私害公。

7. 挽救危机。（1）不可不挽：①切身利害——要必成；②农忙在即——要速成；③外江危险——要好成。（2）应该要挽：①我们已经担负了责任——民众损失极大；②纵然劳苦时间不长。（3）挽救之道——对大家〈的〉要求：①一致反对与检查克服错误思想：民主是有制度有秩序有纪律的。封律自私是罪人，应提出弹劾；②加强研究，改善，计划性的工作；③恢复积极性与活泼情绪；④严格执行工作制度，赏罚分明；⑤反对一切不良倾向，大家立即——积极负责，栽花莫栽刺（分工）；⑥迅速拟定公布制度，解决一切工作上的悬案；⑦官僚主义要克服。

3月3日

第一段佚工及人士情绪低落原因

一、分局长处理事务太机械，态度太差

二、工程上发生错失，不合算

1. 把涝太机械，必须依预算。2. 把沙太深，有土。3. 撮埂脚太大，欠计划。4. 去草叶等太细碎。5. 最下层上土前，先行做基。

三、各段埂线长度有疑窦

1. 第一段 810.19；2. 第二段 739.91；3. 第三段 574.95。

现改了：第一段 821.71；第二段 647.89；第三段 678.00。4. 这些问题未及时得到解决。5. 各级到得迟，不负责。6. 观望心理落后随人。7. 怕到第三段干。8. 有些圩董家境寒苦，无钱来贴。9.810.19+739.19+574.95=2125.05 丈，以土方 394724.6 作二段平分，每段 131574.68。10.821.71+647.89+678.00=2147.6 丈，以百分比分埂的，主体 66.2，直接 25.4，间接 8.4。11. 第二段以前长度所以不同之故，在于 7、8 段约 10417 方，错为 1047.7〈方〉。后经改正了。

关于和含佚子情形

1. 正月初八日，自办事处动身，十三到达，十七动工，耽搁九天。

2. 领导人郭锡开、汪晓芳（汪即归去）。

3. 伕子八十名，初四日又带九名，初一逃六个，初二逃廿一名，初九逃四名，初六五名，现今还剩六十三名，连自己在内，共六十四人。

4. 分埂十七丈长，宽十一丈六尺，现尚未完成一板。

5. 内中真做田有家室的至多廿人，其余是做手艺的——杂牌子，坏极了。

6. 来时每人发钱400、600、800不等，是否支米，不知道。（1）五升米一天每人。（2）吃公家的（菜金九元）。（3）现款零用。

7. 已用伕子伙食约三万元，棚厂约一万元。

8. 有叶帮先初四到，督工。

9. 总局派王京之为事务员。

10. 各区伕子数目：行为不正的——

白渡区：17人；南姥区：7人；陶运区：9人；农抗区：6人；清林区：9人；娘娘区：3人；共计：51名。

湖东伕子情形

1. 领导人伍子侯（关河区），中队长；翟桂明、朱少庭、袁明如分队长。2. 伕子共84人，23号洗刷11人，剩了73人（办事人概在内）。3. 分梗18.603丈长，做了两板。4. 阳二月十七日自行署动身，十八日到工。5. 十九日在底下做工，两天，约百余方土。6. 廿一日到三段，做十一二天，两板。7. 自带粮3000斤，用完，未带钱，路费公粮40元一斤，约

400元，此地卖470元十斤，卖了现款。8. 在局已借券400斤，钱5000元，草400斤。9. 伕子还好，小个多了。10. 每天估计。11. 按73名供给伙食，每日米146斤，菜金每人每日八元，共584元，灯油5钱，2.5元。以上均由局代为付支，单独结算。12. 发米款按十天一发。

石涧埠区情形

1. 领队人潘德亮中队长，分八班。2. 伕子80人（班长火伕在内），连中队，共81人。3.15集中，16在区府，17动身，18到工，19正式上工。4. 来时带每人750元，棚费在内。5. 已借1000，总局的。张局长借米433斤。6. 确定由局暂作借。

虹桥三溪：1. 张孝扣领队人；2. 伕子65人（概在内）。

皖中黄丝滩退建工程局施工指示

各位分局长、督工员暨总董、圩董、现年全体伕友们：

我们大家为了防御水患获得安全，为了保障生产，为了巩固及发展皖中抗日民主根据地，争取抗战胜利、建国成功，已经坚决奋勇的开始了，进行着这一伟大的水利建设工程。有的进度甚速，干成了一半；有的虽较落后，却也不难追赶上去。至于做得是否认真合式，各大段各分段之间都有不同。各位知道，我们不干则已，干就应该干得好。一切敷衍、草率、马虎从事，都是不对的。我们应有两个总的口号，即是：做得快，做得好。谁不如此，谁就对不起良心，对不起大家，两方面都将受到责备与惩罚的。各位更知道，摆在我们前面的工作是有限制的，时间并非过久，工作并非过多。只要我们做得完做得好，就算全功。我们有的是健壮的身体、丰富的精力，还有什么可怕、可疑的呢？为了要求大家更进一步，加劲加紧的完成任务，特作如下指示：〈缺〉。

第一段总董圩董联席会

一、总董报告施工概况

1. 总圩董现年及伕子到工情形；2. 工程进度；3. 意见。

二、大家讲话

三、总结

1. 个人批评（总的）；2. 第一段苦衷；3. 以后办法；4. 希望——团结紧张严肃活泼。

3月4日

黄丝滩总局预算（三月份）

主任局长	4	500	2000元
科长	8	400	3200元
科员	3	380	1140元
办事员	1	360	360元
测量员	2	900	1800元
助手	4	360	1440元
通讯员	8	340	2720元
炊事员	2	350	700元
32人			13360元
米金	40	6.25	7500元
菜金	40	8.0	9600元
办公			4000元
出差			3000元
特别			12000元
共计			49460元

以上出差须依制度特别实支实报。

第二段总圩董联席会议

一、徐局长报告

1. 工程大致不差，但亦有不够的；2. 总董比较负责，圩董有或否负责；3. 东黄厂圩董骆容武做得好；现年管必来是模范的；东滩圩董黄旭东工程好；瓦庄圩董吴自清非常负责，做得好；将伕子丢的土捡起了，板口特好；永定小圩董王茂林、张叶祥，汤木圩董朱锡祥，新藕圩、张家圩、白新圩均负责，以上好的；戈心圩江家德，大南圩、长义圩、连成圩、双成圩、新圩、沙桥圩等工程均落后；安兴圩、虎登圩董汪家愚、刘家长自己做工（挑土），可为模范。

二、各总董报告（分八小段）

1. 邢振声

计十三圩（内有三个小圩）圩董 23，到 11。去年一伕二额 132，零 5.94，共 137.94；土方 15012.73 长 82.4 丈。去年到 276 名，挑 38 天，做 10048 工，挑土 3000 方，每人每日挑 0.33 方。今年，一伕四，552 名，挑 20 天，11000 工，挑 4500 方，每人每日 0.42。今去年共挑 7500 方，剩 7500 方，已有五成完工，计算要一个月才竣。

2. 齐涵清

圩 11，董 19 到 12，伕 128.67。去年每人每日挑 0.3，工 10046，挑土 3192 方。今年一伕四，到伕 11200，挑 3660 方。整个 13957 方，已挑 6552 方，剩 7400。不到 5 成，因取 45 丈，路太远也。计算三十五六天可以完工。

3. 王守义

圩 7，额 187.23，土方 20300 方，80.16 丈长。董 13，到 11，已工 28000 工，挑土 9800 方，余土 10500 方，约

三十六七日完成，现每日每人挑 0.35。

4. 汪少南与 5 段相同

5. 黄仲山

圩 8，董 17，到 8，额伕 143.95，土 15668.9 方，长 86.41 丈。共上伕 15200，挑 440 方。去年挑 0.35。今年上伕 12320，挑 4550 方。去今年共挑 8950 方，剩 6718 方，六成工约 35 天竣工。第 4 段与我差不多。

6. 管鉴堂

圩 4，额 143.47，长 55.41，土 15579。去年工 16000，今 8000，共已挑 8283 方，共 15579–8283=7296 方，6 成不到。约 35 天成功。

7. 伍开成

大约成 5/10，35 天可成。

8. 李新斋

圩 9，额 138.42，长 97.1，土 15084.6。去年挑 3000 多方，今年伕 600 名，挑 4000，存约一半 7000 多方。35 天可成。

3 月 7 日

第三段要求：

1. 总董来三段（铜区周区）。2. 石磁——周 8、铜 6。3. 保甲伕子被第一段截留。4. 关于各级负责干部的保养问题。

和吴继周（铜区总董）谈话

1. 工程之重要性——江外状况与可能之险。2. 工程之特殊性——单行法以有利工程为主。3. 处分之根据——对公玩视功令，对私有权利不尽义务，对公私不尽责任。这样，其害在于大众，政府为大众利益而处分。4. 处分办法——撤职，因为已自放弃。罚鸡子 3000 个，作为慰劳奖励与代劳。用意在于教育大众，有利工作。5. 各方面观——吴对起了大众，服从了公共纪律；政府，大公无我，儆一振百；大众，知道了纪律。6. 对吴希望——个人无私怨，要了解。以身试法得儆他人，乃是大众有利。大家事大家理，以后还要做事。

汤沟区烟苗状况

1. 二临约 2000 亩。2. 新五中 1500 亩。3. 板桥 70 亩。4. 姚王庙乡 200 亩。5. 三元乡 100 多亩。6. 提树乡 200 亩。7. 汤沟乡 200 亩。8. 姚湾乡 60 亩共 4330 亩。9. 去年冬宣传周。10. 去年 11〈月〉、12〈月〉、〈今年〉1〈月〉三个月，实行铲苗，保长具佑，铲了不少，又带民兵到处铲，民兵互相铲。11. 罚的每乡至少五六人，重罚者多人，区府直接禁闭处分者四五次。12. 罚的东西，大刀为多，自两把至十多柄，又有罚民兵用的帽子（两乡）及□刀枪，及纸张、布匹（包袱）苦工的。13. 板桥三元姚湾干得最紧，余次之，二临新五中最松。14. 未种者不过十分之一耳，此是相〈当〉普遍之事也。15. 现在反映：（1）民众的：①非铲不克，否则，坠乡保长。②如不铲，与张□□拼命。③如不铲，今后政府说话概不相信了。④如政府不铲，他们自动地来干。⑤一般的愤怒——被铲者，恐惧——未铲者。（2）干部的：①如不铲，政府将无威信，将全体辞职。②恐被百姓打，晚不敢走路。③如不铲，无言解答百姓的质问。（3）先区长：①干部都为此恐惧不安心工作。②上面以前办得最严 12 个乡——除二临新五中外，一齐要铲。③二临新五中重罚——主动。④要求快解决。

⑤紧一下，以后再松。

3月8日　萧测量员的疑点

1. 沙柳圩应有10名1分，册估6名1分。

2. 三保半应有67名，册估61名。

3. 实量结果：第一大段短5丈5尺，第二大段短4丈5尺，第三大〈段〉未量。其土方何在？

4. 黄家圩、保胜圩、绍胜圩，估把沙5寸，1丈9尺高，每伕长6尺4寸。举锹上土者（不把沙），高1.9，每伕7尺不到，是何原因（取土亦异）？

5. 第一大段有地位相同，而估两者估高差别1尺者。

6. 塘工有估把沙7尺者（估深把浅）。

3月9日　第三段工程干部会

一、对工程的乐观估计

1. 各方面之巧合——天时地利人和。

2. 我们两大斗争的行将完竣——全工状况及完竣日期。

3. 此次工程之特点：人事上——克[刻]苦廉洁，一扫积弊；工程上——计划为坚实垂久；精神上——互助合作，同心协力；领导上——新民主主义的，政权威信之提高与证实。

4. 根据地的巩固与发展前途——巩固是足食丰衣，蓄积大力量，发展是世界、中国之变化和我们胜利之到来。

二、尚待注意的问题

1. 力〈之〉不够——加伕。

2. 力之配备——匀称。

3. 力之沟通——关系好，接收意见，研究。

4. 工程要求：（1）做得快、做得好——出力、仔细。（2）加强督导，眼到、心到、口到、做到。（3）不偷懒、负责任、守时间、听指挥，有休息、有工作。（4）取土、挑土、铲工、硪工、板口、龙口。（5）请假、收方、点名、连坐。

5.〈第〉三段目前缺点：（1）工作关系尚欠佳；（2）纪律性尚差——斗沟区伕子调不动；（3）工程草率——斗沟区铲硪都差；（4）外县工程落后，缺力量。优点：（1）白茆连洲保长好；（2）塘工要特别注重；（3）伕子情绪高。

三、结论

1. 第三段领导人员很辛苦，堪嘉奖。2. 伕了情绪好，干部得力之故。3. 方法不好处是外行，应立加研究。4. 关系弄好，望无主客的观念。5. 既来就干，既干就好，火速加紧，与一二段看齐，同时竣工。6. 只要加强领导，一切问题就解决。

四、特殊问题

1. 合作社之倡议。2. 竞赛之方法内容。3. 卫生问题，情绪问题。4. 供给及住处（匀一下）。5. 白茆区多伕加奖，加伕。

3 月 9 日

1. 白茆区共地约 70000 亩，照间接算，应有伕 70 名，加一倍又 25，应有伕 157.5 名，现实到 177 名，多伕 19.5 名，应提出加［嘉］奖。

2. 虹桥原额伕 457.75，着即加倍调伕，下命令加伕及派保加费，行政必定负责任。

第三段晚会（各级干部）

一、各干部报告

1. 虹桥区，十乡，总董 10，圩 10。土 2288 方，长 126 丈。

伕数467名，做工约20天。去年做3/10，今年做约20天，1.5^/10=4.5/10。加伕30天，不否50天可完。各总圩董均能负责，互相和气，伕子有雇的，有自己的，都好。

2. 白茆区，六个单位，长62.9尺。土10085方，伕177名，去年十天做1/10。今年35〈天〉做3.5/10，共4.5，余5.5，估还要45天完工。

3. 新民区，去年27名，长20.11丈，方4500，去年挑两天。今年62名，现分长14.4丈，2920方，已挑3/10。

4. 湖东，73名，长18.63，2920方，已挑3成，每天每人4厘土。

5. 和含，55名，已成3成，4分土，还要40天完工。

6. 石涧埠，80名，17.0丈，4分土。

7. 白茆保甲伕（杨仪）。

干部数，区乡保共101名，民伕1656名，工作量（以十棚保）每人0.27方。意见：（1）动员十天，但局定五方土。每保50—60，不足，四工一方土，伕子有意见，要每保方子决定，每保350方，因11保要七、八天才能完工。洲上要锄麦，不能再迟了，现在情绪差，再迟生产受影响。（2）雇伕讲十天，老板要他回去，故开小差。（3）补足人数也很难合原数。（4）要讨米又减力量。（5）有四五十个〈人〉有病。

8. 斗沟区（周骏）：

（1）干部数，区分保三级，保177，保长付[副]指导员，乡21〈人〉，区6人。（2）伕数，59保，3835名，干部在外。（3）工作日期三天，动员分三批，阴初九、十、十一。（4）住得满，一屋内五十多〈人〉。（5）工作方子未量未算，但分59段，已挑三板土。（宋庙乡的三工一方，合0.3土）。

（6）工作情形，住不下扫兴。先保级干部动员，由保领导工作，先发动临尾带土，月亮停止。昨全区号召带十担土，结果不止十担。（7）没锅煮饭吃。（8）发现劳动英雄，关阳保盛力强。每天 120 斤担子，4 天了。（9）住的太拥，自中路到项村，天里全在工上，具体分工，分地点及任务，联系很好。（10）干部都是原有的，不是临时选的，故领导无问题。（11）意见——烧粥，米不够。因无钱买，已借一万多元。草价太贵，瀑堂长价（项马村）。米督无问题，发动讨。

9. 补充——吴鹤林

宋庙乡——十天，挑八天，房子不够，柴米完了，柴贵，后天不行了。

白茆区——日期过了，分工不好，要求早放伕，要锄麦，要修梗。

斗沟区——草价贵了，加 18 元，要行佣，还要柴，有一千担未动。

3 月 14 日

测丈濑浦滩情形

1. 造成大小两圩。2. 大圩周围埂线 2025 丈，估高 5 尺，埂形 4 尺，内外一收。3. 小圩 325 丈，估埂同前。4. 实土，共 9800 方。5. 估计大圩开田 4000 亩，小圩开田 600 亩。6. 每工可挑一方土，夯硪在内。7. 四周屋子很多。

第二段同乐会讲话

一、为什么要开同乐会？

1. 因为大家辛苦，慰劳大家。2. 因为大家还有所不知，告诉大家。

二、为什么要挑黄丝滩?

1. 因为黄丝滩是我们的大门。2. 因为洪水将危害我们，抵御他。3. 不挑的危险。4. 挑好的安详幸福。

3月15日

晚抵白茆，准备与曾提供意见如次：

一、报告方面

1. 黄丝滩工程，现在工人约二万。

第一段成功6/10以上。第二段7/10以上。第三段3/10以上，一部月底，一部下月初成。

其中问题:（1）民力问题——急求缩短时间;（2）经济——急求增节；（3）合作社之动议之后——已停；（4）濑浦滩选圩问题——视情况；（5）参军问题——进行。

2. 测丈洲地问题

（1）现时一般反映——弓尺，地价，公私，态度。（2）工作上之缺点——动员不够，态度差，价格之决定，丈量计算之公平。（3）待研究之问题——公私，弓尺，地价。

3. 烟苗问题

（1）种烟状况。（2）以前禁种情形。（3）现在状况——民众及干部。（4）已决定办法。（5）其余办法——罚，价款。

4. 国特处理问题

（1）三区情形。（2）人的反映——糊涂，不敢自信。（3）我的考虑：①这次收获——a. 实际打垮了其组织。b. 政治上我得优胜。②失利之处——a. 实际内心未足服众——少数错。b. 中间分子与我更离心——多捕。c. 办事有欠到之处。

d. 杀人犯未办之法律损失。③我的见解——a. 好的，终为我友；坏的，必自淘汰。怀柔是对的。b. 我们所需要者，中间分子依靠于我，实际上尚赖主观力量以图胜，故对中间者希望不可过高。c. 不痛不痒，不如不动。d. 见人就捉，下手捉，多捉，这方法最不好。c. 自首（老一套的）方法不好。f. 政府威信及党的面貌有时被人识破，有害民主。g. 宣传不普遍不深入，未全体都来干。

5. 芜湖炸的情形

（1）民众头脑里的反应。（2）难民。

6. 一般人事问题

（1）反［翻］脸不认人的内心识认（草包）。（2）经济上之利害。（3）盐及行，测丈……（4）民主精神不够，怀疑太甚。（5）下层干部之非法。

3月17日

分局预算核定表

<table>
<tr><td>分局长</td><td>1</td><td>400元</td><td rowspan="5">共2830元</td></tr>
<tr><td>办事员</td><td>1</td><td>380元</td></tr>
<tr><td>督工员</td><td>3</td><td>1020元</td></tr>
<tr><td>通讯员</td><td>2</td><td>680元</td></tr>
<tr><td>炊事员</td><td>1</td><td>350元</td></tr>
<tr><td>米金</td><td>8</td><td colspan="2">每人1.5斤，月支360斤，每斤6.56元，月支2361.6元。</td></tr>
<tr><td>菜金</td><td>8</td><td colspan="2">每人12元，月支2880元。</td></tr>
<tr><td>办事费</td><td>4种</td><td>275元</td><td rowspan="3">共1080元</td></tr>
<tr><td>灯油</td><td>3</td><td>300元</td></tr>
<tr><td>茶水</td><td>3</td><td>505元</td></tr>
<tr><td colspan="4">总共月支9151.6元</td></tr>
</table>

3月19日

关于外坝子平工之决定：

一、估土1360方。二、外坝滩挑600方，老圩760方。三、总董外坝子管松泉、徐德元。四、定于本月20日开工。五、上段归老圩，下段归坝子。六、关于用费，按6个圩董平均担负。七、老圩在全部中抽调。

3月20日

本日自王家坝来汤家沟准备回署，兹将昨晚座谈会要点录况。

第一段工程，口号月底完成，至迟在清明节前（四月五日）完工。第二段12号月底完成，三分之二如期，三分之一四月三号完成。第三段暂仍调伕突击，至清明前后再视情形改变办法。

4月2日

湖东行政人员统计表

区名	区长	乡数	乡长
尚礼	胡一平 王耀	5	周中衡
			张永年
			朱志
			叶大宏
			李瑞平

（续表）

<table>
<tr><th>区名</th><th>区长</th><th>乡数</th><th>乡长</th></tr>
<tr><td rowspan="5">临泉</td><td rowspan="5">王文正</td><td rowspan="5">5</td><td>何畏</td></tr>
<tr><td>潘正茂</td></tr>
<tr><td>赵维新</td></tr>
<tr><td>陈士杰</td></tr>
<tr><td>潘文龙</td></tr>
<tr><td rowspan="6">关河</td><td rowspan="6">夏冰流
雷鸣远</td><td rowspan="6">6</td><td>张季华</td></tr>
<tr><td>陈余久</td></tr>
<tr><td>方益腾</td></tr>
<tr><td>陈东明</td></tr>
<tr><td>朱永川</td></tr>
<tr><td>阮梓田</td></tr>
<tr><td rowspan="5">槐林</td><td rowspan="5">龚绍遂</td><td rowspan="5">4</td><td>潘觉民</td></tr>
<tr><td>蒋建华</td></tr>
<tr><td>梅林</td></tr>
<tr><td>班天成</td></tr>
<tr><td>郑鹏程</td></tr>
</table>

4月8日

今天我来做一篇日记。

近日来因为我对目下许多问题，如国特案件，如老兵归队等，提了一些意见。在思想方法上，在提议方式上，我亦许有些不妥之处，所以反而弄出不好的令人似乎不痛快的样子来，也可以说弄出误会来。其实，这是冤哉枉也。

国特是真有，国特是真可恨，谁还有怀疑呢？然而，这许多案子中，难免有错的。民间的呼声，我是知道的。难道我能掩耳不闻么？我是一个忠实于工作的人，难道能够装作不知么？在暗地里潜流着一种不利于我们政治的现象，难道我能忽视不顾么?

老兵归队，干了好久，有些成绩，谁不可喜？但工作中犯了错误，乱抓一气，不是老兵也抓，黑夜拍门去抓。这些现象，难道我能知而不言么?

我自思，我之尽瘁于革命，并不是怀有其他念头，而要把革命事业做好，革命事业就是我的生命。因此，我不能顾及［忌］别人对我的一时误会，甚至怀疑我不忠实。况且，我在革命队伍中，委实是后进，然革命政权对我之重视，对我之优厚，过于他人。我若不拿真正忠实的行动来报答革命，我怎能对得起良心？！

因此，我之所见所闻，一概要无余的反映于上级，以作参考材料。若说怕碰包，专门以迎合上级的心理为事，那我便是小人，便对不起良心，对不起革命。

我坚决的相信，革命队伍里必定有真理，纵然一时真理不明，久而久之，真理必然彰显的。而我的被误会，也终于得到完全的解除。

有些同志真厉害，忍劲大。当他看到某种事不妥，而大家偏偏以为不错时，他纵然暗里很疾首，而外面却一向不提。一直等到最后开大会讨论，他才慢慢说出。于是，大会结论说，某事是偏向，是错误，应该纠正。这位同志胜利了。如前年秋收斗争，就是这样。但我呢，却不这样，当时便大提意见了，大家很引为不快，我碰了一个大包子。后来总结，事实上，我的主张证明不错，但以提议早迟之关系，我所给人的印象是坏的，而其意见之胜利者又是别人。这岂非天大的怪事么？于是，我自责曰：我是不识时务的小学生。然虽如此，我终必坚持我的意见：与其以后纠正，不如及时修改。

再则，好胜之心，人人有之，为上级者尤甚。以自己的苦干，以自己的良心，做其出发点以窥所有的人所有的事，自然样样皆好。殊不知天下事不尽如此，干部也不能做到如此，坏的干部且蒙蔽上级，专用好的向上报，即是好的干部，也不敢把坏的向上反映。假如有人焉，把坏的说出，则每每不能得到上级欢心，甚至以为你夸张多事。更可怕者，以为你党性不强，怀疑政策怀疑党了。这样一来，就没有人敢将工作上做错了的随时向上反映，以便上级随时纠正。必须等到事情错而又错，最后才在会议中检讨出来，那时才作亡羊补牢的工作。此无他，乃好胜心过强之故也。此而不加改正，则上级将成为耳聋眼瞎，失其聪明了。他平时所得到的，都是一派赏心悦目的东西了，如此这般，工作上的损失多么大？！

我们所以厉害，我们所以能战胜敌人，就因为我们能及时检讨批评，能立在正确的党的观点上解决一切。假如我们的耳目也起了蔽障，则胜利云者，从何而得？！

我们的劲敌是中国落后的国民党顽固派，只有克服了他，战胜了他，我们的革命才能走上胜利完成的大道。我们何以战胜他？只有精心刻意，把中央所给予我们的法宝——政策，研究好，施行好，才能战胜他。既如此，我们还能稍有主观么？还能稍稍自以为是不向坏的倾向斗争么？

凡此种种，都是目前工作中的蔽障，此蔽障非打破不可。假如此也自己对，彼也自己对，连反映的人都疑惑他党性不强，则工作上所铸成的损失实在无可计量了。

财政干训班讲话题目——抗日民主政权

一、由来——由于国家民族前途之严重，由于中国当政者之不成器，由于世界潮流及中国革命的时机已成熟。

二、合法性——产于民，为了民，它是合法的。它是国族的意向，合法的。

三、政权——它是达到政治目的之工具，它是统治的机器。“政治”——是管理大众的事。“政权”——是管理大众的事的一种权力，此权力恒落在一部人的手中，致成压迫工具。“政府”——施行政权的机关或所在。“种类”——资产阶级的——英；无产阶级的——苏。

四、我们的政权——是凡抗日民主的人民的联合专政，是对鬼子汉奸反动派的专政，对内是和平的，对外是压迫的。

五、我们的政治任务——

1. 抗战胜利——反帝——国家独立；2. 建国成功——反封建——人民自由。

六、我们的政策——

1. 经济方面：（1）保障财权；（2）保障民生——三减；（3）发展生产及农工商业，裕财政，保证抗战给养。

2. 政治方面：（1）保障人权及政权；（2）改良政治，廉洁政府（司法）；（3）男女平等，开展文化教育。

3. 军事方面：（1）发动群众组织武装；（2）游击战之开展；（3）建造铁的正规军。

4. 群运方面：（1）宣教人们，组训人民；（2）以人民的政权之主体。

5. 锄奸及俘虏：教育，宽大……

七、我们的成绩：

1. 各方面的成功。2. 证明我们新民主主义之适合性。3. 新民主主义的大要：（1）目的——民族、民主、民生。（2）领导——

无产阶级政党。（3）成功——新、社、共。

八、我们是必然胜利的——

1. 世界形势——法西〈斯〉之溃败。2. 中国形势——国民党之落后。3. 我们力量——如朝日方升，不可遏止。

九、对诸君希望——

1. 坚定意志。2. 努力学习。3. 努力工作。4. 所谓不朽之业。

4 月 10 日

皖中各界宪政座谈会发起人：

吕惠生、金稚石、王绍宸、谭希林、曾勉、徐冬荣、金笑依、李步新、马献龙、孙仲德、王集成、王试之、林维先、黄耀南、张恺帆、丁聘权、张世荣、刘芳、郭方明、唐晓光、周新武、章啸衡、国风、江祝堂、许移山、何谦堂、吕绍芬、董启翔、倪汉臣、姚志健。

4 月 16 日

国特谈话会上我所应该表白的：

一、此次提请审查的经过事实

1. 我在黄丝滩时，徐冬荣之谈话；2. 丁亚平之谈话；3. 张恺帆同志的谈话；4. 金笑依先生之谈话——找徐卢；5. 我的第一次提议（怀疑及事实）；6. 我的第二次提议（徐再度来署）。

二、关于我的提议之检讨

1. 提议中之缺点

（1）怀疑问题——糊涂，不清楚。（2）信任之保证问题——不必要的（不对的）。（3）方式问题——主观客观上闹成我自己的事。（4）自首问题——可向公安局，也可向区党委的，但嫌直率了——改错样子。

2. 我的自评自白

我的为人与基本怀抱：①我不是深沉的人，有话必说，对党更如此——是反映，不是杜撰；②我对党是幼稚的，一切少经验，错了也不知道；③理论水平低，革命经验差，如（干后再改与及时即改之见解）；④我的通常观点——善意的看法，所认识的现时策略及我的阶级出身（坚决否认感情作用）；⑤我的忠忱怀抱——既然是一个共产党员，就应时刻考虑党的利益，又［犹］如再婚之妇女，对其丈夫的过分之顾虑爱惜是自然而然的，其心更切，其情更专。无论客观上是否对，但其忠忱是坚贞无他的。因此，往往见有不如意，便忍耐不住了。

3. 我对于本案的认识

（1）这是特务大破获，不成问题；（2）主动被动及第三种类型之存在；（3）所提的皆服了，无一为非者之疑问；（4）一路弄下去的方法之足以考虑；（5）秘密否认与我政治威信上的伤害（缺乏真的调查研究以致过于夸大了这种伤害）；（6）伤害者是国特的更进一步的毒手，万不可默然听之，必须拿事实来证明它，暴露它；（7）真有冤屈了的，必定宣布它无罪，才明了是非，有力量。

因为有以上种种，我作了如上提议的。

三、我的意见

1. 徐友白之处分：扩大斗争会及徒刑；2. 还可研究几个；3. 对坦白而且参加工作的国特，要予以十二分警惕；4. 应该办的案子，大胆去办。

四、我的希望

1. 万勿误会我在松动；2. 上级了解我的性格，批评纠正其不正确的方面（同志谅解我）；3. 我不怕碰钉子而不反映，我要接受批评，从钉子中学习改进；4. 我是一个初入学的新生，彼此认识都不够，今后当增加认识。

4月17日　会训班毕业典礼

怎样做一个好干部？

一、干部的解释及重要性

1. 以树干作比，干的作用，在输送养料，形成一定树型。2. 我们的干部，其作用在实施政策完成工作使命，由各级干部造成完整的政权机构。3. 熟练之干部，应分12级——方针、方案、办法、实行（省、县、区、乡等）。4. 所以，干部决定一切，一切决定于干部。

二、干部的条件

1. 干部的性（德）：要有足以表现出某种政权的特殊性质。如顽固派的干部，则三字吹拍骗，四维礼义廉。我们的干部，则要忠实、坚定，刻苦、清廉，团结、紧张、严肃、活泼，及不断纠正改善。

2. 干部的能（才）：要有足以完成任务的才干与技术，且谦虚力学不断长进，做的事是实实在在的，不是形式的外表的。他懂得政策，正确地施行。

三、目今，有些干部的缺点

1. 在意志上（即认识上），不坚定、糊涂、麻木不仁或神经过敏，左或右，甚至还认为这是老一套，混差事，糊公事，官财主义，投机主义，在待遇不如意、在严重局面下、在错误受打击后，便马上动摇了。

2. 在工作上，大而化之，粗枝大叶，混下去，敷衍下去，无头绪，一缕乱丝，做到那里是那里，不吸收经验教训，〈不〉力图改进。

3. 在学习上，自高自大，自以为是，甘自暴弃，老了不学吹鼓手，经验主义，学而不能致用。

4. 在生活上，浪漫腐化，贪污恶劣，终至弄出屁漏来，尤以财政干部为最应警惕者。

5. 在对群众相处上，打骂捆吊，随便拘押罚款罚物，站在群众头上，脱离群众十丈八尺远，派头大，架子大，不谦虚，不服说宣传，又闹独立性，自家人也处不好。

四、同志们出学以后应该怎样？

1. 要认识自己是光荣的革命战士——经济战士，把志向坚定起来。2. 要学习并了解政策，不发生或少发生错误来，但也不可怕错，错而能即改才是。3. 要在生活〈上〉刻苦。现在大家刻苦，将来才有甘，最后的笑才是真笑，生活尤是立身做人处世的基本。4. 要抓紧工作，负责任。5. 要爱护和教育群众。

五、我们一定胜利

1. 世界情形。2. 中国情形。3. 我们自己立志做大事，来做新中国创造者。4. 一切需要我们老老实实，实事求是。

4 月 19 日　严家桥镇漫谈会——俱乐部

一、主题：经济建设与文化建设

二、这两〈个〉建设之重要性

三、这两〈个〉建设之范围

经济——农工商业之发展繁荣；文化——大众文化之提

高与健全。

四、它必然在军事建设之条件之下

五、要达成的目标

军事——全民力量组织武装起来，根据地巩固发展，取得胜利。经济——全民丰衣足食，生产消费合理化，有足够力量支持战争。文化——全民成为大时代中的新国民以便来做新国家的主人。

六、实际问题之检讨

合作社：

1.〈它〉是一种有利大众的群众自己的经济组织（集体），是组织并扩大各个人的力量，争取共同利益的经济社团（减除中间剥削）。

2.〈它〉是新社会经济发展与繁荣的基本细胞（单位），有生产、消耗、运输、信用等之及各种性质或混合性质。

3. 它是民主集中的社员大会，为最高权力机关并设经理等雇员。

4. 偏向应注意：（1）它的性质之被认识——专门营利，官办的及其作风。（2）它与同业之冲突——有的，但只对不要良心的奸商利徒，它应该是忠实对人民而发生保障、调剂作用的机置［制］。（3）它不是垄断市场的，因而在组织上只有平等的联络，没有强制的统制。组织越普遍越好，像身体上血管一样才是。（4）它的事业以向生产方面多努力为好，以解决群众困难为主（与俱乐部）。

俱乐部：

1. 它是群众性的组织。2. 它是提高大众文化，执行群众教育、移风易俗、陶冶性情的社团。3. 它是文化及政治的据点堡垒，是群众自己耳目聪明的机器。4. 它的必要性——大众文化教育之重要。5. 它的适合性——不形式，不机械，故事化，趣味化。6. 它的革命性——从日常生活中深入的进行反帝反封建。7. 它的组成员——不分阶层、性别。8. 它的教化对象——不分阶层、性别。9. 它的经费——合作社帮助、乐捐。10. 偏向之注意：（1）官样文章，形式机械，官办的。（2）看不起民间艺人之天才，相反，要鼓励他们创作，用来击败封建余毒。（3）视为有闲阶级的单独享用品。（4）工作不和政治联系。（5）随便捐款。

七、其他经济问题之研究，大家来干：如轮作、枝接、纺织、换工……统制

八、其他文化问题之研究，大家来干：如私塾改良

九、这即是新民主主义的经济文化事业。政府以远大的眼光来干，大家也来干

十、严桥市镇之维新——有话即说，如营业税、国特案等

大家努力来建设，大家做个新民。

4 月 23 日　关于宪政座谈会之拟议

时间：在五月五日，地点在汤沟区

发起人报告：

一、发起宗旨

1. 对于宪法之认识（民主）

国家根本大法曰宪，群众承认的法曰宪，体制美满的法曰宪。总之，乃一公开的大家遵守的法。根据宪法施行的政治，曰宪政。

2. 宪法之应该实行

纪刚失坠、赏罚不明，所以乱。个人为主、一意孤行，所以不治。自侮然后人侮，所以有外患。中山先生以宪政为建国依归，但其徒久滞不行（建国三期之误，中山已自改之，人民程度不够为借口之荒谬）。国民党自私误国之非理。

3. 抗战期中尤应实施宪政（民主）

思想上之发动，人材［才］上之发动，群众之组织，群众生产与抗战积极性提高。大后方的死气，民主地区之朝气与活跃，个人至上、天下为私之可惜，死不放手、故意延宕之不对。

4. 世界与中国民主潮流

三国会议之方向，中国民主势力之蓬勃，皖中地区民主事业之前进，对全国之号召，座谈会召开之必要。

二、个人意见

1. 施行宪政（民主）是挽救危亡必要的条件，一迟不可再迟，不可再误，我不赞成抗战后才实施。

2. 国不实施，国亡；人不实施，人亡。

3. 施行先决条件是兑现真的三民主义，国人须知他们的黑幕，大家依靠真理。

4. 只要大家来干，无事不成功，能干即是救国。

5. 如何干，号召全国，团结大多数，切实研究改正我们自己地区，为先锋模范或基础。

6. 本地区民主检查——优缺点。

7. 我们应有之态度——天下为公，民族国家至上，有错即改。

8. 大家平等的热烈的精详讨论。

三、大家发言

四、检讨——决议

五、聚餐（散会）

4月25日　陈家闸工程概况检查

一、原包工状况

原估：新石390丈（熟的），153600元，石工120、280、580、360、1280。〈共〉2620×67.17=177000元。门坎石2400元。153600+177000+2400=33.3万元。

二、实做状况

新石289丈（熟170，生129）九折，石工3000，工价近两月约少每工20元。

三、原优［有］闸长7.0丈，宽1.5，项□.6=2.1丈。

现长9.0丈，同上。闸身4丈，内外八字，共3丈。

四、比较表

陈家闸工程比较表

	原估	实做	相差	备注
闸身	3.5	4.0	0.5	较稳
八字	3.5	3.0	0.5	不好看
添石	320	259	31	
石工	2620	3000	380	34200元
工价	70	90	20	48600元
添石		100	69	
毛折			12	
实添			57	30700元
共计				113500元

折领——实工不足，约每日20人；吃工约200个，14000元；石价，约弄好每丈30元，9000元。

4 月 26 日

季家闸工总表

	原估	实做	差	注
闸长	3.4	3.5		
八字	1.6	1.8		
闸长	1.5	1.6		
添石	368	368		
做工	3640			
工价	60			
石价	400			
全价	36.0 万			100 丈外

对陈家闸工人谈话：

一、工人的重要性，但工人待遇差。

二、工人觉悟了，已经革命，且成功。

三、中国工人运动前途，是光明的。

四、但工人应具有：进步正确之思想、行动，才配做革命的先锋。

五、关于三闸修建之认识。

它是公共利益的建筑——思想。为它做得更好（牢，省，快）——行动。此外，平时学习正当，懂政治技术。

六、我的希望：

大家跳出旧圈子，认识自己。大家参加建设运动，进步自己。大家有利，无论公私（信，声）。

4 月 28 日　七师及政府成立三周年纪念

政府建立的史实及感想

一、前事不忘后事之师

二、政府建立前的无为

1. 廿六年的大动乱

（1）政府逃跑；（2）城镇暴动、乡下抢劫。

2. 廿七年胡任

（1）七团收复无为；（2）胡之治理——政治、财政。

3. 廿八年的反动

（1）摩擦之煽动；（2）江北纵队守边及信仰。

4. 廿九年春之摩擦——牌楼战

（1）战前——调停、退让；（2）战术——估计错误；（3）战略——退。

5. 反动者的作恶

（1）惨杀欺诈、人民不堪；（2）荒淫无耻、不为守备。

6. 廿九年夏无为沦陷

（1）反动派再逃跑；（2）局面之更紊乱，敌伪顽匪。（3）我军回防，秋建组织

7. 卅年的斗争——建立政权

（1）与敌伪——打死汉奸；（2）与顽——坚持巢南；（3）与匪——打击，整理地方。

8. 总说：

（1）敌伪顽匪交相为祸的……（2）反动势力大于我的……（3）顽一手断送的……（4）人民不能生活的……（5）紊乱黑暗的……（6）但有好因素，我军及痛恨顽敌与我友善的人民，以及大批地方干部及群众领袖——党。

三、政府建立后的无为

1. 卅年至卅一年秋——第一阶段

（1）与敌伪匪之斗争——先后建立：巢地三、二、四区，

后巢南、六、七区，后五区。（2）与刘逆子清之斗争——先后建立含南及铜繁。（3）秋收斗争——群众组织进步。

2. 川一年秋至卅二年冬——第二阶段

（1）与敌斗争——反扫荡；（2）思想意识的再斗争——正确上路；（3）与顽斗争——反侵略，两次；（4）与敌伪斗争——敌伪撤防。

3. 卅二年冬至现在——第三阶段

三大建设：军——武装民众，巩〈固〉；财——开展生产丰衣足食；文——教育群众抗建。

（1）三大任务（军事、生产、文化），三大建设之斗争——完全巩固地区。（2）拥护运动及民主建设斗争——改选参议会。（3）除奸斗争——破获国特。（4）边区发展——

4. 总说

（1）第一段——隐蔽发展，和缓进攻，搭架子，充实力量，初步组织群众，地区不巩固。（2）第二段——整理深入，困苦奋斗，接合群力，击败敌人，声威大振，地区大大巩固。（3）第三段——专心建设，蓄积力量，准备打退一切敌人，地区完全巩固，地区不断发展。

四、我的感想——即是经验教训

1. 没有武力，休说政权，七师占地分不开。

2. 没有政权，武力保不牢，不建敌后政权的以前统战主张，右倾（如调回三支队）。

3. 我们的政权是逼出来的。

4. 只有建立政权，才能达成我们的任务——抗战建国，靠人是不行的。

5. 整顿思想是我最坚利的武器。

6. 加强各种建设是我们成功之本。

7. 不从建设中新生出力量来，难期胜利。

8. 抗日的事，我们做了不少。

9. 民主的事，我们做得不够。

10. 不断地学习、研究、检讨、改正、批评，实在地耐心地苦干，我们必成功。

11. 苏联的革命精神，美国的求实精神，两者兼备的向前吧！我们。

五、关于七师

1. 七师是皖中人民的救星（拿牺牲）。

2. 七师是政权的褓母。

3. 他俩是中共的儿子，又是中共的左右手。

4. 中共是新世界的创造者，人民的朋友，真的上帝。

5. 我们纪念自己的诞生，感谢已死的同志，根据地之创造不易。应该感谢慈爱的母亲，让我们和它接吻，永远在它的怀抱中。振作努力！

曾政委报告：

一、认识三年来我们做的成绩

（一）建立了新民主主义的抗日民主根据地。

1. 人口约两百万；面积两百万多平方华里；人民有自由，组织了自己的团体，有选举罢免权；改善了人民生活；提高了人民文化政治程度；还在发展着。2. 经过了极大困难，据点林立，靠近反动派，沦陷而收复者多。

（二）建立了七师，担负起了战斗任务。

1. 打了两千次仗；缴获壮大了部队，使质与量都提高；

它有干部，很多是经过惨痛皖变，它是皖南事变的产物；现还有不少干部在牢里，将永远不忘的；此种精神可以动天地、泣鬼神的。2. 这些功劳，足可自许，是中华民族优秀的子孙。3. 顽与敌三年中未尝一日停止对我进攻，我们〈的〉武器弹药均从敌顽手中得来的。4. 我们的武力提高了不少，七师的游击战有大成绩，运动〈战〉及阵地战正在发展中。5. 我们制度建立起来了，达到正规化，去年到今天是飞跃形势。

以上是我们的成绩，在中国意义相当大。

二、成绩从何而来？作用多大

（一）党中央、华中局、毛泽东的旗帜所赐了，如持久战，告我们整个战略。

（二）皖中人民全体的奋斗，拥护，帮助。

（三）将党的政策及广大人民结合起来的是我们优秀的干部，由他们领导。

（四）流血牺牲的同志们、英雄们，他们尽了最高的职责。

以上是我们时刻不应忘的。其作用：

1. 打破了敌人速战速决及诱降；2. 牵制了敌人，不让他前进；3. 打破了伪化，巩固了人心；4. 完成了持久战的战略，配合了世界局面；5. 取得了友谊及反攻准备，生长了力量；6. 阻止了投降；7. 成了世界上一股不可战胜的力量；8. 民主政治成为整个中国的模范；9. 启发了民主思想，推动了全国；10. 没有党，就不会有以上的事情。

三、怎样纪念七师三周年

（一）挥发三周年来伟大成绩

1. 为新民主主义之实现……而奋斗。在这精神下，要：

（1）实行拥护：

①高度爱互［护］政权及主力（拥护军队）；②了解武装斗争之特点及重要，为巩固扩大而奋斗（拥军、地方）；③高度爱护民众；④部队是民主政权的一个部分，它是人民的。

（2）提高信心，加强工作：①从实际工作中提高工作；②有可歌可泣的；③然也有信心不高，中途逃跑的；④从真正了解各种形势及事实上提高信心，而不是空的说提高；从我根据地之进步过程来看，也会知道，但须知这是曲线的，曲折是一定革命现象，动摇者不懂这个；⑤凡新生发展的力量必然成功，机械的看法不对；⑥动摇、发展、悲观、失望而逃跑是必难免之现象，然这是可耻的。

（3）肃清不良倾向——整风进步赶不上地区发展。

①工作方面，形式、表面、粗枝大叶，不实际，怕艰苦；②生活上，舒服享乐，贪污腐化，特别是婚姻；毛三原则——政治结合（防特务）、互相〈照〉顾、不妨害工作。③闹地位；④要从积极生产中来提高生活；⑤以上一切根源是——自私自利，我们必须割断它，要脱裤子割尾巴；⑥革命人生观未确定是不行的。

黄丝滩工程预算计算表

	预算	计算	备注
水代大会		18439	10.4-10.10
开办费	6120.00	3773.5	
十月份	80140.00	18650.5	核预 59595
十一月份	80140.00	37505.4	
十二月份	80140.00	46824.2	
一月份	80140.00	32888.2	
二月份	80140.00	38091.25	
小计		196172.05	

5月3日

冲动之检查——我的教训

一、事实经过

黄丝滩虽然〈对〉群众有利，才能不费力的筑起新堤来，但若妨害春耕，则不啻夺其日前生计。故我老早就向工程局提出，一二两段估计于栽秧前突击完竣，三段则改换办法——减少伕数，延长时间。但彼时尚未到清明，故未即实行。我回署时，并以此实行责任，加之君武。后屡东乡人云，一二段已完成，而将伕子调往三段突击。然〈说〉这话时已到撒种日期，我当然不同意，遂致函张、徐，指出爱民以时的重要意义，并具体规定：1. 放伕种田；2. 只留少数无碍耕作的伕子，完成余工；3. 一切费工而无实际效用之事，如结面子事皆省去。不多日，徐派测量员赴署，问一二段还差工，是否即作终了。我认为省无益之工则应该，若连原定额数亦马虎过去，则全功废于一点，太属可惜，且示民众以不好之印象（虎头蛇尾，有始无终，出力先成者不如省力讨巧者之得计，是奖讨巧也）。但此处亦非定然也，倘废［费］力极大，短期不可成就，或费工过多，有碍民众耕作，则虽暂告停修，又何不可；其实，所缺之工极少，绝无妨害农事之可能。在此情形下，吾人为何而不一举以成之？！因此，我指示：1. 工程以足式为标准；2. 所谓足式，是目前一次的，以后陷落，则不由圩伕负责，这样大家弄个公允；3. 勿做无用之工［功］，只求实，不求表，一切表面工作皆免去；4. 伕数不可多，以不碍耕作为度。

这次前来察看，徐以一段欠工未补之事告我，又招分局长，云：全一段只欠二寸至一尺七寸，六寸至八寸者最多，全工只百名伕子，而君武不由分说，挥伕以去，并屡云今年这个工程上当，大不该挑的也。

二、我的见解

1. 工程十成九九，而以不完了之，可惜；2. 虎头蛇尾，有始无终，造成不好之影响；3. 怠者讨巧，是为不公，在办事上是为不妥；4. 并非达到妨碍耕作程度，而故以好名词（爱民）两字来打破完竣，无谓，可叹；5. 纵认为不可，应在局面谈，何必那样硬干；6. 干了，也应告我一声；7. 身为负责人员，而全然不顾系统与上级威信，予别人以笑柄；8. 对徐用此下不去的办法，令人寒心（其出发点并非误，其辛劳有可嘉）；9. 党人飞扬跋扈以凌上级——我，一种宗派凶面貌，令党损失信仰耳。

三、自我批评

1. 我的主观缺点：

（1）以前受过打击，威信损失。（2）党龄小，不足道也。

2. 我之客观被认为：

（1）仅能是上层分子的；（2）生活差，不是真革命的；（3）好虚荣，干黄丝滩想图名；（4）脾气坏，疑惑多，脸面太狠；（5）讲情面，自由主义；（6）不能刻苦，官僚主义。

3. 我之自评：

（1）表面聪明，骨内糊涂，有话就说；（2）骨太硬，吃不得硬药，看不得不平；（3）生活太差，生活似优了（布尤不应收，应归还）；（4）为政权打算过分了，责任心过重迫切，或有偏见而不知；（5）早死为佳，德业不修，被人鄙视，与其生也宁死。

四、此事解决

1. 全系误会，一笔勾销，只怪我之德薄能鲜；2. 此中别人并无挑唆，我对张君武之粗暴行径，素来不满；3. 对有功劳者，应取长去短，责以轻约，勿令别人寒心灰心；4. 关大门，会照开，名义不担，实不能担；5. 今后一切结束事，拜托恺帆同志就近处理全权结束之；6. 大会场大家负责，我精神任不下来。

五、再反省以后

1. 解除误会——事照做；2. 对该事的批评及善后；3. 事务进行之商榷。

5月4日

宪政内容

1. 国家性质；2. 国家与人民关系——权利及义务；3. 国家与国家关系；4. 国家根本大法，群众产生及遵守之法，平等自由之法，国家的章程。

1. 宪政意义与内容——报告。

2. 国民党与宪政——讨论。

略说——宪法者，规定国家性质及国家人民权利义务关系之国家根本大法也。

政体——政权构成的形式，一定的社会阶级取何种形式去组织那反对敌人保持自己的政权机关。

5月5日

一、宪政意义与内容

1. 宪政意义

（1）实行宪法的政治，谓之宪政。

（2）所谓宪法：

①就其性质说，是规定国体（社会各阶级在国家中所处之地位）与政体（各阶级人民如何行使及表现其权力）之国家根本大法也。②就其产生说，是经过人民议定（国民大会或议会）并相互遵守之法也。③就其种类说，有伪造宪法（军阀官僚干的）及欺骗宪法（资产阶级封建贵族干的）。④就其重要性说，实行宪政则人民平等、自由、幸福，国家独立兴隆。否则，黑漆一团，人民痛苦，国家凌替。a. 普遍——不分阶级、种族、信仰、男女、教育等。b. 直接——民主集中制，人民选举罢免复决等。c. 平等——国内各民族平等（民族自决）联合。d. 灵活——中央与地方均权制，制省宪。e. 实际——以实现民生幸福为目的。f. 总之，它是革命的三民主义（即新民主主义），建国内容应备之条件也。

二、国民党与宪政

1. 搪塞

（1）建国三时期之借口。三时期之规定，孙中山在日已加否定。驳三时期，人民非训而能，以实行而能，如行官政，则人民永不会进步。（2）人民无知之借口。驳人民无知。人民非无知，根据地实行民主之证。

2. 敷衍

（1）十八年裂宪之决议——流产；（2）廿四年国大代选：①以专员区为流通单位；②指定每区人数（不以人民数计），

边省人数少；③指定候选人三分之二，地方三分之一；④以国民党员为必要资格；⑤选报后，中央圈取三〈分〉之二，剔除二〈分〉之一；⑥总数中指聘占四〈分〉之一，到三〈分〉之一；⑦卑鄙、贿赂、舞弊（无为竞选实情）；⑧未召集。

3. 蹂躏

（1）无为捉拿及残杀情形。（2）□□情形——结论，时期未到。

4. 欺骗

（1）十一中全会决议，抗胜一年后实行。（2）国民参政会之假名意。（3）各省临时参议会之糟糕。

5 月 7 日

黄丝滩待决事项：

1. 周铜区折伕款之收巢保管；2. 圩董降薪六百元（稽检委员会）；3. 禁止翻种（外埂）；4. 内埂脚取泥之禁止；5. 新埂种芝麻；6. 刊碑；7. 挖压——濑浦滩成圩；8. 如何结束。

黄工总结

1. 去年十一月初十起，约 40 天工程。2. 今年正月十六起。3. 客伕 806 名，余均圩伕。4. 保甲伕，因抗顽而起。5. 无雨 37.5，实挑 100 至 105 天（太迫）。6. 一总局三分局。7. 总董 52 人，圩董 298 人。8.2136.77 丈长，12 里弱。9. 高二丈，宽 12.4 丈，二五收，头边丈四尺。10. 塘工 31 个。11.404269.97 方土（全堤）。12.319833 个工，消耗 74950 工；335522 个工，消耗 33512 工；233380 个工，消耗 35007 工；共 1031958 个工，每方土 2.6 工（消在内）。13. 伕额铜

1367.5，周1239.13。14.第一段分57段，第二分68段。第三，……15.⑴奖金3600元，⑵6030元，⑶共56万元。16.观赤港是民廿年破的。17.抢了贰佰九十八户的地，佃田三分之一。18.客佚占5%，806名。19.2132.5挖压田亩，298亩。20.外圩5360亩（实数恐有七千亩）。

5月9日

七洲十号生工视察

一、地点在姚王庙附近。

二、生工长189丈，埂宽2.1丈，高平均1.1丈，二收，脚6.5丈。

三、估方9561丈。

四、平工6785方，长720丈（东食佃力），每方一升半米。

五、生工照黄工例，担负东二佃一（黄工每方两个工计算，此工每方六厘土计算，六厘土是均平实做数）。

六、挖压（连土塘）96.15亩（其中未挖之地未量在此数内，约四分之一）。

七、这些地共28家，最多者不超过9.06亩，内已业上十家，有少数极苦者。

八、28家中有17家是分租地，余自做。

九、待决问题：

1.平工东佃担负——东食佃力，每方土1.5升。2.生工仿黄工，每方1.5米，但每工七厘计。3.挖压——采救济方式，种子牛力，偿还。

以上委员会徐南洲。

十、汤西长（保理事实）说挖压要照三段滩，每亩贴

3000元（众抬一，他家挖了一亩多）。

十一、雍有监说，平工每方土贴1.5米，少了，每天只能挑半方，故要三升。

十二、李自为说，挖压为常有，不能偿，但因大家苦，可酌算牛力种子及一季收成救济之。

十三、季昌为说，借佃之户，不能摊钱赔偿。

十四、林敏荣说，平工每方1.5不够，赔偿不可。

十五、骆常春说，我禾苗挖了，应求偿，但别的不说了。

十六、胡季威说，被挖苦，应想想办法。

十七、疏河一致赞成——（八股问题）。

十八、结论：

平工，东食佃力，每方土二升；生工，仿黄工，东二佃一，每工作六厘土；挖压，津贴牛力、种子及春收（估评）；款子由东家出，款由佃得。

5月10日

本日自汤沟回署

一、对于黄丝滩命名——惠生堤

1. 用意：

（1）抬举、鼓励——私；（2）扩大民主政府影响——公。

2. 好处：——

3. 坏处：

（1）以人之功为己功——不义；（2）千秋万载名，寂寞身后事——不智；（3）小功即居名——浅薄；（4）不应得而得之——无聊；（5）民主政府有此——受讥评。

4. 意见：

（1）另命新名或不命名;（2）如必曰惠生堤，我遵守党示。

二、对于黄丝滩厉害之检讨：

1. 利益：

（1）消除了大危险（如危险则什么〈都〉完了）。（2）民主政府扩大了最大的影响（这是民众真正的利益，永远不忘的）。（3）经济上不仅未用钱且有大批收入。

2. 妙处：

（1）熟年后挑筑，易成。（2）地区内真为民众做事少了，仁政。（3）恰巧今年春雨少，快成了。（4）汤沟敌伪撤去，但或其远。（5）时隔数月，无岔子，平顺。（6）改革了工程上的办法，扫除积弊。（7）团结了各阶层群众。

3. 说法：

（1）马上不档［挡］水，何必造呢？（2）大工程吃了亏，劳民伤财。（3）与其选黄不如选白毛嘴湾。

4. 另说：

（1）当做，做的好，放心了。（2）这是民主政府的政绩。

5. 批评：

（1）一种出于不知厉害。（2）一种出于眼光狭小，只顾眼前利，不知替民众做永远打算。（3）一种出于无谓的妒忌。

5月18日

关于皖中公学产之谈话

一、梁子元说

临江公学产是蒋霞负责，又说是文教科江西屏负责，说皆不了解。又有李铁仙亦云不明白，过去在吴容手中，无头绪。

虹桥区区金库张某某说，代收十五万，区县不分，后叶某某有账四本，是代结征的四千多元交虹桥区府了。

有系农抗、乡长、联合会代征的，临江组织上无人负责，区乡都不管事。

二、杨咏雪说

弄成一组概况表，但未切实，因徐杰、杨参天被捉，还有吴客调他职，故也。

回到临江张西屏去查学了，后只给收款数一表而无支数，仅虹桥有支数。

复凝洲清查有册，教育地 5811.758 亩，田 926.323 亩；财政 6768.183 亩地，田 2065.269 亩。

兴义堂地 2303.28 亩，田 970.17 亩；小文兴洲地 4376.5 亩。

三、金主任笑侬

甲、1. 皖中部分：

本会征收已发数 124119.0 元，内除黄工等杂费 3778.3 元（扣的）；本会收归欠 105803 元，付去各项开支 7834 元（在外已扣去了，上系实收数）。

2. 无为代收变数 81548.1 元，临江代收变数 245220.32 元，湖东代收变数 62757.37 元。

3. 卅二年度新收变 509859.57 元。

4. 未变现存实物：

无为米 7516 斤 ×5=37580 元（已支）；湖东稻 48.16 担 ×300=14448 元；临江稻 849.65 担 ×300=260000 元。

临江存黄豆 201.74×1000、六谷 80.23×600、小麦 205.9×700，〈共〉380000 元。

5. 三县共存变数 692028 元。

6. 509859+692028 ＝ 1201887 元。

7. 以上系皖中 32 年公学产收入概况（旧欠不在内，应征未征者不在内）。

乙、1. 无为代收皖中支出概况。

2. 收入：

恍城区收米 605 斤，款 5366 元；新民区收米 877.5 斤，款 21250 元；石——收款 34932.1 元；南——收米 5989.6 斤，财经拨款 20000 元，共收米 7516.14 斤，收款 81548.1 元。

3. 支出

各区中小经费（32 年 8 月——33 年 4 月止，9 个月）；支米 31449.15 斤，款 111920.2 元；透支米 23933.1 斤，款 30371.5 元。

丙、无为区学产的收支

1. 收方：

石——米 2217.7 斤，款 81833.5 元；新——米 2481.5 斤，款 24373.4 元；恍——米 39901.5 斤，款 42745 元；南——米 31130 斤，款 116862 元；银——米 32897.4 斤，款 75172 元。

五区共收米 107930 斤款 540937.2 元。

2. 支方：

各区乡小米 26196.5 斤，款 113702.75 元；民军集训款 276650.2 元；恍——折米 6771.1 斤；南——折米 12546.1 斤；银——折米 71306.9 斤；共支米 56820.3 斤，现存 51110.5 斤（米），存款 150584.25 元。

丁、临江代收皖中

斗——征稻 291.33 担，变 60304 元；汤——征稻 536.76 担，变 74507.24 元，存稻 206.27 担（330.45 担变）；白——银地春秋收 14110.08 元，分地稻 416.38 担；虹——除支净存

96205元，存稻247担。

共收稻828.09担，内变321.78担，入下款，款45220.32元，未变稻869担 ×300=60000元。

又白——征黄豆201.74担；六谷80.23担，小麦205.59担；未变约38万元。

总计现收入约90万元，无有支出。

戊、临江区学产

斗——收稻1229.29担；汤——收稻884.87担，变454.44（无款），存稻434.43担；虹——存稻10452.5斤；白——收小麦53.66担；大麦1202斤；黄豆44.05担；六谷32.03担；稻85.99担。

四区共收变价797900元（支出未来）。

己、湖东代收皖中

怀——征稻48.85担，变15875元；关——征稻37.36担，变12631元；尚临——征稻181.51担，变34251.37元。

共收稻267.72担，款62757.37元，现存稻48.16担（无支出）。

庚、湖东区学产

三区祠产共收稻1053.1担，变128012元；三区庙产共收稻161.54担，变25939元；祠稻现存584.85担；庙稻现存48.70担；支出民军300252.1元（学校支出未报）。

辛、三县比较

三县收入比较表

	县收入	县支出	区收入
无为	119168	269170	796487

（续表）

	县收入	县支出	区收入
临江	900000		797900
湖东	77159		344016
共计	1096325		1938403 元
本会	124119		
合计	1220444〈元〉		

1. 问题讨论：

（1）湖东所存实物——变价；（2）临江所存实物——变价即提；（3）临江组织健全——组织独立会体；（4）本会经手手续——

2. 指示数点：

（1）两级组织，皖中会是领导的，各县是具体工作的，适宜；（2）工作方式：随工作对象而不同，凡租利无一定数额者，宜用会的自办，凡有定额者，宜用行政系统，临江兼采用之。（3）派专人赴湖东无为检查：组织机构坚强否；产业簿要两份。（4）加强临江工作，健全其会，派梁芷元前任付［副］主任，一切组织及办法，待报告再定。（5）皖中会以前经手经济手续即结束清楚。（6）月底以内将以上工作办好，下月初赴临江。（7）各种表簿及经济手续，由会拟。（8）待搜材料支配学款。

5月18日　各种政策的内容

1940.12.25 中共中央决定

一、劳动政策

1. 对劳工生活要实行相当改善以动员其积极抗战，但也不能过高或过左的增加工资减少时间，否则资本家因无利可图，工厂关门，反使工人失业，生活痛苦。2. 时间，8 小时工作制是将来实行的，不是今天的事，在今天比较适当的是 10 小时制。3. 劳资双方订约后，工人须执行契约，不可无故要求加薪减时。4. 农村工人（如雇工，手工叶［业］工人）生活须相当改善。但亦不可提得过高，否则会招致农民反对，致农民都去做工，农村经济破产，工人失业，生产减少，故农村工人生活应稍优裕于农民，实行时应详加说服。

二、土地政策

1. 对农民说明现在是民族革命时代，不是土地革命时代。2. 一般的实行二五减租（即减 25%）；较巩固的地区，农民要求时，可实行四六分租或三七分租。3. 利息以分半给息为原则（即每月 1.5%），不给超过社会一般的借贷关系（即 3.0%）。4. 缴租付息是农民的义务，政府要规定地主的土地所有权。5. 地主不可算老账，农民也不可赖账，否则，会使农民以后借不到钱。

三、税收政策

1. 根据收入多少纳税，以不劳动而有收入的规定作税的标准。2. 除少数最贫苦者可免税外，其余 80% 以上的人都需纳税。3. 不能担负完全税在地主资本家们身上。4. 禁止用捉人罚款的方式解军费。5. 税收的方法可根据国民党的办法而加以改善，要廉洁公正。

四、经济政策

1. 发展工业农业与商品的流通。2. 吸收资本家地主自外边到民主区域来开办实叶［业］，并保障之。3. 奖励私人企业，政府的企业只是企业中的一部分，不占统治地位，只有在不得已时，才把政府能办的企叶［业］作为主要的部分。4. 不损害任何企业。

这种经济政策是达到我们自给自足的最好的力量。只有这样，才能松懈长期斗争的困难。

五、华［货］币政策

应与工业、农业、商业之发展相配合，不能妨碍工业、商业之发展。

六、文化教育政策

1. 基本原则是提高民族意识民族自尊心、政治认识抗战性及技能。2. 容许自由主义的人们到民主区域来合办文化教育事业。3. 吸收一切稍有抗日积极的知识分子抗日分子到民主区域各机关中，并放手给他工作。4. 在各根据地内应建立印刷厂发行的运输机关。5. 大量开办学校。

七、人民政治经济权利

一切不反对抗日的人都有财产权及信仰言论出版平等自由并予以保障，只干涉其破坏分子、暴动分子。

八、除奸政策

1. 镇压最坚决的反共分子及汉奸。2. 不要滥杀人，杀人不可以牵涉到没有关系的人。3. 对动摇分子（指敌方的）要宽大待遇。4. 对任何犯人，只重实证，不重口供，一律禁止肉刑。5. 对俘虏除群众深深痛恨者须杀外，一般的都要释放，即使是二次三次四次重犯者，亦要释放。对被迫的成分好的需大量争取，不可有任何侮辱，不采取使其自首的办法，且无论如何反动，群众不痛恨，还是要放。6. 对自首分子叛徒等，后悔的应给其自新之路，使其将功折罪仍为革命努力，但不能再入党。对叛徒分子也要分出首要与主要的。7. 对于敌伪反共分子的情报人员、特务人员等不能混为一谈，应分轻重，对主要的应不客气。8.禁止任何群众团体捉人，平时只有政府可捉人，战时军队亦可捉人，但军队捉的也交给政府制裁，至〈于〉军事犯军队可逮捕与制裁。

九、军事政策

1.尽力扩大八路军新四军，因为是抗战与革命的基本力量。2.对国民党的军队，仍采“人不犯我，我不犯人，人若犯我，我必犯人”的自卫政策。3.发展大交朋友工作，对别人也要有利，给他担保，为人守秘密，不可在抗战友军中发展党。4.建立外围军，使他有利，不必用我军名义。（1）不逼他离开我区域，只要他不破坏我们的基本原则就可任之。（2）不换他的干部。（3）给同情的国民党或非国民党的军队以军事知识及援助整理。5.改变我军中共产党员在数量上把持一切的情形，虽不能实行三三制，但要尽量吸收进步分子及同情者参加我军，扩大我军的社会成分，不可存狭隘观念（但领导权必须掌握在我党手中）。

5月19日　皖中联合中学讲话（青年之路）

一、什么是青年?

1.从年龄上说起：

1—5（婴儿），6—12（儿童），13—18（少年），19—30（青年），31—50（壮年），51以上（老年）。

婴儿与儿童——生长发育期；少年与青年充实决定期；壮年——事业期；老年休养期。

2.从物质上说起：

（1）体格思想蓬勃发展的；（2）思想行动纯洁正当的；（3）精神活泼的；（4）感情丰富的；（5）勇猛进步的。

3. 光荣名称之决定：

（1）老成少年（社会习俗化了）。（2）老青年（年虽老尚有青年美德）。（3）青年与否应以特质决定。

二、青年在社会中的重要性（作为）

1. 青年约居全体三〈分〉之一。2. 纯正，故能识真理。3. 感情猛进，故能革命。4. 活泼发展，故能创造。5. 战争〈以〉青年为中心。6. 革命青年为先锋队。7. 青年是社会的骨干、响［向］导，先锋，它是真正的宝贝。

三、中国青年的动作

1. 时代牺牲了许多好青年——自私享乐钻狗洞了。2. 抗战前的好青年——各种运动，推动抗战，参加战争。

四、青年之路

1. 和平反共之路——其由来及前路；2. 抗日反共之路；3. 抗日团结进步之路；4. 比较，谁是真理，自己应选择；5. 抗战与学习的关系。

五、抗战与学习的关系，驳为读书而读书

1. 人是社会动物，不能离群独居。2. 政治是社会达到合理光明的必要过程、手段。3.〈是〉学以致用的，是用以改善人生的。4. 为读书而读书，等于行路无目的地，又如吃饭而不为了充饥。

六、驳先读书后救国

1. 国不存读何用，国事迫急。2. 读书不与环境（救国）相联系，读书不与劳动生产（生活）相联系，也读不好。

七、读书真旨

1. 基本上，是学习改善人生的——学生。2. 是渴求工具，而为改善人生的手段的。3. 在目前，国家紧急，便应重视救国。

八、总结语

1. 青年是光荣的名号。2. 青年的责任很重大。3. 中国青年前辈已做过极多光荣伟大的事业。4. 青年要立志走正当的（革命的）路道。5. 青年责在读书救国，改造人生，改造世界。

九、我们中学的实质及任务

1. 它不是与社会隔绝了的另一部分。2. 它不是教死书的，与环境不联系的。3. 它不是学非所用的。4. 它是教学意味更加浓厚些的社会一角。5. 它是为人生和救国而教读。6. 它是既读书又救国。7. 读书为了救国，救国为了读书。8. 与大后方教育之比较及一般怀疑（扩军）。

十、我的希望

1. 认识自己，国家。2. 不做时代牺牲，立志做先锋。3. 发扬青年长处。4. 克服青年短处：（1）幼稚无主张。（2）空想主义。（3）英雄主义。（4）享乐主义。5. 革命精神，实干主义。6. 养成：英勇朴实，远大精细的作风与本领。

5月26日　黄丝滩总结工程

工程计划：

一、动议，31年（1942）参会，同年水利会，32年（1943）参代大会。

二、决议，参代会。

三、组织，黄工署委会。

四、视察研究，五条路线，采用三支笔至孙家土地庙下。

五、担负，依利害轻重，分主体、直接、间接及友谊四种关系，前三者出伕，后者出钱。

六、周铜主体，旧无为圩田直接，无为山田及外护与和含间接，铜繁友谊。

七、预期，土方 40 万，每方二个工，以六千人上工，须 120 天。

八、成事：32 年（1943）10 月 6 日，沟镇各县水代大会决定组黄丝滩退建工程委员会及工程局、局下分局，局内设总务工程经济动员及秘书。

九、人员，委员 90 人，常委 15 人，工作人员 69 人，总董 51 人，圩董 298 人，现年 449 人。

十、长度及方子，第一段长 819.68 丈，二段 644.89，三段长 672.2，共长 2136.77 丈，等于 12 里弱。

十一、工程，顶 2.4 丈，高 2.0，脚 12.4 丈，坡度 5 至 3.75 丈。

十二、土方，一段 133752.34 方，二段 133752.34 方，三段 136764.39 方，共 404269.07 方。

十三、沟塘，一段 8，二段 11，三段 12，共 31。

十四、佚额，一段 1367.5，二段 1239.161。

十五、单位，一段 57，二段 68，三段 4，保甲佚 5 区，27 乡，211 保。

十六、客佚 806 人。

十七、动员佚数

〈动员佚数表〉

	佚数	实挑工	消耗工
一段	394933	319983	74950
二段	368635	335123	33523
三段	268390	233383	35007

十八、全动员 1031958；全消耗 143469；总挑工 888489。

十九、工作量：

一段，0.4260，消耗在外；二段，0.3991，消耗在内；三段，0.5850，消耗在外；平均，0.47。

二十、日期：

一段99，二段108，三段110，平均106。

二十一、晴雨，工程局成立至落成，211天。晴173.5，雨37.5。

二十二、放弃5260亩，挖压2132.55，压户298家，拆屋18间，救济款45万元。

二十三、筹备费19439元，行政费486092.5元，材料费134557.05元，共640088.55元。

二十四、伕费 $1031958 \times 150 = 154793700$。

5月29日

皖中地区县区乡保统计

县名	区名	乡名	保数
无为	5	49	219
临江	15	79	654
湖东	4	20	142
桐东	3	11	
和含	5	32	
含巢	2	8	
江和全	2		
合计	36	139	1015

以平均计算，每区5至6个乡，每乡5至6保，但区级的乡的分配，相差甚大，自3至12个为一乡，大致临江之乡数较多，他地普通五六个乡为一区。这一统计，桐南及贵池

不在内，宣城一带新开展者亦不在内，依计算，区有四十余个，保有一千五百之谱。每保一千人，则人口在一百五十万左右。

5月31日　槐林区田赋纠纷之内幕

一、旧的状况：有在土地移转时，将田粮增加，以致粮额日增，地亩乡口日减小，其转移加粮之程度有不同，名曰：八二过割，加少□；九二过割加一分四；九固过割加一分；十足过割加二分四。

二、现在据闻区府：无契者一亩照加三分三；十足者加三分三；九固加二分；八二加一分；外补征三年钱粮。

三、群众要求：1.无契及十足，照加二分四，免征三年钱粮；2.请照旧例增加；3.丈量平均。

四、陈参议员四箴意见：1.彻底丈量；2.丈量无契者；3.有契者照以上成例加；4.补征一年粮。

五、一角以下验契及无效，用验之。

6月4日

临江参议会纪事：

一、开会日期——六月一日开幕，历时八天。

二、提案70多件，银租地租案，由行署及参议员叶景文、强日增提出，有少数人反对，大多数人通过，每亩给租55元。但规定私产500亩以上者，提50%归公，办教育及公益事业。

三、选举结果——黄耀南以57票当选为议长，江祝堂以56票当选为副议长，驻会参议员，以得票最多者当选，计有易墨农、朱农、奚道平、刘功臣、陈丽生、胡德容、胡厚培，连议长共九人。

四、张君武、李革、董干、王试之、吴北、章啸衡、张伟烈、江祝堂、张经武、丁聘权、张友梅、陈笑波、叶景文为当选行政委员，张君武以69票当选为临江行政办事处主任。

五、临江参加皖中第二届参议会议员——王试之、章啸衡、金稚石、江祝堂、张恺帆、黄耀南、吕少芬、强日增、张友梅、谢英、胡德容、丁聘权、陈笑波、张伟烈，共14人。

六、参议员全体83人。

我的反省：

整风的时候，已经很久了，一次一次的检查比较，而我似乎自立事外，这是什么话呢？固然，不在乎形式，但这宗特别，在我是万分不当，而且可耻的。今天总学委会来信召我开会，我自觉有愧了，一个老大的责备在我心中。我因为未曾参与集体整风，对署内整风事一点不知道，会场何以报告呢？自己倒不是规避，但连整个情形都为我的不知道而湮没了，是更加不妥的，故请日仁同志前去。我自参加集团生活以来，开会不到者，这算第一次，该是怎样一个没有道理的行为！

6月6日　无为县教师节大会

卅三年六六关于文化教育报告提纲

一、概论

1. 什么是文化教育——其解释由来与发展。2. 文化教育的重要性——其作用与反作用。

二、往时的文化教育

其性质种类：奴隶的，封建的，半殖民地的，以及五四时的文化运动。

三、国民党式的文化教育

形式的，贵族的，奴化的，愚民的，陈腐的，以及其失败的恶果（如汉奸遍地等）。

四、新民主主义的文化教育

民族的，科学的，大众的，以及进步的，独立自由、平等幸福的。

五、本地区文教具体方针及实施

学以致用（目的）——战斗的，生产的，通用的，经济的，简单的。实事求是（方法）——启发式，自动性，互助性，小先生制，集体式，反对注入及体罚。应用于学制设备课程等的具体表现。

六、今后文教事业的目标

1. 大众的——教育普及，扫除文盲，深入地推行识字与政治教育，创造大批的文教干部。2. 科学的——扫除迷信，建设实在与适用的进步的教育作风。着重战斗与生产教育。3. 民族的——提高民族自信自尊心。培养新民主主义的新公民（即民主教育）。

七、对出席大家的希望

1. 关于立场：民族、科学、大众的立场。

2. 关于对象：成人教育，重于儿童教育；干部教育，重于一般教育；私塾改良，重于学校教育；政治训练，重于识字教育；以社会为学校的中心小学制；建立文化堡垒——中心小学：乡小学、俱乐部、民校、教师研会、私塾；整理公学产——县区整理办法；训练师资——训练辅导及提拔办法；编纂教材——编印计划及办法。

3. 关于态度：（1）认识自己的地位，提高自己——文化战线上的战士。（2）认识国家民族的现状与前途——排除明哲保身、隔岸观火等观念，担负起责任来。（3）认识本地区状况和怎样来充当一个有力的战士。

4. 具体工作：（1）学校教师——照颁布办法努力，自己改进，改进他人。（2）塾师——接受研究辅导联合起来，实行最低限度的改进，积极帮助或参加抗日事业宣传动令。（3）俱乐部——从事宣传组织，建成坚强的文化堡垒。创造优美活泼的民风，成为文化政治中心。

八、总结

把自己与大时代联系起来，把自己的事业与中国当前的抗建工作联系起来，以团结紧张活泼严肃的工作态度处理我们的任务。新中国在我们的面前。

六六教师节大会讲演

一、中国人面前的两个问题

1. 救国——不救，就要亡国。2. 怎样救国——只有有效的救，才能不亡。

二、关于第一问题

1. 日本的计划及行动——升堂入室。2. 中国的紊乱腐败——败退，不正确宣传，汉奸之多，不团结之状，全是亡国气派。3. 靠别人不成及其证据。

三、关于第二问题

1. 只有自立[力]更生(但不放弃外援), 自救; 2. 坚绝[决]的救；3. 团结的救；4. 进步的救。

陈家闸

一、总收76万元，742450〈元〉。

二、应付石料460丈，228600元；又加门闩2500元；工食177200元；加工食92800元；石灰350石32000元；米320石29600元；糠30000元；木18000元；棚5000元；白土4000元；打木7500元；奖犒14000元；杂用30000元；行政27450元；菜金33500元；办公10000元；雇佚10500元；开办1500元；行杂30000元；利润7000元；伤人2000元；总计792950元，两比欠40000元。

6月9日

马锡五同志的司法审判方式

1.深入调查研究——做到切实照顾边区人民的实际生活，切实调查研究案情的具体情况，分别其是非轻重。

2.在坚持原则、坚决执行政府政策法令、照顾群众生活习惯、维护其基本利益的前提下，合理调解，做到依双方自愿原则的民间调解。

3.诉讼手续是简单轻便的，审判方法是座谈式，而不是坐堂式，不敷衍，不拖延，早晚、山头、河边，随时随地群众都可要求审理案件。因此，他是民间的而不是衙门的，真正为人民服务的。

4.马锡五同志的审判方式，是充分的群众观点。

6月15日

刘家渡外滩情形

马白维、胡谦公（住杨度圩、戴四圩）两人谈：

一、按老埂可开一千多亩，按外面新筑之埂，可开3000

亩以上。

二、七姓半刀30把，侯姓公12把，古姓公8把，五姓半（马胡王王李，马执一姓半）共执5把。原为正凝洲，后崩，收归公有，侯古两姓以为木棚滩，五姓半说是上洲按长者，打官司，后以全洲柴利划分30刀权，归各该姓执有。与此刀权实际有关之户，约600户，现垦地，仍以刀权大小计算地亩。假定以全洲3000亩，作地方七姓半得三分之一，即1000亩，则刀稻最小者也可分约一亩半地之谱。

三、现时刀户之心理：1.个个想开；2.怕鬼子；3.怕顽方；4.与我政府一致。

四、边近田，去年（东佃一齐），每亩3000元，估计此洲开熟值9万元以上。

五、七姓半人共已开过四次会，有热忱。

6月17日

无为城内汉奸近来之动态

1.秘书王介如，浙人。

2.胡与沈少清（原在荻港）、方治平、蒋少云三人关系，先较密，现沈因架公，在襄买船，不满于胡，方到城，有招标状，亦不满。沈赴襄闲住了，方亦赴芜未来（因抓粮食权）了，蒋仍然保原状，但亦未真信也。

3.胡与张少清，原表李敬，但现因张学生马维寿打死了人，而胡立予逮捕上镣，似无所忌。

4.县府原人皆去了，只留卬一清、陈伯衡两人，翟巨芳、金启干府侦缉队。

5.□仰山为鬼子抓住闭两日，又被警局罗局长闭两日，为组合权之争。

6. 吴振黄在城，前在襄损失廿万元（聂舒三一百万元），现请芜湖流氓周三（雨初）来城调和，日供约二千元。

7. 陈梅生、吴彬如、吴有典、陈自浪为监军，到芜对质去。

8. 齐秀康携款由撤镇八万元赴庐江缴去，齐长俊携枪四支由土桥到顽方。

9. 还有齐党鲍少祥、童心抚留城，无事。

10. 区乡长都未动。

11. 孙丙彰于前几日由鲜玉谦到襄捕带到县，押红部，要一千万元，其队伍改编到虹桥及刘渡。

12. 原来警局对城门出入要钱，胡不准，南北门现由鬼子守城。

13. 十一日下午，胡与鬼子在城召开区乡长会议。提出：（1）派一百人到安庆受训（军训），由吴留之警队中抽的，各带麻布袋携米，要各乡征集；（2）城内大屋将折毁，多做碉堡；（3）乡长与四军调和，互不侵犯，计三个指示。

14. 本身每月要 180 万开支，尚无办法。

15. 照现时看，胡与鬼子亲密，与地方人无所依赖，手段很［狠］辣，非真正流氓也，大约有统治阶级的一套手段。

6 月 23 日

皖中联立中学补行开学式（恳亲会）

我们办联中的目的

一、应乎社会国家民族的需要——创造抗战建国人材［才］：

1. 现时干部需要情形；2. 将来干部的需要；3. 干部任

务——抗战建国；4.目的之比较——我们是为公的，别人是为私的；5.任务之比较——学生是为公的，别人是为私的。

二、应乎社会国家民族的需要——锻炼出适用的人材[才]

1.以前的欺骗教育；2.以前的不适用情形——学校与社会脱节，所学与实践脱节；3.必然结果——学校成为脱离实际的流氓制作所，学生是学死。4.我们却与之完全相反：（1）我们要学以致用（目的）；（2）我们要理论与实际打成一方，言行一致，不脱离实际生活（方法）；（3）我们不是空虚的英雄教育——英雄之产生与存在及种类；（4）我们从才德两方面去锻炼与标识，实事求是，创造成无数的实际英雄。

我们对各方面的希望：

一、社会人士（家长们）了解

1.今天世界大不同，儿子不是私产、摇钱树了，他应有自己的前途；2.正统派说及我们的道路的认识。

二、学生的了解

1.励志自立，有真本领，一技之长；2.德性之修养及锻炼；3.了解将来自己的责任。

三、对于各位先生（干部的干部）

1.过去教育界错误的见地：名义上——清高；待遇上——优厚；责任上——留声机，混混而已。2.我们各位先生的辛苦与责任：在才上——不但教，而且会。在德上——不但引导，而且标示。在待遇上——不优。在名义上——无所谓超然的清高，而是一种实际斗争。在责任上——大极了（干部决定一切，创造与实验）。3.我们的先生，是值得尊贵的，敬仰的。

四、结语

1. 我们这样真诚的目的，对不对，大家要不客气的研究改善，这是大家的事情——皖中是皖中二百万人民的。2. 这是中国千载难逢的时候，翻身最易的时候，大家都来多出一把劲吧。3. 下学期怎样发展，望大家多贡献。

6月27日

公安局逮捕案犯性质统计：

一、敌探：41%；伪特：23%；土匪：9.4%；奸细：16.6%。

二、奸细请来的：19.3%；未禁闭的：13%；禁闭的：6.3%。

三、一年来处决案犯（包括土匪杀人犯、贪污犯等在内）：9.416%。

叶处长财经报告：

1. 现在最重大关系的是公道问题，原定每亩征六斤，不是甚多，只能供给三个月，尚欠。2. 一月廿九日《大江报》载明税率，一般粮赋3%，营业税5%，奖励生产者不征。3. 货检、进口税灵活执行，去年十二月至一月底，一律不征，自二月起五月征不过5%，币原征5%，三月至五月征10%，六月起又征5%。土布进口原不征，但自我奖励纺织业后，征进口税（五月后）5%，每斤征16元，出口税，普通20%到30%。4. 贸易、集成号、币管处、各县中心合作社——联营社，统制物——米、麦、豆、籽、麻、六谷、山芋粉。统制进口——币（价压低了）。贸易价格不随时高低是大缺陷，以前（春天）每匹洋布十二担米，现在只要三担米了。5. 合作社，现在每区有一个，最好的恍城区合作社有7000股，合人口家1/2，全无为五个区 340 万元股金，11000 多社员。

7月6日

本日到三闸视察，在东来家休息。

七月三日汤沟沈老先生来谈话，有下列之点：

1. 办事太厉害，商人一见生畏，不敢说话，尤以宋泽为甚。2. 取消分红制，则职员最低生活要予顾及。现在薪金使人不安于位，大家都存退意，说新四军成功就要人去，马上不干，又不敢，胡两个月再辞职了。3. 正大商店有压价之事。4. 度量衡要政府予以统一，以利人民。5. 三家洋行，唯李佩龙最狡猾，且有某人常假借倪子干（其亲戚）之名胡闹。

季字闸检查：

一、经费收入：

石涧区田亩直接 14187.24（35 元）；友谊 9863.35（5 元）；收款共 545762.3 元；欠 12762.0 元。

新民区田亩南太六保直接 5534.28 田；友谊 3155.63 田；收款共 209477.95 元；欠 13170.0 元。

董桥乡三保直接 2499.9 田；友谊 1226.55；收款共 93994.25 元；欠 14518.0 元。

另收该区 268580 元（区府转手）；三笔共田直接 22221.42 田；友谊 14245.53 田；三笔收款 1017774.3 元；欠 25000.0 元。

二、经费支出：

石料 228065 元、石灰 38540 元、粘米 32503 元、桩木 29550 元、硬柴 88061 元、棚厂 8805 元、石工资 310000 元（添

五万以内）、菜金4500元、犒赏8450元、竹器1840元、打桩1840元、杂支13288元、特支6582元、共计764024元；开办费1683元、开会3275元、食米20537元、菜金30280元、雇佚14471元、文具2850元、灯油7142元、招待5194元、典礼50000元、慰劳1000元、印据2683元、客饭12450元、收黄支4200元、杂支6965元、币折3950元、共计166687元；两共930711元。又典礼超20000元、石匠奖27000元、陈闸20000元、共计67000元。

三、两比：101700–997000=20000元（存）。

四、闸身状况：

高2.2丈、长3.5丈（出入水道）、长3.5丈（走路距离）、八字2.6丈（转八尺左内）、陵八2.1丈（转六尺左内）、板长0.85丈、面宽1.25丈、滚高0.17丈、滚长3.10丈、滚宽0.08丈。

五、石匠工4800个；土工22000个（每工100元）。

六、日期：自1943〈年〉（阴）十月初六开工，1944〈年〉五月初二日竣工，共八个月少四天。

七、本工程全估计经济之花费：764026+166687+67000+2200000=3197713元。

陈家闸检查：

一、工程方面

1.闸高2丈1尺。2.正身筒子4丈，内外八字3丈5尺。3.筒子宽8尺5寸。4.闸面长3丈6尺、宽1丈3尺。5.石栏长3丈3尺，高1尺9寸，柱2.6。6.八字高1丈5尺。7.石匠工3500个。8.土工10000个，还要1000个。9.1943〈年〉（阴）

十月十五开工，1944〈年〉五月十六竣工。共经八个月又一天（中间正月约停工20天）。

二、经费方面

1. 收入：842600元（直间友三方面）；95000元（新民收在上数内）；20000元（季闸据上数内）。

2. 支出:（借长风桥石400丈）在外；石料464丈（门闩三）244653元；石工资，原177000，加41400，加54800，共273200元。

粘米38担31000元；糠46000元；桩木19253元；棚6510元；白土3500元；打桩9932元；竹木器3385元；铁器3860元；杂费11000元；开办1200元；开会2799元；办公9670元；招待4658元；灯油8500元；慰劳1500元；收费之用8373元；雇工15000元；吃米31672元（38担多，柴内），菜金39014元（客菜在内）；行政杂16200元；共计804000元。

会后支出：石匠27834元；粘米等18000元；共计45834元。

804000+45834=849834元，收支两比，欠□5000元之谱。

三、总估计

840000+880000=1640000元，又加长风桥石400丈，童梁两桥石100丈。值250000元，则为1890000元。黄树闸7200石灰3700〈元〉。

四、现待解决问题

1. 石匠要求加钱；2. 土工未到（富者硬欠）；3. 大家亭子的做成；4. 黄树闸结面；5. 经济审核；6. 本闸今后管理及保护；7. 工作总结。

7月16日

三大抗日根据地的概况

	华北	华中	华南
根据地	5	8	3
行署	13	8	
专署	65	20	
县级	436	147	8
土地	333万里	120万	60000公里
人口	8300万	6000万	450万
扫荡		150次	20次
敌力		42万	5000
铁路	11	9	1
公路	59000公里	65000公里	
碉堡	30000个		
省制	9	5	3
据点	10000个		
伪军			

以上是三大抗日根据地的概况，因为有了这个，才奠定了中国的胜利。

7月17日

三闸概况

	闸高	闸宽	闸长	钓
季家闸	1. 八字 1.36 2. 桥券 0.445 3. 栏干[杆]0.15 4. 合计 1.955	3.54	1. 闸网 3.2 2. 外八 3. 内八	高 外八 内八 全长
陈家闸	1. 八字 1.485 2. 桥券 0.55 3. 栏干[杆]0.19 4. 合计 2.225	3.25	1. 闸网 4.04 2. 外八 1.88 3. 内八 1.86 4. 合计 7.81	无有

（续表）

	闸高	闸宽	闸长	钓
黄树闸	1. 八字 1.30 2. 桥券 0.40 3. 合计 1.70	2.52	1. 闸网 2.9 2. 外八 1.5 3. 内八 1.0 4. 合计 5.6	合计

鱼台概况

鱼台	桥面长	桥宽	闸网长	大小之比
1.78 1.58 1.74 6.56	3.525	1.2	0.78	（2）
	3.680	1.31	0.80	（1）
5.6	1.00	0.8	0.62	（3）

7 月 18 日

联中调查研究项目：

一、行政概况（人事上另谈）——设备，制度。

二、经济概况——人员，预决算，待遇，奖学。

三、教学概况——课程单位，编制，讲义。

四、作风与成绩。

五、经验教训。

漫谈一般：

1. 分教务、训育、事务、师范四处，师范曰部。

2. 油印有油印小组三人，何琼组长，两个学生，师班李少文（东北人）、雷淑容（女），李雷二人分一人津贴。

3. 训育处，每班设级任，负训教任务，周师，陆一，陈二。

4. 事（务）处，事务员一、会计一、炊四、校工三。第一月刘主任在校，以后不在校，会计差。

5. 教务、训育会合开，两星期一次，校务会开二。

度，班级人员学生，统一具教具。

金，制度。普通与师范，检查成绩，考验，自动学习。

事务处会议两星期一次。

6. 每月经费，每月 1.7 到 1.9 万，公粮 6000 多斤。师 7000 多元，粮 1200 多斤，奖费 5000 元，粮 900 斤。粮贴 3800 斤，办 3000 多元。主灯油、杂支 2000 元，印室费 1000 多元。

7. 免费生亦由会计负责，故易混，学生不按期交费，但硬不交，账极难。

8. 经济制度乱，大多未批准，但浪费少，医药费少，用办之物都未办，物质设备太差，事务处不负责，书籍亦未办。

9. 一年级学生到 49，实 41，二年级 16，师 31，□ 88。走的学生，困苦生活，家庭，生病，流动性甚大。曾做过工作的十四五人，表现及成绩都好些。老干部奖惩较重。

10. 各班有学习及生活班长，选的，又有学习及生活组长，班长值星，班组长起了相当作用。分组检讨两星（期）一次，班检讨一月一次。

11. 教材不够，没计划条理，唯历史、政常较好，地理最差，后较好。

12. 开学无讲义，一月后才发的。此外，国文还好，三门讲义，化学、生理最缺材料，自然科学因等待而搬下来了。艺术是音乐画图。

13. 教材先由各自选择，未开会。政常报区党委，历史革运史，政治上大致无问题。

14. 师的教心（钟），教方（董），极费心，吃力。

15. 讲授方法，注入式多，附以讨论，如政常历史，每月讨论三次，但未好成绩，一个半后才正常。题教员出，后级任出席。

16. 挑战栏，领导不够，但有自流现象，未挥发作用，外则墙报。

17. 开座谈会，但迟了。

18. 有讲义者照讲，补充丰富之，历史提纲，但同学有不懂。赖详说，国文有讲义，何一，董二，别课师用提纲，生没有。纲写黑板上，学生笔记，不明确。

19. 师与二年级有课相同，如国历政常，算与一用，地与一同，生理不同。多了教心教方，艺较多。

20. 举行过一次全校月考，经动员解释，但仍失败。为考而失其他，成旧法子。后临时考（仅政常）。

21. 作文三星期做两次，外有班校壁报。

22. 学生对政常、国文、历史有大进步，思维意识改了很多，嗜好体裁都有大变化，岂他课间之联系，现亦知道了，如地理，有时事地理，算术亦当重视。但对英文、化学兴趣差，生卫大多有兴趣，师对教心、教方兴趣不高，盖皆不作教育者之打算，而因生活关系、资格关系而入师。

23. 学生觉得没喘气——每天课6时，自修2时，早读1时，晚活动，午睡1时。

24. 学生会，做号召活动，墙报等。杂务员训练学生员，开垦6亩，内菜2.5，收约1000元，养猪失败。

25. 健身运动尚好，文娱有歌咏队剧团（师生）。经济股帮火食，初好，后差，半年吃四次肉。洗澡三天一次，未轮到即冷水洗。

26. 民运开联欢会，麦收去，打麦三天下午，有自动割麦机者。民主运动做宣传。参加选举，七七宣传，干了四乡一镇，吉莒、马厂、牌楼、天花、石镇。

27. 生坏弄坏民众东西，赔偿以生产收入，群众影响还差。

28. 作风，与别部往还少，埋头完成任务，不够活跃，文化娱乐差，但求实，不求外表。

29. 定模范生条件，选举，给学生努力目标也。以学习生活活动等为标准，此转变了一切读死书的学生，经举选评判。甲无，乙丙共 9 人，乙 3 丙 6。

30. 学生中发生了一次纠纷，为教育大家，开了大会，经各班加以正确评论，打破了私见，团结了。有一次恋爱疑问，加以教育，都大家讨论的。

31. 偷窃问题，迄未解决，钢笔七、八次，钱 900，余则衣物。

32. 学生生活管理，晚自修前一刻钟集合，问题随时处理，本期十二周，每周有中心克服之问题。1.……2. 克服想家，3. 生产，共 13 组。全校晚饭后干。第二月突出群运工作，教学做一致。晚出去，没有脱离群众情形，成了经常工作，再后提出军事化。集合了三次，三分钟弄齐，最慢十分。六月底突击宣传，最后为健康周，口号正对着需要的。

33. 师班没有什么特殊性，教材方面太少，困难，第一级程度太差。提纲不能接收，参考没有。

34. 管理上，设备太差，学生苦得很，现在睡得不好，工作人员太少，本期算是临时凑的，每人任课太多，闲谈长进大而没有时间，故进度少。

35. 自然科学，学生不大重视，却偏于社会科学了，这是一个缺点。

36. 算术上练习少，学后忘前，自修少，底子差。

37. 活动时间太多，太忙碌也。

1. 二年专科，学生恐不易，且程度恐不足，故应普四班，专二班。

2. 招生要提早，广告能在七天内印出。

3. 房子马上要添（原地），连厨房 12 间，40 天必须完成。

4. 暑期工作，留学生十五六人住校，教员先来些。

5. 下期教员及课程必速定，事务处人员亦同。

6. 事务工作须速办，各楼舍校具图书。

7. 班次课程须速定，好准备，一年级程度提高。

8. 临时训练班，毕业程度要高，才能二月。

9. 教材印刷问题，提纲不能用，因程度浅。

10. 教务处及训育处要添人，军事上要添人。

11. 医务员要添人。

12. 各班各科钟点数：第一年：国 6，政常 7，数 4，英 3，历 4，地 3，音 1，美 2，生理 2，体 2，共 34。

13. 二年级：国 6，代 4，英 4，化 2，史 4，地 2，美 1，音 1，体 2，政常 7，生理 2，共 35。

14. 师范班：国 6，政常 7，数 4，史 4，地 2，音 2，美 2，体 2，教法 3，教心 3，共 35。

7月19日

本日早五时，上石涧埠镇，参观市镇新街。街上群众摩肩擦背，热闹异常，买卖货物堆满街市，一种丰裕繁荣之象，触目都见。乡下人也舍得一些了。满街的茶楼，都被坐得满满的，吃点东西似乎不在乎了，人们异口同声说：这是新四军民主政府的福气，庐江一带人民来此贸易，无不羡慕不置，咒骂云：捣他哀姐，广西佬在那里，把雨水也弄没了。

到合作社参观，乃是一个消费运销性质的。主要是食盐起了作用。民间信仰极好，本年秋季，这一工作必须极大努力来进展，现已造成进展的基础了。

大后方奖励劳动英雄政策下，产生了各种各样的劳动英雄：

〈劳动英雄〉

性质	代表者	备注
农业劳动英雄	吴海有、陈德发	石明德
合作社劳动英雄	刘建章	
工业劳动英雄	赵占魁	
退伍残废劳英	杨朝臣	
安置移难民劳动英雄	马云鹏	
运盐英雄	刘永祥	薛志明
打币英雄	李焕文	高仲和
植棉英雄	郭秉仁	
畜牧英雄	贺保元	
义仓英雄	张清益	
拥军优抗英雄	孙万福	
防奸英雄	阎开增	
妇女劳动英雄	郭凤英	刘老婆
青年劳动英雄	李常青	
二流子劳动英雄	刘生海	马玉儿

7月21日

本日晚到方家坝开调查会，其纲目为：

一、目的：调查研究民众担负，民主政府成立前后担负之比较，敌友我三方面担负之比较；其次，交减法令执行程度。

二、对象：东三人，佃二人，自耕农二人，在讨论担负问题上，混合进行，当讨论交减时，分别进行之。

三、方法：

1. 两问题分开进行。2. 主席发言，说明调查目的与方法，及大家忠实发言之必要。3. 个别调查登记，发言（田地人口）。4. 初步结论及质疑。5. 休息散会。6. 集合发言。7. 总结，宣布讨论结果（散会）。

四、项目：

1. 生产状况：百分比：（1）春收；（2）秋收；（3）副业；（4）其他。2. 消费状况：（1）吃米，菜金（吃鱼肉）；（2）衣裳被服（新置的）；（3）一般购置；（4）保健费；（5）人情酬应费；（6）生产消费；（7）租税，利息；（8）迷信费；（9）特殊用费。3. 廿三四及廿八九年生产消费情形：（1）列表填写；（2）比较约数。

五、项目：

减方：地主方面

1. 田亩数，租额，租年成（上年的）；2. 减数，实收数，百分比（差费）；3. 小租，庄规，实际待遇；4. 对交减之评论（生活情形）。

交方（佃农方面）：

1. 做田数，租额，年成；2. 实收数，减租数，差费，百分比；3. 庄规，相应待遇（消额数）；4. 农业经营收支比较（毛利，纯利）；5. 减租效果，执行百分比；6. 廿五六年与卅二年付租比；7. □□及让租；8. 对减租之评论（生活情形）。

中方（自耕农）：

1. 交减执行成效; 2. 收入分利百分比; 3. 各方面的评论(产生积极性）。

7月22日

何孔怀：佃农，七口，雇一口，佃田 11.6，佃地 2.0，己田 3.0。

收方表格

收支	项目	种数	数量	价值	百分比	备注
收方	水田	稻子	43.0 石	107.50 元		田九亩
	旱地	六谷子	4.0	1200 元		
		黄豆	4.0	4400 元		
		山芋	10.0			
		子花	50 斤			
		花生	2.0	1000 元		
		小麦	4.0	2940 元		
		大麦 4.0	1600 元			
		杂豆	2.0	750 元		
		菜子［籽］	1.0	1000 元		

付方、生活，柴、米、油、币、洋火。

7月26日　各县参议会选举结果

无为县参议会共选 30 人

1. 议长何谦堂，副议长张世荣; 2. 驻会参议员 7 人: 何谦堂、张世荣、许屏风、许移山、张炳炎，冯民全、伋际如，候补刘芳、徐冬荣；3. 皖中参议员 9 人：张世荣、刘芳、金笑侬、许移山、许屏风、盛鸿轩、何谦堂，方耀庭、潘名祺；4. 县长：陆学斌；5. 行政委员 7 人：陆学斌、岳炎、丁总哲、印清河、方耀庭、钱光胜，金笑侬，候补，张世荣、刘芳。

湖东县参议会共选 34 人

1. 议长，沈鹰，副议长祖日新；2. 驻会议员 7 人：沈鹰、祖日新、丁友兰、赵建清、丁俊侯、舒政海、班仲骧，候补雷文、李少痴、杨耕云；3. 皖中参议员 9 人：赵建清、沈鹰、祖日新、丁俊侯、高锦堂、伍逸庭、胡溪涛、桂林栖、杨耕云；4. 行政首长，主任张格，副主任舒政海；5. 行政委员 9 人：舒政海、桂林栖、张格、祖日新、伍逸庭、朱辅廷、张栋臣、陈仲华、徐廷辅，候补雷文、杨耕云。

临江县参议会共选 44 人

1. 议长黄耀南，副议长江祝堂；2. 驻会议员 9 人：黄耀南、江祝堂、易墨农、朱农、奚道平、刘功臣、陈丽生、胡德容、胡厚培，候补，章啸衡、潘效安、李革；3. 皖中参议员 13 人：王试之、章啸衡、金稚石、江祝堂、张恺帆、黄耀南、吕绍芬、强日增、张友梅、谢英、胡德容、丁聘权、陈笑波；4. 行政首长，主任张君武；5. 行政委员 13 人：张君武、李革、董干、王试之、吴白、章啸衡、张伟烈、江祝堂、张经武、丁聘权、张友梅、陈笑波、叶景文，候补，潘效安、金稚石、黄耀南。

各县人数比较表

项目	无为	湖东	临江	和含	合计
议长	2	2	2	2	
驻员	7	7	9	7	

（续表）

项目	无为	湖东	临江	和含	合计
候补	2	3	3	0	
行委	7	9	13	7	
首长	1	2	1	2	
候补	2	2	3	0	
皖参	9	9	13	5	
合计	30	34	44	23	

7月29日

一、刘家渡外滩柴利之考查

1. 刘渡打柴分六棚，七姓半执刀权二分之一。2. 旧例柴棚，左姓执柴两棚，侯姓执两棚。3. 五姓半执柴一棚，公家执柴一棚，会计六棚。4. 每棚柴约两万个，每个湿柴约四十斤，干柴约卅斤，不等。5. 六棚柴计十二万个，还有裤偏夹等窪地，约有一万五六千个。6. 每个柴按现时批价（用费在外），值卅元，以一百个计算，要值三千元（照缺货柴价，每个要值五十元）。7. 按干柴计算，有四万担（除刀权二分之一），公家应有柴利两万担，每担值二百元，总计柴利四百万元（此即领拨柴薪人管执之部分）。8. 领拨柴人用度及花费等，详细不明。

二、太北洲柴利之考查

1. 太北洲出柴计卅放，砍柴人执二分之一，拨柴人执三分之二。2. 每放柴计三千个，每个干柴十六斤，每放柴重四百八十担。3. 拨柴的执三分之二（计二十放柴），应有柴九千六百担，每担值二百元，总计柴利一百九十万元。4. 拨领柴人用度及花费，不明。

按以上两个考查，是我给任务与刘仿影同志得到的，当然很有价值。

7月31日

减租执行调查表

地点	年份	户数	亩数	产量	交租
林庄	26年	29户	166.4亩	540石	190石
	32年	29户	166.4亩	610石	185.5石
肖庄	26年		80.6亩	216.8石	59.8石
	32年		80.6亩	288.1石	106.85石
陈碾	27年	15户	137.35亩	412石	287.7石
	32年	15户	137.35亩	630石	171.0石

8月1日　文化教育工作之实施——教研会

一、方针（三大方针）

1. 成人教育重于儿童教育——成人教育。

（1）中国愚民政策下的成人，状况数量。（2）成人在社会上抗战中的重要性。（3）抗战胜利与成人头脑之武装。（4）建国与成人。（5）成人教育与儿童教育之比较。（6）成人教育应该重于儿童教育。

2. 私塾辅导重于学校教育——儿童教育。

（1）私塾也是一种教育。（2）私塾内容陈腐，但数量多，被信任。（3）取消之不可能，思想上、经济上、政治上都有碍难。（4）学校教育一般，不可能单纯的开展。（5）辅私工作应该重于办学校。（6）无数的民办小学之长成。

3. 干部教育重于普通教育——中等教育。

（1）普通教育在过去无效果，在现时效里［力］迟了，且不适用。（2）抗战中干部之迫需。（3）学以致用，即学即用的干部教育。（4）两者的比较，青年责任上、学问应用上、个人出路及家庭愿望上。（5）干部教育应该重于普通教育，后者已先其存在的必要性。

二、方法

1. 实行中心小学制（社会即是学校）

（1）成人教育（男女在内）：①机关——乡俱乐部、保民校、村冬学、乡村文化班。②步骤——依次建立，波浪式进展。③口号——社会即是学校。④学习——人人是先生，同时也是学生。以口代书，以耳代目。（2）私塾辅导：①组织——教育研究会、文抗会、儿童团。②辅导——以组织推动组织，改良塾师。供给课本、提供方法、竞赛奖励（取缔）。（3）儿童教育：①性质——实验的、创造的。②教学——启发式，研究性。③作用——示范的，与民办小学取得密切联系。

2. 实行轮流调训制

（1）目前以乡级干部为主。（2）县级负全责，在县附近。（3）原职代理，不带薪。（4）两个月一期。（5）反省总结与灌输必要知能。

3. 大量吸收新干部

（1）机关——皖中；（2）领导——行署；（3）内容——职业教育，分科；（4）期限——二年，但教育分科；（5）奖学——充裕自吃自；（6）老生——有之。

4. 编印教材（计划）

5. 分配与整理区县公学产

（1）区归民兵（依法征收者）；（2）祠产办民办小学——委员会；（3）募捐自筹办社教系统；（4）县产统一；（5）加强组织由县负责。

6. 文化活动

（1）文抗组织；（2）运动会等，竞赛，提拔学习英雄。

三、教学内容

1. 成人

（1）提高民族意识与胜利信心；（2）破除迷信，教会应用知能；（3）根据地建设及其将来；（4）群众武装之重要，及拥军参军。

2. 私塾

（1）塾师对新时代的认识；（2）一切社会的自然的科学之介绍；（3）教育方法之介绍与改良；（4）教材更换，即学即用；（5）待遇改进；（6）自动的团体运动。

3. 儿童

（1）学校信仰之建树；（2）适用知能灌输；（3）模范作用之扩展。

4. 老干部

（1）思想方法之反省检查纠正；（2）工作经验之总结与贯通；（3）新知灌输（如领导方法）；（4）根据地建设及业务学习。

5. 新干部

（1）思想前进；（2）革命与求实精神；（3）大时代之认识；（4）社会的自然的常识灌输；（5）专业学习；（6）根据地政策与建设。

四、目标

1. 成人

（1）扫除文盲，人人学会一千字；（2）提高认识，懂得一般问题（民众读本）；（3）武装起定数的民众头脑子（有确定的数学），懂得应有之问题（民兵读本）。

2. 塾师

（1）组织团结起来（民办小学兴起）；（2）必要知识的了解（政治与教学）；（3）作风之正派。

3. 塾生

（1）自由活泼与民主团结精神陶冶；（2）青年正派的作风；（3）必要的知识。

4. 小学教育

（1）实验作用；（2）示范作用。

5. 老干部

质的提高（思想正派，能力加强）。

6. 新干部

（1）大量青年入正轨，参加抗建；（2）在思想行动两方面树立稳固的新观念之基础。

7. 总的

（1）从基本上（思想上）提高群众，加强抗建力量；（2）提高民兵武装其头脑，巩固根据地，准备反攻；（3）提高干部之质和量，使工作大进一步。

五、做法

1. 克服忽视文教的观点；2. 作为中心工作，由各级政府分工负责；3. 工作对象具体化；4. 全地区各方面一致为此努力。

六、结论

1. 文教工作之重要性（反时代反进步之习惯力量之伟大，与给予我们的障碍）——破坏与建设工作任务之艰巨，战斗的姿态。2. 新民主主义之前瞻，与我们责任之重大，干部之需要。3. 自动性，研究性，创造性，适应性，革命性。4. 自己的修养——可竖［塑］性，领导性，大气磅礴，迈步直前。

5. 国家民族与个人的成就。

8月6日

本地区各县今年财富之比较（秋收）

	无为	湖东	临江	和含
田亩	40.0 万	24.0 万	50.0 万	30.0 万
修正				
收量	5.0 石	3.0 石	5.0 石	5.0 石
收额	20.0 万石	72.0 万石	250.0 万石	150.0 万石
单价	400 元	400 元	500 元	500 元
总价	8000 万	28800 万	125000 万	75000 万
畜产	3000 万	1500 万	5000 万	3000 万
鱼藕	100 万	500 万	2000 万	500 万
草业	500 万	500 万	500 万	500 万
芦柴	200 万	400 万	1500 万	500 万
总计	83800 万	31200 万	133500 万	79000 万
合计	3275000000 元			

（铜繁不在内，共三十二万万七千五百万元）。

8月8日

联中 1944〈年〉上学期：

用款经费临费 113017 元，公粮 18227 斤。三月廿七筹备，五月一日上课。七月廿五日放假，三月之谱。

下学期预计：

经常费每月 75400（以 160〈人〉吃饭）；公粮每月

14120斤（包括粮贴）；购置44480元；建筑137400元（30间）；运动书籍50000元（讲义15000元，在经常费之内）；75400×12 = 904800（全年）经费；4120×12 = 169440（全年）公粮；大约250万元，全年共计300万元。

8月9日　联中座谈会

一、学校负责同志报告总结

五月一日上课，先只30多人，陆续来的。以后一月中，每日添人，增至80多人，后又加到90多人，尤以一年级流动性太大,来了因过不惯而即走了,故终止39人。二年级15人，师27人，分配工作者2人（丁季良做开镇副镇长？张定奎做民兵指导员，斗区，好）。周东生已做过副乡长，要求工作（女生9）。

二、学校行政

教职6人，何不任职，亚军每周四小时，主任4人，教务会只开两次，集体领导不全，以训教联席会代替一切了，有级任指导制度（一月后）。课程调动频繁，讲义抄写等烦极了。

三、管理

管理近于军事领导，所以训育处为大队长，生活班长，小组长职务。学习上亦分学习班小组长，每月检讨一致，外有自治组织是学生会，为纯自动的分六股，如学习、生活、运动、经济、文化娱乐、生产等股。有合作社一个，私人生产三之一归公，及民运六股，以民运最有成效。

四、教学问题

自然科学少，政治科学多，政常中的国民党材料多了，学生对此较有兴趣。自然科太少了，教材审委会未办。政常经周部长看了，学生无课本、笔记，几没有讲义，只国文、历史、政常有讲义。油印技术太差，教法讲授式。

五、作风

形式为好的，而内容全不同，因与实际问题相联系了，这要占三分之一的时间。又学习是集体的，非个人而为集体进步，又着重自动性，提出模范学生、标准学生之成，模范生9个，乙等3个，丙等6个，至于整个工作，有很强的坚持性。先生很少缺课事，实事求是不务虚名，教职员大体团结。

六、总缺点

会议执行不好，斗争性不够，人员不够，厨房事务员不负责，设备迟缓。

郑提：

一、工作基本上完成

二、但有些缺点，这一面由署负责，一面是学校负责任，如下：

1. 方针不明确（非干部教育）；2. 教多于实习；3. 事务工作做得太不好，学生伙食太差；4. 各处训育处较好；5. 作风如容纳意见，负责同志表现差；6. 学生民主差（支部同志不够）技术差；7. 功课一面走正轨路，一面党味太甚；8. 检查督〈促〉与辅助得不够，斗争不够；9. 教职员应由署负责；10. 负责同志小事不注意，如奶妈等。

8月10日

出入境税收表

	必需品	日用品	消耗品	奢侈品	迷信品
过境	10%	10%	5%	5%	5%
	10%	10%	10%–20%	10%–20%	10%–20%
入口	5%–10%	5%–10%	20%	15%	30%
	2%–5%	5%	10%–15%	15%	20%
	统制	非统	附产	特产	
出口	20%–30%	15%	10%	10%–20%	保护制
	15%–25%	10%	3%–5%	10%–20%	

1. 统一税率。
2. 物价每月公布由各地委决定。
3. 财经处只管税率，不管税额。
4. 土产特产过境者减轻，20%–30% 到 5%。

移树——小树很容易移植，只要把树的根须保留着，在冬初移植，没有不活的。但大树就有些不同了，除把根盘留得很大（根须的面积有多大，就留多大），连原土不动，在冬季好好的迁移外，还要注意树的方向。即是尚未移之前，在树干正南或正北面，贴上一个条子，移到新地点时，也还照原来的方位摆下去，条子便是识别方位的记号。这样做法，一定能活的。

自然界的循环——自然界的物质，大体分做动物、植物、矿物三大类。这三大类是相互变化循环的。譬如：植物吸收矿质而成长，却被动物吃下去了，变成动物的身体。动物死后，又变成矿质，分解存留在土里，再被植物吸收，如此互相转化不绝，是谓自然界的循环。

植物是动物的好朋友——动物的主要食料是植物，这是大家所明知的，但它还要吃矿物，才能生活。例如水和空气都是矿物了。水是天然有的，空气中的氧气，却有赖植物大量的制造出来。当植物的绿叶，应用日光的热力，制造养料时，必定放出许多氧气，这氧气便是动物最宝贵的东西，吸收得越多，身体越畅旺，一刻没有，就会窒息而死。我们人类也完全相同，需要吸收多量氧气。所以住房的周围要多多栽树。每天早起，能吸得多量氧气，身体精神就健旺。

摆柳不易活——柳树最易生根，最易繁殖，所以人们随便砍一段柳枝，插在土里，就会生长为柳树。但有些人，心想快快成荫，把柳枝上的许多枝叶都留着，插下去，俗名摆柳，这却常常不易活。什么道理呢？原来植物的根，是吃东西的，犹如动物的嘴；植物的叶子，是排泄东西的，犹如动物的大小便。摆柳既没有根，它的根要等候在土里渐渐的生长，而它却有叶，照常不断地在排泄，来的没有，去的很多，入不敷出，当然会把枝干内部的养液耗尽，而至于死了。所以，柳树插枝，应将上面的小枝叶砍去，即移植有根的树，也应将上面的叶子去掉些为宜。

雨水的循环——有人问，到了夏天，长江里那里许多的水呢？因为我们中国的西北，都是高山旷野，那里气候很寒冷的。海洋和平地上的水，被日光照射，成天的变成水蒸气，从地面吹到天空，在天空遇到了冷空气，就变成雨，又下到地上来。到了冬季，雨都变成雪了，大雪下在西北的高山旷野，成年的不能融化，必须到夏天，日光很烈，那积雪才融化，大量的冲流下来，到黄河长江，就成为我们所看到的夏季洪水了。故水在地上或海洋中，变水蒸气散天空，遇冷变雨雪，复下，到［倒］在地上，这叫雨水的循环。雨水变成雪，堆积在高山，夏季融化，流到江河，变成洪水。

植树的利益——树木的枝干，可以架屋子，造器具，做燃料。它的果实，可以吃，可以做种种工艺原料，如油料、染料等。活的树叶转供给我们许多氧气，可以卫生。树的色泽，红的绿的，非常美观，可以助长我们精神愉快。所以，树木是最好的东西，凡有空隙的地方，都应该栽起来。

水利——经营农业，不能不讲求水利。盖因农作物需要适量的水，多了会淹坏，少了会干坏，这就必须利用沟塘堰闸堤坝等设备来调剂它。凡是设备得好，排水灌溉得宜，水量调剂得法，则无论圩田、山田，年年丰稔，没有水旱之忧了。

水利——沟是运水的设备，山圩田都需要。塘是贮水的，山田更不能缺少。堰是保存一定限度的流水的，也可称它坝子。在倾斜的山地最有用。闸是圩田用作排水灌溉的。堤坝是抵御河水江水的。这些设备，必须健全起来，然后我们就可以把水运用得任意自如，就必然的年年得到丰收。

合作——一个人做事，只得到一个人的成效，十个人单独的做事，也还是得到十个人的成效，但十个人若是合起来做事，就必定能得到大于十个人做出来的成效。这因为合作了，就能分工，分工的结果，既免除了工作中的浪费，又促成了工作上的精进，总计起来，成效必然增加了。所以，合作是农工商各业最好的制度，我们应该大规模的来推行。

改良农民生活的第三步——民主政府要改良农民生活，第一步就颁布交减命令，一方面实行东对佃的二五减租，一方面实行佃对东的依法交租，并且割除了所有的东佃间的陋规，这是使农民减少支出的办法。第一步就颁布增加生产命令，一方面号召农民深耕、施肥，增加原有田地的收获量，一方面号召农民大规模开荒，扩大新田地，并经营养牲口，纺纱织布等农工业，以开辟新的生产道路，这是使农民增加收入的办法。支出减少，收入增加，农民的生活，怎么会不改善？但还有一个第三步必须做到，这便是掌握农业经济。换句话说，是设法使我们的农产品在市场上获得高的价格，至少要不吃亏。这一工作，非常重要，假如不给做好，可以令我们的农民们，劳碌辛苦成为枉然，增加生产成为白白的，没有代价的徒劳。

我们怎样来掌握农业经济呢？首先便是把农村合作社普遍的组成。把个体的经济合成集体的，然后联合许多小的集体成为一个大的经济总体。用这个总体从事步调一致的经济上对外的运用，必须这样，我们的对外经济斗争，才能胜利，我们的农民生活，才能真正得到大改善。

劳动力的合作，农人做田地，若用合作的方式干，成效必定大得多，这就换工队之组织。合几个农家，或几个村庄的农家，组成一个劳动力互助的换工队，把各家的田地，当作一个大家庭的田地，大家集体的有步骤与计划的来耕耘收割，则劳动力欠缺的也可把田做好。耕牛、农具等不够用的，也可调剂应用。至于劳动力多的人家，则可得到经常的换工，免除了浪费，力量更充足者，也能收回应得的代价，这样做法，不仅最经济，并且最易提高人们的劳动积极性，大量发挥劳动效果，我陕甘宁的先进抗日民主根据地内，到处实行着，已经在农业生产上得到极大的成绩了。

单纯的生产——我们中心根据地无为，是个完全的农业区，无论水旱田，大都全种的是稻子，所以，素称丰富的产米区了。然这样单纯的生产，以这地区单位来说，在经济上往往是不利的，因为你生产的只是一种，则所生产者必须成为出卖的商品。既成商品，其价格就免不了要受到控制，有时就免不了大吃亏了。为避免这个，我们中心根据地内，应该竭力提倡用一部分田地种植别的作物，如棉花、菜籽、烟叶、大小麦、各种豆类等，借以打破单纯，把农产物复杂丰富起来。

8月15日

备战事宜

一、加强情报（通讯联络）。

二、加强递步哨，要快确，否则，罚之。

三、加强侦察负责。

四、保卫秋收，加强警戒，否则，罚。

五、机关方面（在战斗状况下），要能随时转移分散，随时又能集中，不影响工作。故应该：

1. 机关作风不好，杂员多了，要切实检查，照编制表执行，尽量减少。口号：一以当二，精干有用。2. 物资及文件等，不用者须另存储。3. 银行票子即出即用，不讲面子了，发行要技术，公粮券亦如此。4. 藏的东西都要检查布置，教育保存方法。5. 杂物［务］人员之教育加强（战斗），着实地进行检查，存去物件。6. 各机关自己多准备（县总队未通知行署），防奔袭。方向转移各自设法，不要靠部队。7. 各机关就地督促联系民众，进行查哨、行动哨等。

六、房子问题，尽量紧缩，不让其发展。

七、作最坏局面的打算（中学）。

八、整风问题，检查思想及工作方法，保证计划执行。

如备战工作，各在职干部负责检查，实事求是。故必须加强在职干部的整风。

九、总队部发通报。

8月16日晚

本署备战动员。

一、同日发出紧急指示。

（1）从思想上克服太平观念，停止造房子。（2）从整风中教育干部，学会把工作联系到备战。（3）机关警戒轻装。（4）动员民众，一齐备战。

二、目标要，人员学会随时分散集中。工作学会，一面备战，一面工作，在动的状态下进行工作。

三、动员大纲是：

（1）就平时状态分析，不可能太平。（2）就现在环境说，应立即备战。（3）备战办法。（4）一面提高警惕，一面猛力工作。不因畏惧而失望，坚定胜利信心。（5）我们的目标——会前三项。

8月20日　皖中大江银行开幕典礼讲话

一、抗日民主政府的一贯经济政策

1. 它认识了经济战在抗日战争中的重要地位；2. 它认识了、确定了军民兼顾的经济政策；3. 第一步从减少支出来改善民生，第二步从增加收入来丰裕民生，两步均已得到大成绩。现今是正走第三步，是如何掌控金融，调剂农村经济，使人民劳力不成徒然。

二、大江银行的必要

1. 敌伪币之惨［残］酷危害性。2. 法币的状况（紊乱无根至极）。3. 根据地国民经济的危险性。4. 大江银行的必须成立。

三、大江银行的任务和目的

1. 它是执行对敌伪的经济斗争的具体机关，边币是武器。2. 它是法币的支持护卫者。3. 它是根据地军政民全体的保护者。4. 它的目的不是财政的，而是斗争的一种，以求得整个抗战胜利，人民安富尊荣的。

四、边币的法律地位或基础

一个独立行政地区，本来有发行其地方流通券的权利，况在民国廿七年国民党中央亦曾有过通令，一面把各大银行的币当作法币，一面普遍允许地方发行经济筹码，以应战时之需。现值法币这样没有了价值，则我们的边币之发行不仅有事实上的必要，且充分有其合法之地位与基础。

五、边币与法币的支付比率

1. 战前与现时物价及币值之比率，法币跌约 240 倍。2. 筹码太多与比率相等之不利便。3. 一与卅之比的现在适当性。

六、边币之保证

1. 战前一般银行发行额与基金之比率，最大者为 2 与 1。2. 现在的银行之比率谈不到，皆是一放无收欺骗老百姓的东西，故毫无信用可言。可言者，人民的真诚的爱国心而已。3. 我们边币则全不如此，它是十足的被保证着，它有政府整个收入作保证。凡政府机关及一切税收处所，皆是兑换处，它将种种关系（防伪造等）三五个月收回一次。总之，因为目的不是财政的，所以它有绝对的信用。

七、我代表政府给予的希望

1. 大江行及其边币，是我们一旅经济的新军。它执行对敌伪斗争，对法币支持维护，对根据地整个经济保护与发展的重大任务。希望它必然完成之。2. 各界人士须彻底认识大江行及其边币的目的作用与效果，亲切的爱护它。它将与全地区的国民经济紧密地结合起来，造成巩固幸福胜利的新基础。

8 月 21 日

中共中央政治局关于减租生产拥政爱民及宣传十大政策的指示

1. 秋收已到，各根据地须责成各级党政，检查减租政策实行情形。凡未认真实行减租的，必须于今年实行减租。减租不彻底的，必须于今年彻底减租。党部应即根据中央土地政策，及当地情况发出指示，并亲手检查几个乡村，选出模范，推动他处，同时在报上发表社论及减租运动的模范消息。减租是农民的群众斗争，党的指示与政府的法令，是领导与帮助这个群众斗争，而不是给群众以恩赐。凡不发动群众运动积极性的恩赐减租，是不正确的，其结果是不巩固的。在减租斗争中产生农民团体或改造农民团体，站在执行减租法令及调节东佃利益的立场上。现在根据地已缩小，我党在根据地上细心地认真地彻底地争取群众，和群众共生死存亡的任务。较之过去六年，有更加迫切的意义。今秋如能检查减租政策实施程度，并实行彻底减租，就能发扬农民群众的积极性，加强明年的对敌斗争，发动明年的生产运动。

2. 敌后各根据地的大多数干部，还没有学会推动党政军群众与人民群众（一切公私军民男女老幼，绝无例外）实行大规模的生产运动。党部政府及军队，必须于今年秋收准备有关明年全根据地实行自己动手克服困难(除陕甘宁边区外，暂不提丰衣足食口号）的大规模生产运动。包括公营农业、手工业、运输业、畜牧业及商业，而以农业为主体，实行按家计划，劳动互助（陕北称变工队，过去江西苏区称耕田队或互助社）。吴满有运动（农业劳动英雄），赵占魁运动（工业劳动英雄）、黄立德运动（机关学校种菜英雄），奖励劳动英雄，举行生产竞赛，发展为群众服务的合作社。县区党政工作人员在财政经济问题上，应以百分之九十的精力帮助农民增加生产，然后以百分之十的精力从农民取得税收。对前者用了苦工，对后者便轻而易举。一切机关学校部队，必须于战争条件下厉行种菜、养猪、打柴、烧炭、手工制造及部分种粮。除各大工作单位应一律发展集体生产外，同时奖励一切个人。

8月23日

皖中抗日民主根据地创造史

一、顽固派的黑暗统治。

二、无为失陷，顽固派弃民逃跑。

三、敌伪匪荼毒群众，民不聊生。

四、新四军开抵县境。

五、新四军奋击敌伪——涂啸琴等。

六、新四军平定匪患安绥地方。

七、抗日人民建立民主政权——在中共抗日政策的正确领导下。

八、减租减息减税，改善民生。

九、组织群众开展群众运动。

十、开展生产运动（垦荒、兴塘、筑坝、提倡副业等）。

十一、开展民主运动，建立第一届参议会。

十二、反扫荡反伪化斗争（刘逆）。

十三、组织民军开展游击战。

十四、开展冬学运动教育群众。

十五、反顽自卫斗争。

十六、反国特斗争。

十七、普遍深入开展生产运动（如代定生产计划等）及合作社运动。

十八、根据地巩固与繁荣，进步与光明。

中共中央发表战后中国状况

战后的中国：

一、应是独立的与世界各国平等互惠的，而不是殖民地半殖地或附庸。

二、应是统一的、和平的，而不是分裂的、互相战争的。

三、应是民主的，而不是专制独裁的。

四、应是民生幸福、经济繁荣的，而不是以少数为利益的，既有别于垄断剥削的，又有别于苏维埃式的。

五、应是各党各派合作的中华民主共和国的。

8月25日

今早来做日记一章（有感）：

前三天夜间，我忽然梦魇，自芳连呼始醒，这是有生以来第一次。我觉得这是身体坏了，渐及衰老的征象，这宗自然界对于人生限制的规律，我是逃不脱的，任何人也逃不脱。

次日清早即得大瞎子惟生病危的消息，于是附会起来了，这是鬼霉着的。自芳坚决地这样说，惟生是一个吃苦一生的贫农，由于民主政府减租政策，这三年来陡然生活改善，也发胖了，竟以中风急症，在不过八小时之内，丧其生命，不是太难逆料吗？我很有些农民朋友，相处甚笃敬，他也是其中一个。我感伤他！

连日重伤风头痛，全身发酸，有病兆，昨晚早睡，因而今日早起，四时半在两月已大亮，今则还是黑的，要五点钟才行的。

我深深反省我自己近来的生活。我实在痛骂自己。每月要靡费公帑 6430 元。如此消耗，委实过分。况所消耗者，系残害我身体之毒物乎！昨天我到师部，大家谈起纸烟，谭师长说："我每天可以减到只吸六支了，饭后实在不能不吸。"我听到这话，真如针戳我心，深深地刺激了一下，以他事务之繁剧，只有纸烟一门消耗，尚且力求减少，我为何如此浪费呢？该死该死！

现在，高远弗谈，决心作准备，先做好下列几件，本日即开始：

1. 每日晚至迟不过九时，一定睡觉，每早六时以前起床。2. 每天吸烟三次，早饭后，午饭后及晚饭后，绝不多吸，每天以一定分量限定着吸，由自芳发给。3. 每天以吸纸烟一包为原则。酬客者例外，烟质力求降低，与紫金山同类者即可，绝［决］不吸大英或小刀了。4. 午睡一小时，按时执行。

8月28日

1944年2月25日，我欠财政科1500元，二月欠公草10担，二月欠□90斤（送），又欠□40斤（未结），已还清。

8月30日

黄工代金收支概况

收入	摘要	付出	结余
3324897.21	无为	1598816.00	172.6081.21
1506878.73	湖东	394200.00	111.2678.73
2178663.65	含和	87531.00	209.1132.65
984434.95	临江	4599819.00	
	财处	20000.00	
7994877.54	合计	6700366.35	129.4511.19

一、临江收入

1. 繁昌223345.95、2. 铜陵4.7087.00、3. 雍镇240500.00、4. 运漕68875.00、5. 汤沟91625.00、汤沟149955.00、6. 斗沟112790.00、7. 杂收50265.00。

二、临江付出

1. 公粮折价3459070.00（每斤10元）、2. 工程局用1140749.00、3. 财经处付粮2000斤、20000元。

9月2日

临江地区乡保统计表

区别	乡	保	政权保	半一保
桐东	5	40	28	12
贵东	7	35	31	4
贵西	15	75	72	13
桐南	4	50	17	33
桐西				
彭东				

注：1. 政权保顺利推行政令，正常武装可以进行工作，大都在敌后。2. 半政权保，可召集保长出来开会，征公粮，带武装才能去工作，接近顽区多。

各区参议员名额数

地区	参议员额	成分
无为	9	5+2
湖东	9	3+2（桐贵）
临江	13	8
和含	7	1
机关	13	
聘请	22	
合计	73	

9月5日

需要的棉花

1. 每二斤纱织二丈二尺布，每尺布约需一两五钱纱。2. 每人做单衣两套，要布三丈二尺，冬衣一套要布三丈二尺及棉二斤。3.6 丈 4 尺 ×1.5=96 两，96 两 +32 两 =128 两、合棉 8 斤。4.100 万人口 ×8=800 万斤。5. 子棉代皮花，三分之一。6. 每亩田约收皮花 20 斤。7.800 万斤 ÷20=40 万亩。

9月6日

增产统计表

	植树	植棉	养鱼	开荒
无为	661488	15000	1000000	5180
湖东	5000000	10000	750000	1530
临江	252759		6600000	4100
含和	75834	1200	110000	1180
总计	5990041	37000	8460000	11990

本地区经济上的概算

一、收入

1. 田赋，实征 160.00 万亩，每亩 6 斤，记征 960.0 万斤米。平均每斤 10 元，计收 9600.0 万元。2. 公粮，实征 160.0 万亩，每亩 10 斤，记征 1600.0 万斤米。以一万人计，每人每月 40 斤，年支米 480 万斤。1600–480=1120.0 万斤，每斤 10 元，计得 11200 万元。3. 公草（保吃不够）。4. 地税（保行政费）。5. 货管，约收 15000.0 万元。6. 贸易，约收 10000 万元，共计收入 45800.0 万元。

二、支出

1. 每兵一人，每年约用（每年支出）

（1）菜金每人每月 300 元，米 450 元，办公杂支出每人平均 50 元，生活及津贴费每月 30 元，共 830 元，全年每人 9960 元。（2）9960 × 10000=9960.0 万元。

2. 服装费

（1）棉衣一套，4100 元；单衣三套，4350 元；鞋四双、草鞋二双，共 750 元；袜二双 300；被二年一条、半条 1080 元；棉花二斤 300 元；帽子绑腿 900 元。（2）全年共需 11780 元。（3）11780 × 10000=11780.0 万元。

3. 医药费

（1）每人每月平均 200 元，全年 4800（喹啉每粒 150 元，病一次 1500 元）。（2）4800 × 10000=4800.0 万元。

以上每兵每年花 26540 元，以一万人计，26540.0 万元。

4. 兵工生产及购枪弹，每月至少是 1200.0 万元，年需 19400.0 万元。

5. 俘虏费，上年共 1000 万元，今后年支 2000.0 万元。

收——

田赋 9600.0 元、公粮 16000.0 元、地税（除去）、货管 15000.0 元、贸易 5000.0 元、共计 45600.0 元。

支——

生活 9960.0 元、服装 11780.0 元、医药 4800.0 元、共计 26540.0 元。兵工 14400.0 元、俘虏 2000.0〈元〉、总计 42940.0 元。

45600–42940=2660.0 元。以上虽有余数 2660.0 万元，但

有临时用费如战斗用费，为数极巨，并有帮助其他抗日部队亦无出处，且公粮米不能全收。故现时经济状况，只是刚够应付，毫无储备也。

行政收支概况

收入：

赋（160 田）9600×$\frac{1}{3}$=3200×9=2880；粮 16000×$\frac{1}{3}$，9800×9=88200；税 2594；杂 422；共计 14716。

支出：

生活 9960×5300=5278.0；服装 11780×5300=6243.0；行政 220.0×12=2640.0；共 13961.0。[①]

两比 14716−13961=755.5 元，以民兵脱产费未列入，其他临时性者亦不在内，故无存。

9 月 7 日

行政经费概况（收支）

一、收入：粮 16000×0.3=4800.0 万元、地 1480.0 万元、杂 270.0 万元、临（烟）2885.0 万元、共计 14435.0 万元。

二、支出：生活 9960×5300=5278.0 万元、服装 11780×5300=6243.0 万元、行政 220.0×12=2640.0 万元、临时（工事）817.0 万元、共计 14978.0 万元。

三、两比透支 543.0 万元。

四、1943 年地方武装费 1680.0 万元，1944 年地方武装费 5977.0 万元，此款无出乃由师部支付了，计有总队部四个，

① 烈士原文计算有误。

每部平均脱产800名。

五、师部方面收入：赋9600.0万元，粮11200.0万元，货13015.0万元，共33815.0万元。

六、每兵每年花26540元，26540×10000=26540.0万元，兵工14400.0〈万元〉；俘2000.0〈万元〉；共42940.0万元。

七、两比也还是不足。

9月9日

人民负担之计算与比较（粮赋负担）

<table>
<tr><td>自耕农</td><td>收5担</td><td>收4担</td><td>5斤稻(连水熟)</td></tr>
<tr><td>东方</td><td>6%
8%</td><td>7.58%
10.00%</td><td rowspan="2">3.9%</td></tr>
<tr><td>佃方</td><td>2.16%
1.8%</td><td>2.56%
2.15%</td></tr>
</table>

（东佃负担）

各县脱离生产地方部队统计

	指战员	枪支	备注
无为	607	318	机枪一挺
临江	620	167	弹214 刀220
湖东	451	151	
和含	300	180	
共计	2268	816	
含巢	90	50	
江全	200	100	

9月10日

质问——

一、地方武装中总队部武装情形如何?

二、特别收入如缉私等物资财款如何?(江祝堂)

三、组织民众工作中工抗与妇抗工作少了。现在雇工随便加价。(丁聘泉)

四、干旱田地是否完粮。(方耀庭)

五、受旱田亩,抢救(匀水)田亩多少?(祖日新)

六、文教金钱缺乏,太白洲为什么收回?(潘又琪)

七、坦白分子如何教育及保证?(谷少风)

八、桐东顽固派刘匪为恶,清剿!桐东人民食粮缺乏,请设法!桐东无人无钱无教育(有公学产数十担种为地方几个人收了),应收回办教育。(周朗清)

九、坦白后打反攻者如何办了?(谢英)

十、第一次参议大会所议案件,内有政治四案、经济三案未办,是什么案件?(陈笑波)

十一、教材与学制相同。

十二、教师待遇增加。(丁友兰)

十三、杀人犯,坦白者等恶劣分子,应用杀一儆百之法,政府太宽大。

十四、郑其昌为何不杀?(胡其涛)

十五、黄工经济如何?(盛宏轩)

十六、聘中学生年龄,太小,如何办?乡小民办友助,如何办?(何谦堂)能不能开一职业班?

9月11日

曾政委政治报告要点

一、现在全世界局势之特点

1. 世界法西斯的垮台（希特勒大约今冬，日本大约明冬）。

2. 反法西斯阵营中人民力量之高张［涨］被重视。

二、中国之力量

中国有两个力量，一个是人民力量，由人民赤手空拳所起来的，它主张抗战民主改善人民生活，这是中共领导的；第二力量，主张依赖拖战专制反人民力量，即国民党力量。这是中国统一战线阵营中的两方面，政治目的、组织等都不同。

而两者中人民力量，是高张［涨］的，其情形大略是：在初抗战时，兵四万五千人，人民不过百多万。到1940年，大发展了，地区人民一万万，军50万，此时还有相当抗战自由，但1938年10月武汉失守后，统治者乃起大阴谋（供给封锁，想把人民力量饿死、冻死、磨死）。此时不仅本国反人民力量想来消减，即日本亦专力对我，乃处于夹攻之下。

1941—1942，日本知人民力量不可侮，更以全力来对付，扫荡。同时，国内反动派亦发动几次反共高潮，更令大批部队投降敌寇。这个政策，自北而中南，即本地刘子清也是广西佬派去的。人民力量虽处最艰难境遇，因其坚决，中共正确领导，如三三制等正确政策，对顽有理有节，斗争团结，故能克服一切困难。此时，我亦有损失，人民由一万万退到五千万，此时对正面（国〈民〉党）采取诱降，佯攻，而国〈民〉党则亦采取拖战观战。结果，它此次有河南、湖南必然之败，故凡独制不要人民者必败。

而人民力量则大大发展巩固，兵47万，人民8000万，质量均增加了。这两个力量好比两幅画，一幅是朝画，一幅是夕画，或春画、冬画。

最近两方派人谈判，它还是顽如故，要我们兵 47 万解散去 37 万，二百多万民兵全解散，根据地除陕甘宁以外一律交还。故得民者昌，失民者亡。

现在同盟国已在选择了。外国新闻记者及观察团都到延安，乃认识了中国人民的力量，打破了蒙蔽及封锁。全世界人民力量，为人重视承认尊重，而中国则正在进行中。

至于皖中根据地，它是中国整个中的一部分，亦处在人民力量高张［涨］，反人民力量衰弱的状态中，亦即是巩固加强了，但反动力量还在干，故斗争艰苦。

我们力量是从第二次反动高潮中突出的，总之以不断的清剿摩擦扫荡进攻，直到现在。但广西佬之力量不过五万，我则有廿万，如他要干，则我必还手，绝不怕它。故我之巩固已甚好了，这些子弟兵是在不断斗争中发展壮大起来了，世界上公律“人民力量越打越强”。为什〈么〉顽在衰弱而进攻反强呢？在组织上它利用“土匪办法”“洋财办法”，因此才能维持它的进攻。

我们今后的任务（根据时局特点）：法西〈斯〉垮台，德今年，日明年，但日非一口气可吹去的，它损失不大，士气尚非极低（少降），故要打倒日本，基本要自己来干。故我们的担子加重，我们四周的据点，都得我们来收复。故一个伟大的任务，就是充实力量来迎伟大的胜利。

在以上总任务之下：①保卫皖中根据地（生长力量及应付敌顽进攻），提高爱护根据地之观念。②坚决执行中共十大政策（对敌斗争，三三制，加强生产，减轻人民负担，劳动互助是中间最要紧的，减租减息，检查换约，精兵简政，减轻民负，拥政爱民、锄奸、反对特务政策），方法是宽大政策（错者欢迎上诉）。整顿三风。物质与思想两种力量结合起来，生产是物质的，整风是思想的。③充实一切力量（尤其是建设力量）。第一中心任务，是武装力量。正规军及地方军在质与量两方面都得增加。

增加改聘参议院：

一、皖南林兆祺，姚奎吾，鲁为宝，陈寿圃；二、临江胡厚塘；三、无为张炳炎；四、和含杨子庄；五、湖东徐进辅、姚奎吾南陵、陈寿圃铜陵、鲁为宝繁昌、林兆祺南陵。

9月13日

皖中参议会参议员名单

一、无为九席 12%

何谦堂、张世荣、许移山、金笑侬、刘芳、方耀庭、盛宏轩、潘右祺、许屏风。

二、湖东九席 12%

沈英、祖日新、赵建清、丁俊侯、高锦堂、伍逸庭、桂林栖、杨耕云、胡溪涛。

三、临江十三席 17.4%

黄耀南、江祝堂、金稚石、张恺帆、章啸衡、胡德容、吕绍芬、谢英、丁聘泉、王试之、陈笑波、张友梅、强日增。

四、和含七席 9.3%

马献龙、林岩、孙仲德、赵云门、洪玉堂、刁筠寿、周恺。

五、机关团体十四席 18.7%

谭希林、曾勉、王集成、周新武、吕惠生、郑日仁、叶进明、倪子干、李丰平、陈沛、李步新、林立、舒文、董启翔。

六、聘请廿三席 30.6%

王绍宸、唐晓光、倪汉臣、向泽洲、丁友兰、后奕斋、胡治平、魏文伯、谷少风、俞锦江、周朗清、阮宜开、方晓望、王南山、王治石、胡厚培、张炳炎、徐进辅、杨子庄、姚奎吾、陈春圃、鲁为宝、林兆祺。

以上共计七十五席。

9月15日

参议员谈话会发言记：

一、章啸衡——边区干部差，请调整（游击队，要枪，跑了）。

二、金稚石——印法令汇编，商业化，《大江报》扩充，收费发卖。

三、谷少风——这集团是我们生命攸关的，大家都应爱惜它。我们政策胜人，唯下级干部差，故希望：

1. 边区干部差，宜将中心区的与之调换；2. 边区有互相朋比为奸的，应时加调换；3. 参议员应与地方干部相联系，往往有意见而不采纳，今后如不睬则反应（映）参会转达其首长。4. 政府下令给下级，要了解参议员的义务。

四、俞朗清——下级兵士。买菜打民众，而当地负责首长干部很好，下级还差点。

五、丁聘权——新旧交替，不经正常手续，应该加以限制。

六、金稚石——私访制度，还可模仿。宋家庙干部，往往禁人赌而自赌，给民众印象不好。下级自高自大，作风极坏，（极端民主化），货管人员、乡长，较前更坏。

七、高锦堂——湖东原来水深火热，现在安乐了，但下级如中队长等，坏得很。中分队长，即能将其私人袒护着。有说他的，则记仇反击了。本地下级干部官僚主义（高家田铺姓张的基干队，带几只枪威风极大，后被枪决了）。

八、丁俊侯——尽说干部坏的，难道尽是坏的么？有一次女人卖菜（朱坝），价格不定而口角了。其次，抗属优待事定要认真办好，外来干部家属，也得照顾，故抗属工厂大可广办。

九、方耀庭——坦白分子要分主动与被动，因有的被动者非常苦闷，不工作，故宜给以工作使能服公务。其次，秋收运动，张定元先生（参议员），因评租而受人冤枉，令他苦闷，要研究到底如何！再次，旱荒如何解决？

十、周朗清——望将法令多给桐东，我们那里对牺牲者救济太少。

十一、丁聘权——盐行推销处（无南），归外来抗属办，每月收入十多万，吃烟打牌，且经该行另外加价，每担200元，未免太偏极（激）了。

十二、王绍宸——乡政府方面，使民间有痛苦，出了一件小事，先鸣保长，再则乡长，请客（乡长，指导员，保长，理事长），连中证，至少一桌，要五七百元，少[稍]好则千元，十大碗。吃过了，想大家说话了，得胜，不请者往往冤枉了，这非常之多，按乡长等不应吃人的。其次，戽稻者照命令不准办饭，东家并不在吃。但评租先生要吃的，还要办。本席意，政府要严行取缔。前多天，黑了，村上到军队，一班人住我家，好极了，可见军民一家，是皖南支队临江团，又闻是成立才两月的。

十三、杨耕云——湖东地区人民安然盛收之至，唯今年工作很多，抗属很苦，也拉在内，而基干队则一家不出伕子了。故抗属应免伕，以资鼓励。此下级干部坦［袒］护亲属也。

十四、丁俊侯——无产无力者减租，太难了，又有曾因出门将田给人做者，期满拿不回来。

十五、倪干臣——感觉好像两个政府，上级极好，而下级则存报复心理，下面就不敢说话了。请设法。

十六、江祝堂——临江地溢出者，升科纳粮，可以的，缴价则力有不逮，这是白茆区人民的反映（因以前出过了）。次则，今年五月内，龙船大损失，大半由乡级发动的，上级政府则不知，不然即要四千元一保。丰区损失估在一千万元左右，全是乡级人员干的，以后不可干。还有唱小戏的，也在号召。

十七、倪泽民——下级动口就是将人“花起来”，参员不被重视，难接近。

十八、马献龙——下级干部宗派主义，区级以下都不免，我发令不行，必带付［副］主任才行。党内干部要留心。有一次，一个坏蛋乡长硬给打死了。其次，减租太左了，这是区长干的。普遍先打八折，再有活田换佃问题，不能换了，荒了也不能起佃了。再人权保障，要注意蔽朦，不可随便拍人，货管和单位争数目字，争功，争路线，抄家乡长，灭门乡长，动辄就押人。应不准拘人、押人，以减其专制权威。县政府对执行上级命令随便，不买账。

十九、金稚石——货管也如之，临江出口者到周家店完税。现有故意戴人帽子的——“特务”。乡长专制，由于乡长、指导员、农抗三人都是党员。

二十、金笑侬——拥爱运动时，有人发表：“抗属变成骄子。”石涧埠要房子，要私人的地皮，2500元买来给之，后又开边上的他人私坟。

二十一、何谦堂——中心区区级干部都还好，乡长也大还好。唯鄂子塘因丰水，抓了押了人，乡长说打了他，实未打。帽子问题，对坦白分子太接近，民众不满，不可尽信。

二十二、金笑侬——参议会去开会，下级干部不配合，百姓提出问题，干部不接受，制止，加特务帽子。石、严，都如此。结果，皆因主管人平时压制群众之故也，下级干部相互不协调。好的乡长与农抗民兵不协。处理案子本甚妥，硬说他受贿5000元。

二十三、祖日新——下级干部毛病要医。湖东曾开行政扩大会，考试。

二十四、金稚石——坦白者，限其有一定之事，工作机械。

二十五、方耀庭——巢大部队前经研究，改好多了，帮割权，赔偿损失，现在好极，故也有好。

二十六、马献龙——军队，有前好后坏之处，责在参员。

二十七、丁俊侯——国共两党合作问题，将来如何？

二十八、张兴荣——群众团体批评少，怎样呢？初创时坏习惯太多，由旧社会产生，报复。经过教育、批评、斗争、训练，乡一级干部也有了进步（动员等事，确有功劳）。

二十九、王绍宸——民兵意义很大，作为预备队，百姓不放心，大家要家喻户晓。

三十、俞朗清——刘匪最痛恨，但他的田产多，在我这边（约两百多亩）。来收租，可以没收，佃户做情报。

三十一、胡德容——干部目中无人，观点错误，〈说〉

三三制是利用人的，参员是士绅，要打倒的。财政为自利而干，民兵干部打人等有之。个别干部，有不给租之意识。

9月16日

上午大会选举完毕，下午闭幕式并举行就职典礼，誓如后：

余等谨以至诚向大会宣誓：此后坚决实行大会一切决议案，为全地区二百万人民忠实服务，为抗战建国及新民主主义的新中国之实现而奋斗到底，如有违背誓言，甘受纪律制裁。此誓。

宣誓人：吕惠生，张恺帆，唐晓光，王集成，章啸衡，王绍宸，金笑侬，马献龙，倪子干，叶进明，李丰平。中华民国卅三年九月十六日。

这是基本任务，关系中国革命之完成。以上第二点。

一、整个世界，反法西斯力量大强，中国主民［民主］力量大强，中共对中国责任更大了。

二、因此，我们的任务：如何发展扩大加强我们力量，是急切的。主要是交通及沦陷区的工作。

三、我们根据地之特点：

1. 繁复；2. 部队后起；3. 富庶；4. 敌顽对我重视，斗争艰苦，更要扩大，夹击的环境。

四、但我们有充分胜利条件，应该充分布置提高全地区信心，全体战斗动员。

9月17日　曾政委在高干会之报告

一、中央号召——放下包袱，打通思想，开通机关。这号召要贯彻到最下级的村。

二、党两三年前即提出了改造思想的整风运动，这也即是整风中的实际问题。

三、非马列主义的思想，如：①个人〈主义〉思想②由个人〈主义〉思想发展扩大而为本位思想、宗派思想。

四、由于中国狭隘的农民思想，及中国革命是从乡村到城市的，故变生所谓山头主义（亦即是本位主义）。

五、教条与宗派主义，是有意识的，而山头主义是盲目的、非自觉的，这是现今党内还产生的存在着——在干部之中，这是现在我们要克服的。

六、干部之中有一种东西存在着，这便是“不满”，如犯错误等，存在心里，这是一个包袱。总之，凡一切骄傲怀疑灰心等都是包袱，要在整风中丢去。故号召放下包袱，改造思想，说了定了。这样做，就能思想打通了，思想一致了。要做到这个，要自我批评，对己严，对人宽，对事不对人。

七、思想打通过程：1. 治标的是友爱，相互之间的意见。2. 治本的是思想方法之改造，学习马列主义，而前者是首先的。

八、开会机关之要点，在于主客观之统一及一致，要主观的脑子，去思想研究客观问题。

以上第一问题：1. 在军部对以上问题大家研究的积极性，这样办。2. 先行相互介绍历史，自我批评，相互批评，后再检查工作。3. 我们现在就在不妨于战斗条件下，自己去干，努力做到放下包袱，打通思想。

9月18日

第一届参议会参议员概况录

一、离职——欧宪章。

二、病故——胡杨、王开元、许蔚峰、章惟之。

三、伏法——丁巨磐。

四、通缉——崔光汉、濮景章。

五、免藉——陈伯文、丁汉杰、王恩溥、钱亮如。

六、劝告——李祝三、朱子卿、王吉如。

七、取消——范子瞻、黄汉川、王纪寿、王自西、郏子侯。

八、殉难——陈可亭、叶玑珩、陈己新。

九、未到——张松颠、李克树、张汉臣、尹雨亭、赵潜、梅北宸、李筱波、洪子杨、戴从周、丁欣然、金筱石、盛半农、董寿堂、徐多声、李瑞、周骐、谢渭滨。

9月21日　无为县乡级干部备战动员大会

一、第一部分——备战问题

1. 反对太平观念

（1）太平是主观的愿望，本身无错误。（2）敌伪要贯彻灭亡中国的野心，必然要向我进攻。他们过去及现在之战争状况。（3）顽固派要贯彻专制黑暗的统治，忌嫉我们贤能，必然要向我进攻。他过去及现在的阴谋状况。（4）用战争来消减战争，用备战来取得太平（居安思危，殷忧治国）。

2. 人人切实备战

（1）认识——保全根据地才能保全自己，应该是公私兼顾，先公后私。（2）公的东西——盘查放哨通讯情报，带路担架，组织强，派遣公正，检查严明，教育周到，尽责任，爆破袭击侦察扰乱，胆大心细，集中分散，描［瞄］准射击，创造英雄！治安维持，模范作用，少罚多教，不脱离群众，掩护群众撤退（跑反）。（3）私的方面——藏粮及置物，空室清野，安置老弱，教育家眷行动一致。

3. 有备无患，无患则演习，如此才真能保卫自己既得利益及幸福生活，才真是胜利成功的途程。

二、第二部分——我们要改造世界，同时改造自己

1. 为什么要改造世界？

（1）世界太痛苦了：①思想上的束缚痛苦——神鬼、礼教、迷信（压迫观念）。②习惯上的东西——嗜好、恶风俗。③经济上的东西——遗产，债务，租税，贪污，利欲，饥寒交迫，妻子衣食不周，鄙视贵贱等。④政治上的东西——欺瞒压迫，统治如牛马，不平等自由，屠杀。⑤文化上的东西——愚民政策，怀柔政策等。⑥总之，这是一个“吃人”的世界！（2）不改造痛苦将更加大：①欲望无穷，将各趋极端——富贵越富贵，贫贱越贫贱。②科学发达，将助长坏人地为恶，世界人类将受极大的灾难。

2. 怎样来改造世界？

（1）改造可能么？①世界原是大家创造的。②创造之动力（85%）还在我们。③只要大家干，便完全可能。（2）怎样改造？①改造世界的：打败世界法西斯；驱逐日本帝国主义者出中国；建立中华民主共和国（反封建）；加强加速新民主主义的建设，把中国过渡到社会主义社会，再推进到共产主义社会。②改造自己的：a. 在思想上——反对个人主义，加强集体思想。b. 在行为上——反对损人利己，反对破坏公共纪律，反对脱离群众。反对旁观不负责，要大公无私，要遵守纪律。要密接群众，维护群众利益。要天下兴之，人人负责。

要把自己改造成新公民——纯正、廉洁、明白、勇敢……

9 月 26 日

湖东碉堡概况（周家大山一线）

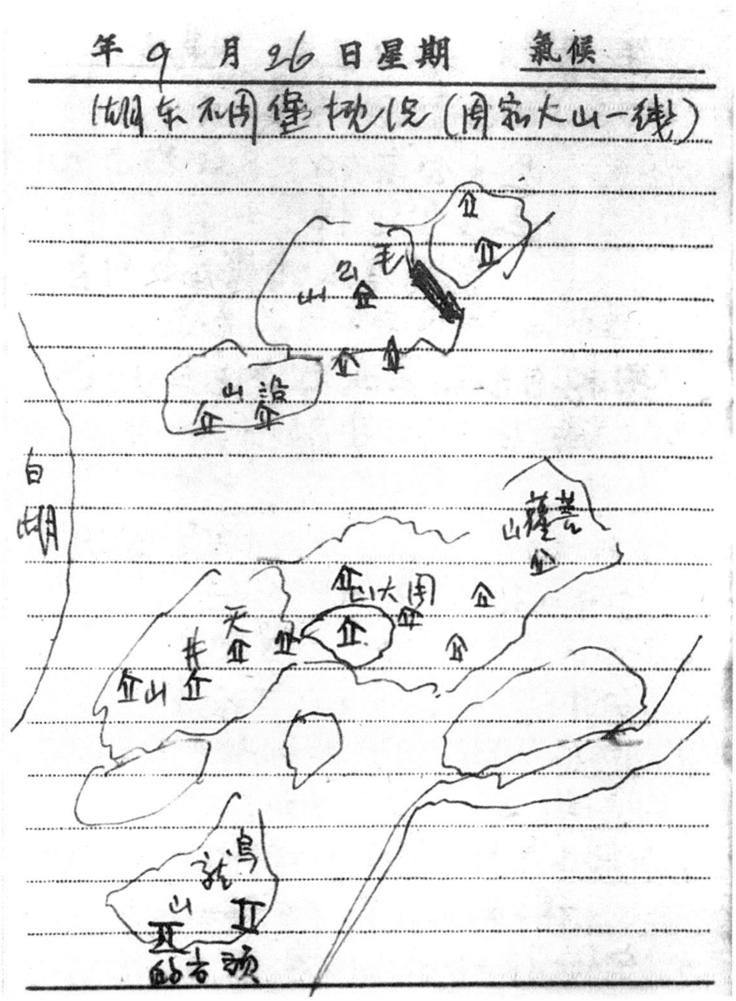

湖东碉堡概况

关于李、白的桂系实力：

一、桂系军队共 12 个师，丢在广西 5 个师，为十八集团军，夏威领带。

二、七个师带到安庆来，为廿一集团军，总司令李品仙，付〈副〉刘和鼎、张淦。计编成三个军。

三、第七军，军长原系张淦，现换徐——

171 师——曹茂宗（古河，六安一带）

172 师——〈缺〉（六安，舒城一带）

四、第四十八军，军长苏祖馨

138 师——谭何易

173 师——

176 师——李本一

舒、庐、无、桐、潜、霍、岳、叶

五、第八十五军，军长莫树杰

175 师——

189 师——

鄂豫边区

六、一个师三个团，共 21 个团。

9 月 27 日

本年湖东粮草预算概况

一、收入（粮）

实物征收 2706000 斤、复价 450000 斤、共计 3156000 斤。

二、支出

行政 420000 斤、驻军 4200000 斤、共计 4620000 斤。

三、两比不足 14640000 斤。但五区未加入，约可征收 200000 斤，若以变价之款，在湖东买粮，则可自给。

一、收入（草）

征收 2917000 斤。

二、支出

归还 680000 斤、行政 840000 斤、驻军 8400000 斤。

三、收2917000斤，支9920000斤，透支不足70003000斤，湖东地税收入，月约30万元。行政开支每月约20万元。

9月28日

考察湖东建碉开河工程纪略

一、日程——九月廿五日到湖东总队部，廿六日与王政委后主任同往周家大山南线考察建碉工程，廿七日与蒋总队长同往沐家集西线考察碉河两样工程，廿八日午回署，共四天。

二、碉楼概况——一般为三角形，五层，用柱子，以土基镶内，大砖砌外及顶，各层皆适当配备机枪、步枪、手榴弹、药线网等装置，最上层为瞭望台，全碉直径约一丈八尺，高约二丈七八尺，墙厚六尺以上，门厚五寸以上，内可容纳一连人，平常容一个排最为适当。

碉周三四丈外为木城一道，系松树两层斜植者，只留门两个，城外系竹签密插地上，竹签外安置石炮地雷，另有四角铁钉散布城外地上，临时抛置之。周家大山一线各山计有碉廿四个，互相犄角，皆能以机枪交叉射击，使敌无可逃走。沐集一线建碉九处，一直线布置，此外还有小碉上十个，共约四十个。沐集之碉于木城外加造战沟一道，宽深约一丈，以为护卫，其外安置石炮地雷，更在西方造挖河沟一道，即旧时曾操肇河之基也，宽三丈，深二丈，使敌不能度过。

三、一般情形——周家大山一线建碉工作，已完全成功，唯于大周之前哨更拟建一二小碉以为前卫，将再兴工，其事现多为士兵自己办理，只有少数伕子。沐集一线，则民伕约一万二千人全集于此，计无为约九千，湖东的三千。

其工程现已建成碉四座，两座即将成功，余三座待办，河沟工程长十一里半，已兴二〈十〉四里，约成功半数。管理工程有工程处配合军事负责人,下为各区乡负责人领导之。

四、工作上及生活上的问题——

1. 工程处之领导不深入，缺乏计划性。2. 宣传鼓动及比赛不够，伕子情绪不高，对工作似无限制。3. 伕子几乎有三之二不用力，浪费太大。4. 伕子住处不集中，有十里以外者。5. 工具不全。6. 工作指挥的联系不好，时间配合不好，有停止者，有做好折［拆］改者。7. 挖压田地未定办法，民众略有反映。8. 总之，伕工支配不匀，工作计划不周，鼓动方法不好，以致力量多浪费。

一、与林支队长面商之问题

1. 开河工程，挖深四尺的计划，不可能实现，既然亦无益，则不如加宽减深。他很以为然，大约以挖深二尺以内为度，尺半可矣。2. 缩短工作期间，限八月底完全竣工最好，则一方面加伕（可至二万人），一方面加强组织领导。3. 湖东伕子太疲劳了，且缺柴米。要人去办，原则宜早放归为妥，则必自无为及临江各地调伕。4. 以西线为主，集中力量于此，勿令分散延期。小点的工作，可令战士们慢慢自做。5. 挖压田要救济，勿令受大损。6. 该乡之公草，免收。7. 碉外保甲来归，以政治力量保障之，使可来河内住家。8. 南线围墙不必做。

二、我对于工作的概计及意见

1. 碉楼四座，每座约 1500 工，共尚须 6000 个工。2. 开河工程，深二丈，宽三丈，每 10800 方土，11.5 里长，计有 124200 万方土，平均每人每天完成半方土，则建前共须 248400+6000=254400 个工。若每一万人，须 26 天。每天若增至二万人，只需十三天，若一万五千人，则须廿天之普了。依八月底完工之打算，最好加至二万人也。3. 工作日期必须缩短，冬耕在即，其他扩军等任务亦有妨碍。4. 即由尤为多加伕子，勿过于扩大。5. 湖东粮草，宜小变动。6. 加强工程处之领导，宣传派人。7. 捎送小菜去。8. 挖压以水面定为私业给执照，由家救济费内拨助，但不一般处理，已属调查了。

9 月 29 日

关于联中学制课程等问题

一、组织形式

1. 设教育长统管全校内务，设校长室秘书，辅助教育长办理学校行政事务。2. 设教务生活指导总务三部，各设主任一人，生活指导部添设付［副］主任一人，每班设生活指导员一人，共同组织生活指导委员会，以正付［副］主任为正付［副］主任委员。3. 设军事教官一人，文化教员一人。4. 设联中奖学委员会，由行署聘请委员五人组织之（张恺帆、郑日仁、方向明、钟国松、吴海若，以张恺帆为主任委员），立即批拨公粮一万斤，款一万元，由郑日仁负责管理。5. 人选暂定：教育长方向明，教务主任吴海若，生活指导主任钟国松，付［副］主任董启翔，总务主任刘仿鼎，校长室秘书崔瑗，行政科指导员董启翔，财粮科指导员钟国松，师范科指导员吴海若，普通科指导员周宏鸣，崔瑗，文化娱乐指导员。医务卫生指导员何谦堂，劳动生产指导员许移山，军事教官〈缺〉。文化课教员陈建钧。6. 校内部组织全校俱乐部，经济稽核委员会由此产生，对外用学生会名义。7. 学生的学习与生活组织要联系起来，用正付［副］班长名义，正班长负责学习，付［副］班长负责生活。

二、学制

1. 普通科一年毕业，专修科一年毕业。2. 普通科着重于干部的一般性及基本性的锻炼，以政治及文化课为主。凡青年堪以造就而目前条件有不足者此科，它与专修科是联结的，但又并非完全联结不可分离的，即该科毕业后，得因其材［才］能调入适当的其他工作岗位，以继续其对业务之专门学习。3. 专修科着重于具体的干部之锻炼，课程以业务为主，它是联中的主要目标。以修业一年为其独自完整的学习单元，而不是后半截的一部分的，但也可以和普通科相连续的。4. 以上两科，在课程配备上，力求灵活适当，以期能在较短期内育成新的干部。

三、教育任务（目的）

把教育对象训练成乡级干部，期间越能缩短越好，故得择其最优良学生于中间施以特殊教材，期其早熟。

四、课程比重

1. 普通科文化课，40%；政治课，40%；课外活动，20%。2. 专修科文化课，35%；政治课，25%；业务课，30%；课外活动，10%。

五、课程内容

1. 普通科

文化课：国文、数学、自然常识、史地、理化、博物、卫生等常识。

政治课：社会进化史，政治经济学大纲，中国革命运动史，政治常识，边区建设，宇宙观与人生观专题报告，中国抗战（《论持久战》），中国建设（《新民主主义论》），根据地概况。

课外活动：歌咏，劳动生产，体育，竞赛，会议，实习。

2. 专修科

文化课：应用文，史地，理化，博物，生理卫生。

政治课：政治经济学大纲，社会进化史，中国革命运动史，宇宙观与人生观，中国抗战《论持久战》，中国建设《新民主主义》，根据地概况。

业务课：

行政科（1）政权原理；（2）法令，选举及行政机构，司法，公安，教育，水利及生产建设；（3）民主运动；（4）群众与民兵运动，优抗。

财粮科——法令，公安，生产建设，会计，粮草征收保管，新经济制度，预决算，地方税，合作货管概况，经济政策。

师范科——法令，教育原理，教学实施，教育政策，群众教育。教学法，社会教育，学校教育，公学产管理，中心小学制。课外活动：歌咏，劳动生产，军训，竞赛，会议，文化娱乐，调查访问。

六、教学法

1. 由近及远；2. 由具体到抽象；3. 趣味化，故事化；4. 与实际密切联系，学以致用；5. 以牌楼乡为实验区，即学即用；6. 一切课程必须先行编印大纲，印发学生（经过一定的审查）；7. 除正课外，设专题讲座，及报告。

七、教学时间

1. 普通科堂课，每天不超过五小时。2. 专修科堂课，每天四至五小时。

课程标准：

一、国文，阅读《大江报》，小册子，文件，说话，写作，普通信件，公文，报告，通讯。

二、数学，加减乘除（正数四则）珠算，分数四则，百分，比例，复名数土地测量（簿记）。

三、史地常识社会进化史与中国古代史，近百年史（近代革命运动史，五四），世界史地大要与中国地理（根据地）天文地理。

四、自然常识，自然现象的认识理解——启蒙，社会生产诸方面有关应用科学知识、生理医药卫生之理解应用。

五、政治常识，封建社会经济形态，资本主义社会经济形态，政治概论，中国抗战，中国建设。

1. 政治常识，中国农村，根据地建设。2. 抗日战争与三民主义。3. 各种组织工作组织生活（作风等）与工作方法。

六、根据地建设，史地，政策，组织。

七、业务课。

10月3日　联中负责人员座谈会（打通思想）

一、召开会议的用意

各负责同志就职，实行来担负其责任，并开始作种种部署——各自的业务与相互的关系等。

二、何以有打通思想的必要？

1. 主观上是不愿有此，不应有此的。2. 客观上是有了而且有着的……根据董同志的说法及行动，行动是辞职，说法是说我有成见。3. 这样下去，结果——自己不快活，同志们多是非，工作做不好，革命利益损失。

三、我的见解

1. 对于辞职——在工作上不当，在组织纪律上不当，在个人名誉上也不当。上级决定调职的原因——在体念私人上，在工作比较上。上级对每个同志的爱护期望，宁愿个个都是好的呀。但也注重于工作，工作第一的立场来考虑问题的，这是我们的一个特色。至于工作岗位可以任意调动毫无问题，乃是我们第二个特色。然则，何须辞职呢?

2. 对于成见——彼此都为了革命利益而努力，应没有丝毫私人的见地，有何成见必要呢？要有，那就是工作上要研究进步的意见，而不是对私人的成见。我对于钟董认识的经过，我对于他们工作及态度批评的经过，以及我所认为的我们应该有之态度，总之，意见是有的，成见丝毫没有，现在如此，今后亦如此，希大家都如此。相反，他们却重视这个，认人有成见，这是一种包袱，应该去掉。

3. 总之，人非圣贤，孰能无错，错而能改，善莫大焉。我绝不敢自信无错，我愿大家提出修改，我也绝无打击人的心理，不要疑心罢！

今后要：

1. 砍去疑心，精诚相待。2. 发扬真心，努力前奔。3. 这便是个人前途，联中前途等的大关键。

四、最后——

1. 大家痛快发言，丢弃包袱。2. 请李部长作结论。

10月14日

一、中国的现在时局——千载难逢，起死回生。

二、在这样时候——聚精会神，励精图治。

三、对于各种工作进行——调查研究，宣传说服。

四、实际工作——武装力量，经济力量，文化力量。

五、国民党——天下为私，恼羞成怒，腐朽无能，残民误国。

六、我们——天下为公，顺天应人，不是争天下，而是救天下。

参加无为各种干部联席大会

一、周部长新武讲——时局重大主张（改组国民政府，组改统帅部）。

二、我的意见

1. 现在中国的客观情势（如上次大革命，而又不全同）。国民党必然送终。但专政送终，而加新的组织为一员。

2. 进步人士的心地——跃跃欲试。

3. 国民党内部——不满，分离，赞成。

4. 盟国的心地——同意。

5. 我们的认识——这不是夺天下，而是救国救民族必由之路，革命达到成功的必由之路。

6. 产生的联合政府，也许我们还不得做主角，但我们责任更加重，我们的斗争将更尖锐。

7. 斗争武器——政治比赛，最重要的是：抗战——怎样抗得最好，民主——怎样真行民主。

8. 我们检讨：（1）抗战力量还不足够，正规军未壮大，故扩军。地方力量不够，故民兵，以前是空架子，不抵用，胡自己。（2）民主教育不够，打骂捆押。自己未好好学，也未教民众，故冬学。

9. 办好目前的事：（1）扩军——不但扩到，而且扩得好。（2）民兵——完成二万五千，无为。（3）冬学——必定办好。

（4）其他——铜锡，牛皮，禁烟。

10. 从各人当前工作做起：（1）不冲昏头脑，不好高骛远。（2）真诚做好自己事，正确做出来。（3）从政治工作努力上击败固派。

10 月 23 日

时事座谈会打电张治中等领衔人：

无为——吕惠生，王绍宸，金稚石，张恺帆，金笑侬。

巢县——祖日新，张健淮，陈四箴，杨耕云。

和县——马献龙，洪玉堂，杨子庄。

会山——谷少风，刁筠寿，张克林。

座谈结果，组织皖中人民改组国民政府及其统帅部促成会，内分总务宣传两组，当推李步新、吕惠生、徐冬荣、金笑侬、周新武、何谦堂、张世荣、黄耀南、江祝堂、马献龙、林岩、祖日新、沈鹰等 13 人为委员，前五人为常务委员，并以吕惠生为主任委员，徐冬荣为秘书长，笑侬为总务组长，新武为宣传组长。

决议事项：通电发宣言传单等，会址设于参议会内。

10 月 28 日

敌廿五日夜自白茆区以千余兵力向临江坝三官殿汤泉沟一线猛扑。我行财政人员及物资无损失。

敌在各镇赶筑工事，有企图占有之模样。我皖南支队正缜密计划反扫荡，在无东人民已大进步状况下，可胜。

廿七日夜二时得情报，巢城增敌千余，无城增敌四百余，并搭浮桥。故本署主即离开原地。天明连山外（□）。二廿八日无动作，晚仍宿□。以眷属人多积滞，乃于下午令其赴南苏王村。

午后赴夏楼，畅问政府建立以来民众反映，他说尽是好的，只有反特务工作人民怀疑，云只有十之二是真的，余悉假的。最近扩军方式，人民大不满，我致函陆，告以我有情报工作大不如昔的感觉，晚宿赵三爷家。

11月1日

无为恍城区参军工作大会（甲级以上干部及积极分子全体）

一、此次参军热潮——好的地方

1. 思想方面——了解了参军的荣光及军事武装与自己的切身关系。2. 行动方面——成为热潮一起干，担心努力日夜忙，完成了任务，今后无〈论〉何事都能完成了。

二、此次行动中之偏向

1.〈缺〉2. 因为……不知方法，研究性少。

三、要怎样干呢

1. 自己了解为何要扩军，为何光荣。2. 自己了解政策。3. 自己了解方法方式，研究从根本上设法，从政治上设法。（1）国内大局，我们的任务，当兵光荣。（2）不捆壮丁，政治动员。（3）具体研究。

四、我的见解

1. 完成任务是大家共同的责任。2. 政策要紧，否则不合算，不脱群众（自我批评）。3. 时间勿过急，脚踏实地。4. 干部参军最好。5. 应该是参军。

11月3日

皖中地区面积人口统计表（1944.11）

项目 / 数目 / 县	面积（以平方里计标）			
	去年数	今年数	比较	
			增	减
无为	3000	3006	6	
湖东	729	1162	433	
临江	6585	4500		2035
铜凡［繁］	5750	6900	1150	
桐贵	1000	2000	1000	
和含	10094	10514	420	
合计	27158	28082	3009	2035

人口变迁表

人口				备注
去年数	今年数	比较		
		增	减	
250000	254864	4864		
130794	182438	51644		
500000	389000		111000	
228700	340000	1113000		
50000	100000	50000		
290989	335989	45000		
1450483	1602291	262808	111000	

以上系根据各县报表，铜凡［繁］是根据说明去年数字比例约之，桐贵是估计数。

11 月 10 日

双十节及十月革命纪念节大会暨新四军成立七周年纪念大会

一、现在是结总账的时候了（100 年来奋斗）

二、打垮吃人的野兽——国外是日本法西斯及其他，国内是国民党少数独裁者。

三、是双十的路线，是苏联的榜样，是新四军的先锋。

南苏区干部集体参军（领四十多人）：孔凡正，王昌能，朱新年，抗属十四位。

仪式（双十国庆，十月革命，新四军成立七周年纪念会）：

主席团——谭师长，曾政委，李议长，吕主任，周付［副］议长，何议长，陆县长，张付［副］主任，金笑侬先生，唐主任，方向明先生。

11 月 15 日

鞋子底的分配：

无为 10000（底），每双 60 元（师部），帮自做。

湖东：8000（底），每双 60 元（支队部）。

临江：14000（鞋），地委决定（支队部）。

江南：6000（鞋），（师部）。

皖南共 20000 双，内送底 6000 双。

交师部，余鞋 14000 双鞋，自决定。

和含：10000（鞋），自行解决。贵池：4000（鞋）自做，自给。

（以上是半年的，阴十二月底交一半，明年二月十五交齐）

阴十一月半交 1/3，十二月半交 1/3，二月半交齐。

动员由行署发指示。

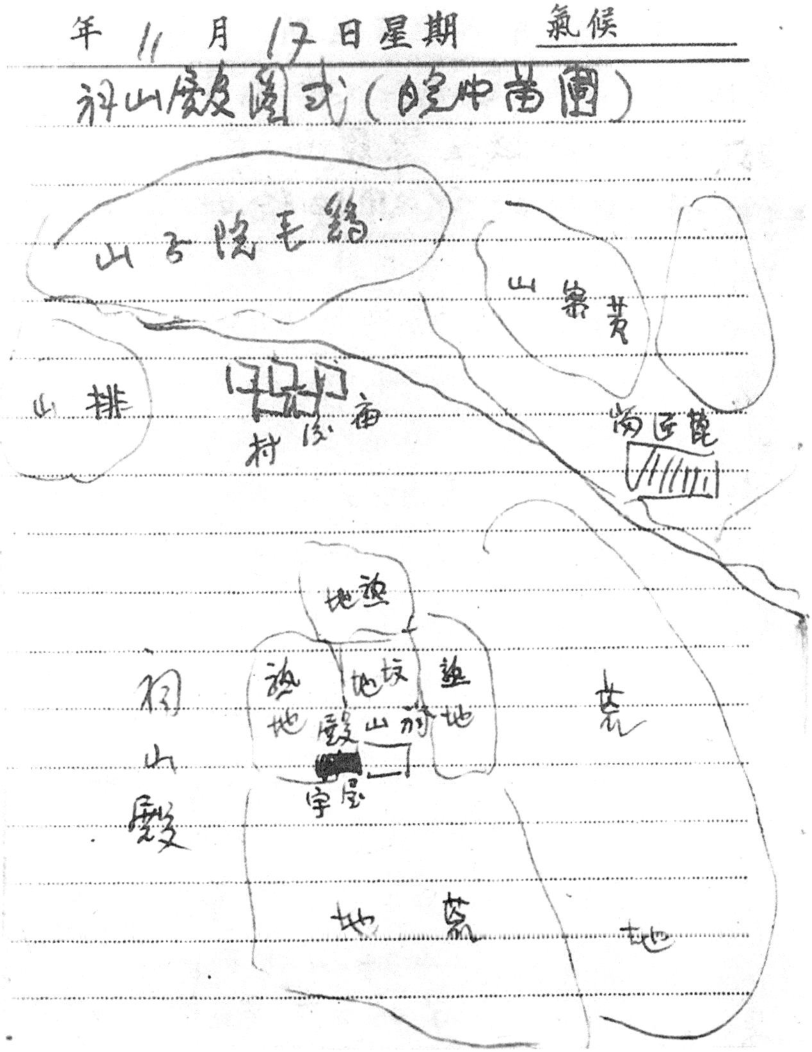

祠山殿图式（皖中苗圃）

11月26日

农业生产合作座谈会

一、槐林徐金林同志报告

1. 以前

2. 以后

（1）组织。（2）计按月计划，分户计划。（3）开垦不到四十天，开卅多亩。（4）肥料下二百六十多亩。（5）小孩组织换工，吊黄鳝百多斤，共吃。（6）妇女不赌了，并割麦等事。（7）开荒下肥水变工，栽秧才大变工。（8）以十人为短工队，打短工59个，二担多米。余犁田栽秧，共同做，不分你们，不到十天，变工二百多工，省三百余工，另十人得米。（9）大家商讨解决，团结了。（10）缺粮共同解决了。（11）有翟必达，名懒死鬼，荒二亩六分。（12）汤家满，名老鼠矢［屎］。（13）今年每亩田增收三斗多。（14）现有六七个村子受影响，也组织起来了。

3. 怎样组织的呢？

共开三次生产晚会，第一次大家不大信。第二次大家说：一无荒，二无工具，三无粮食。第三次会议才开始组织，提出公开荒公权利，按劳分配。大家以肥料不便，后按经济身分［份］为三小组，乃推汤家应为队长，王仁富为付［副］队长。当时不带翟必达、汤家满，经要求加入，多组不带他干。三组比赛，做田多者小开，少者多开，有瞎子也开了一亩多，都以模范村为荣。后又开会定生产（半年）计划，再按户计划，由他人参观，乃均要求。

三个难题都解决了，大家才相信。

技术差者，人皆不和他变工。队长每晚开刮蛋会，严以教育。

经验教训：

（1）要经常教育，帮助，反复动员，使深刻了解。（2）要随时替他解决困难。（3）开会必须晚上，不妨工作。要说家常话。（4）对最懒者要个别教育。（5）组织后要经常检查督促。（6）队长要有经验，民主产生，大家信服。（7）必须提日生产模范村的口号。（8）模范村应有条件：勤劳……

组织参观团，互相报告参观，不塘埂欲争胜，全村打成一片，做工不分你我，到晚记账，工作完结再结账。推六个老头子上街，妇女变工打网子、收烟叶子、收蒿草、绞车水，救百多亩田，多收二百多担稻。

槐林共十一个变工队，各有特点。

二、无为换工队——李家三家，邢家村子

1. 问题——（1）技术高低；（2）早迟时间；（3）人多不信；（4）不知换工好处。

开始——看秧水，共同换工，以二人看水，余出去做工运盐，得到好处（出做生意者不放心）。

后来——队长太忙，不愿干，故决定：一要记账的；二要教育者；三支配劳力者，对弱者特予帮助，是要紧的。

换工换食问题，大换则同食，小换则分食，忙工归忙工，闲工归闲工，找钱。

换工结果，必然团结起来了，车水匀些，才做时的教育说服是最要紧的。

除做大生活外，大换工队里容易浪〈费〉工，故小组人数不宜多。

2. 按家计划——范家山，钱应全，雷前奕。

范家山——十口人，劳力二，其妻，弟媳，放牛，各半劳力。先了解去年生产情形，再定今年生产计划，注重上肥料，检查：一般人家折收每亩一担五，他家只折五六斗，故增产八九斗，集体养鱼将大动。

取秧泥共同做是进步的方式。

范家山忙得很，常开会，此不宜也。

生产计划计了以后全家和睦了，因上级要查故积极。

三、余乡长：平定乡，张家村先改造二流子（名公鸡），他妨碍他人做工（张家根）

先以儿童刺激他，唱歌，由组织短工队两组十二人，家根亦在内。他人都安心了，打短工，计工给钞，分账，秧栽节省工 24 个，大食省 220 多元。

万合林——换工好处：队长领导干，水可节省，各田地按水的情形可以商派各种谷子，人多好做活——一定要干。

张——换工队不可太大，因远了不便催工。

周乡长——定要组织，但须要找定骨干。

夏区长——农村人工缺乏原因：

（1）做生意、（2）佚子、（3）扩军、（4）公务人员、（5）物价不平衡（人工比物价低）、（6）土地面积增多。

李祝三，换工大有益，蓄水有大关。

刘芳，民众已自发大换工（如艮平吉安保）。

农抗理事长吴秀艮予以领导，原来三村要 29 天，换工后全保七天即完。集体七百多人晚上逃反，但惜为未坚持。

许移山：项本初的模范农家成绩（艮平）：

（1）今年未受旱——圹水一个人放。（2）两李换 800 多工。（3）去年东做 15 亩田，收 30 多担，今年收 30 多。（4）意见：人工不够，是土地增加，交通要道运输繁，工作人员多了，故要增加生产，则非组织起来不可，但坚持较难，换工队与短工队联系起来，忙时易闲时难，以适用多余劳动力。

善于用机是省劳力的重要办法。

尚礼区代表：工事，公务，基干队，机关多伕子多，故人工不够，有小菩萨洼组织很好。

吕锦元——组织要有好的领导，变工则多做许多生活，故变工队不仅省工，且多出产。

李区长——组织骡马队可以。

钱应全——组织，应该忙闲分开。

汤——不管忙闲都要换，七人做十人事。

徐金林——来一个运动，选择领导人（白色），定纪律，民主方式，对干部深刻教育。

曾政委——

1. 关于劳动组织问题：非常需要了，特别要认识不仅解决劳力问题，还有改变，生产方法方式的改变，此乃社会之大进步。原始社会，大家生产，大家消费，因生产劳动未提高，不足维持，故须改变。大战争以后，乃成奴隶生产了，大规模生产是进步的，而贫富不均了，劳动力又死掉了，生产力大减低，又改变为小规模的小农生产，即封建社会也。好处在自己生产，但坏处则为不能调剂了，没有集体互助了，今天这样法方，是不好的了，要什么呢?

世界有两种方式，一是资本主义生产，以机器集体生产了，但生产物与生产者两相矛盾，故它亦非好办法。第二是苏联的生产，其结果：劳动者与生产物正确的结合，没有矛盾了，再望前进，则为各尽其能、各取所需了。第三是我中国的方式了，现欲向前发展一步，既非英美式的，又非苏联式的，而是新民主主义式的，目前是——生产关系不变化，生产方式要改变，由单一生产，走向集体生产，这是将社会大大推进一步。延安人民丰衣足食，亦即这个生产方式的改变，全部重要性在此。

这方法大地主不愿意，故他们不能干，其余一切均有利。

2. 这问题一解决，一切问题都解决了。

3. 组织起来，是相当难的事，不是自私自利、官僚主义所能做好的，经验：

（1）要自愿，但非自流的。老百姓真懂时，就完全干起〈来〉了，为什〈么〉开始难呢？因为自私自利的习惯太久了，及生产力有强弱，忙不忙，食物好坏，工作早迟前后等，除草时间早迟，老百姓好坏，尖头滑头肉头。（2）要公道。劳动力之评判，记工，大家讨论商量，自动民主解决，养成少数服从多数。（3）组织形式有几种：a. 劳力土地均合分等级，集体耕种，集体收获，论收获量，公平分配。b. 共同耕种，个别收获生产物。c. 忙工共干，闲工各干。d. 劳动力全编入，适当分配，或赴共同任务。

4. 内部组织问题，可以加多，因事制宜，可以有生产指导员，政治指导员，村长即为生产队长，自然村长即是小组长。

汤的模范〈作用〉是：不自私自利，感化人的精神，足以示范也。

5. 要有公共的劳动纪律，具体修改之。

6. 要组织起来，必须找得关键，合作社的发展是红利，汤家应变工队是在垦荒，要使百姓看到利益，得到利益。

12月9日

韬奋先生追悼会致开会词[辞]

先生死了，我们今天来追悼他。大家都十分真诚，具有念念难忘的心情，比家里死了一个兄弟还哀愤。但我们大家之中,很少与先生相识,很少有私人的情感,这是什么缘故呢?

依我想，因为:

宇宙间，真理是存在的，是为优秀的人们所了解和服膺的，并且是必然最后胜利的。譬如：物质存在是一个真理，人类的平等自由，也是一个真理，这当然都是显著地存在着。但自古以来，只有无产者、劳动者他们了解真理，优秀的人们服膺真理。最后，真理总是胜利的。韬奋先生正是真理的了解和服膺者。所以我们难忘。

人类历史上,唯有群众事业、集体的大众功能才是不朽的、伟大的。例如：大禹治水、鲁迅先生的文章、马克思的唯物论、中山及毛氏的民主主义，都关乎集体的创造、大众的利益。这些乃为真伟大、不朽。韬奋先生一生的事业，正是这一类的，所以我们难忘。

当这旧时代的末途，新时代的初生的时节，正义不彰、廉耻败丧，我们来特别崇尚骨气、正气及气节是有益的，而且必需的。

因为：目下法西斯主义,封建残余的没落,是不成问题的;世界上旧的统治者的黑暗，中国顽固派的横行无耻，这都是他们垂死的反照。但为了推转乾坤，用主观力量促使客观形势更快的发展，我们要特别来崇尚正气，分辨是非。韬奋先生正是这样有正气的一个人，所以我们难忘。

正因为有这许多道理，有这么多使我们难忘之处。所以我们今天来热烈地纪念他。

好了，新的道德随新的社会制度而逐渐产生，例如“不贪污”，在旧社会中引为奇绩［迹］，而〈在〉我们的行伍里，则此不算得一件奇事了，这即是我们的社会向光明的高一级的状态进了一步的明证。

本日下午一时追悼会举行，到二百余人，商讨纪念办法如下：1. 成立韬奋图书馆，以《大江报》图书室为底子，向外征募图书充实。2. 请行政公署通令各教育机关，用有关韬奋先生警世的一切文字为教材。3. 联中奖学金改为韬奋奖文化教育奖金；对象为学生，文教工作者，新闻事业工作者。4. 办理韬奋书店。5. 以上各项事业，成立韬奋先生纪念委员会，专责推行，其委员由本地各文化教育机关产生，由文教处召集之。

我们更当把韬奋先生生平的美德发扬出来，研究它，传播它，以风教当世。使我们期待着的，创造着的光明幸福的新社会，早早快实现。

更学习他的清醒的头脑，坚定不拔［移］、正气凛然的精神与作风，来干一切工作、办一切事，则国家民族的大敌与患难，一概可以迅速得到去除。

最后，希望列位先生：

1. 多多发表韬奋先生的事迹及自己的高见。2. 在深刻研究了韬奋先生的事迹以后，尽量的拿着去教育我们周围的群众。3. 想出什么办法来，永久的纪念它。4. 请郑社长先行报告史略。

邮政会议之次日，我总说其讨论：

一、路线问题

1. 各级责任：皖中级为总的计划领导机关，县级为具体领导机关，唯有区级（分局）工作最为重要，他是一个独立的有自动性的实际工作机关。2. 分局之分布，以距离20—25里为原则，其决定不以县界限制。3. 各县接线，当作整个观看，目前仍由旧交通机构负责，但须积极自办代替之，愈速愈妙。

二、经费问题

1. 经济仍以原来系统为定，即和含、皖南、沿江均仍各保持其独立性（如否，则置候核夺），无为、湖东、临江则由总局统筹支付。2. 依具体情形，由分县局决定预算，置候核夺。3. 三县之款，由总局向行署请领。4. 同意大家的意见，火〈伙〉食由公，邮差月支米80斤，员月支米100斤。代办所邮票打八折。

三、工作问题

1. 同意与老局发生关系，代用全国邮票。2. 向旧邮政局的样式做法，强调是人民的邮政，以增信用，并免敌注目。

12月16日

一、关于根据地穿衣问题

1. 每亩产棉，了［籽］棉一抱，皮棉30斤。2. 每人一套衣服，一斤四两，约平均要三斤棉花。3. 根据地人民作为70万。4. 则需要种棉七万亩。5.1945年号召种棉七万亩。

二、财经工作组织制度问题（谭师长报告）

（一）组织

1. 如何研究根据地财源问题；2. 审计工作停止在看单据

及报告表；3. 每一地区成立一个审计委员会及审计室；4. 金库问题，有集中保管及指挥经济之职责，特别应注重保管；5. 货管与行政合并办理，这是现阶段应然的；6. 贸易，一个地区有一个机关。

（二）制度之检讨

1. 过去的收获很多了，但也有缺点：

（1）预计算制度，只在票币上认真一点，但其准确性差，至粮秣预算，则尤马虎。如菜金认真，而对公米则否。此外，服装预算，更无计划，未曾按年分季来解决。（2）民力使用，更少预算，当然战时的难以预算，而一般后勤可以算得，而做得不够。现较好，夏以前则毫无查考，摸不着底子（如拿电话机），故各机关皆未作计算。

2. 保密工作上：

（1）存物不记；（2）存衣被穿了，数目不知，被人民拿去；（3）群众助甚大，但我们重视不够；（4）又前年粮赋，拖至现在未清；（5）交库制度尚有空子，给人不缴；（6）兑款兑不着。

3. 金库不明职责，自己动用起来。

4. 贸易赢［盈］余之分配，不妥当（为某队伍赚十多万元，只用在战士一万余。他们个别用去，区党委曾有规定，分配要归区党委，但他们不遵照）。

5. 故须在制度上，要建立严格的预算，但金钱价值上，即粮食装备亦要预算，严格执行，若超过了时，则追加预算，两月一次，则能做整个调剂及分配了。

6. 金库制度要严格建立起来，缴款要规定时间（路途远近加入计算），不得超过，发支付命令才取钱，批准权归各地区负责同志，金库职能保管，没有动用之权。

如地区为自给自足，其办法自行规定，否则由上级批准。

7. 货检与财粮合并办公，应严防拖欠。地方税仍旧其用，省税决不能移挪。

（三）审核问题

1. 皖中级未审，成为形式主义，办不到。2. 审核归各个地委，各部门均如此，但其须计算，均向上报，使无隔阂。

（四）伙食问题

1. 选在三个月定价一次，不行了。2. 先定物质标准，由各地区每月一次定其金额，经济委员会负责（经批准）。3. 有些东西发物质［资］，油币草发物，菜发金，用油币券，从合作社办理。

（五）算账问题

1. 贸易机关，每三个月须算账一次。2. 其他小机关，则两个月。

（六）营业生产问题

1. 依照区党委指示办理。2. 以地区为单位，成立贸易局，专门办理，则两个问题待解决。3. 干部由各机关部队出些，资本亦然。4. 为机关部队解决吸烟问题。5. 每月每人增加一斤肉。以上需以整个调剂。

（七）采办问题

1. 分散采办，可能自家争执，都吃亏。2. 凡大的东西（如布）要合起来干。

（八）节约问题

1. 今年扩军，应增加支出一千数百万。2. 群众负担，粮赋收作百分之四，余为 4%，共 8%，已似不可再加了。3. 故应从节约上来做。4. 军队方面节约，大概言之：（1）浪费事情（如被偷，打碗等，扫荡时丢物）这都渐克服了。（2）今年节省 1126 尺布，只由夏衣两套、冬衣一套省出来的，值价二百多万。此外，旧布应用，减省五百多万元。师供给部以破布做鞋底 6000 双，60 一双，三百多万。

今年办公方面节约，仅纸一项（区党委政治部司令部），三机关比以前司令队一个机关少五万（武装报在内）。洋烛以前仅司令部用两箱半，现亦大减了。洋火三机关比一机关少用 80 包。但这并非说即此够了。若再节约，还可再有效果，需要我们去研究。办公费内还可挤，只要保持能干。怎么办呢？

如何解决：

（1）尽量节约。（2）从事农业生产，种蔬菜。（3）种蔬菜——1945 年不发菜钱。地方部队自给九个月，补助三个月。行政机关亦如此。主力部队自给六个月，补助六个月。要干大家干，不准另行投机，妨害大众，其无客观条件者另定。（4）民伕券切实使用。（5）客饭券可减去，出差费（吃饭）亦可减少，而用军人饭店，用饭券。（6）各类收支差额，渐渐免除。

三、组织生产报告（李部长）

1. 原来方针，是做典型，然后大规模的［地］干。

2. 有组织计划的生产，除机关部队外，人民的只有湖东蒋家冲一处，可作模范。

3. 现着重如何开展大家生产来讲。

4. 合作社只是经济上的营业的合作，而不是劳力的组合。

5. 组织起来，主要对象是农民，组织起来的工作不是号召可能办，乃是一种深入精细的工作，因为分散的农村经济及分散工作方式习惯太久，不易改变成为集体的生产方式，故非深入精密下功夫不可。

6. 蒋家冲之整理教训……

7. 无为方面，有按户定生产计划者。

四、1945 年工作

1. 加强全体对生产工作之领导。

2. 干部或将认为此大生产工作是易事，若如此，则工作成效恐不好。3. 组织起来的大宣传，以蒋家冲为例（冬季发补充教材，民歌）。4. 注意消除旧的封建之障碍。5. 怎样动员呢？（1）召集农抗理事长小组长开会研究，讨论劳动互助。（2）采用的习惯相近的组织形式。（3）召集老农开座谈会晚会，给他们组织起来。

五、组织数量

1. 每行政村或自然村，组织一个典型。2. 组织生产指导委员会，予以领导，但到下面，必须一齐是生产者（乡级）。3. 编组，以其情形决定之。

六、关于发展生产

1. 开荒还可以进行，各地区皆有之，以此诱导组织甚好。2. 沿江圩区，渔业生产可行，但应群众化，不宜官办，把持统治，将来长江也可干。3. 植棉，今年种 50000 亩，尚未统计，明年必须全体自给，植棉 70000 亩作为号召，以使农工相配合。4. 种桐子。5. 养牛羊及猪，荣誉军人可以干的。

七、变之

1. 共耕共收共土地。2. 只是劳力合作，土地不合作。

八、改造二流子

1. 首先须了解二流子实际情形（可以生产而否者，即流氓是也）。2. 用感化的方式改造他，群众性的。3. 找与他相亲近者来劝说，即非通常皆用斗争也。4. 社会上不正当事业之禁止，与此相联系的。5. 二流子有进步时，当即表扬帮助之。

九、争取外来劳动力

1. 争取外来势力不仅在于农事（纺织）。2. 利用现有社会关系去宣传。3. 以区为单位，组织职业介绍所。

十、农具

1. 需要研究改进相关东西。2、犁头厂加强工作，他如木匠、铁匠也得组织。

十一、农贷

1. 劳动互助之发展，需要农贷。2. 但须好好确定对象，贷的适当，使真有作用。

十二、肥料

1. 青阳石牌冲可开石膏矿。2、我们的矿，失败了。

十三、领导

1. 支部应积极参加进去。2. 劳动英雄加以吸收。3. 创造劳动模范村，劳动英雄，使之竞赛。4. 除年底做到动员组织中之一切困解每年之解决，至迟明〈年〉正〈月〉完成任务。5. 找出积极者开会研究，发表在《大江报》上。

12 月 17 日

和含魏主任谈话：

一、地委扩大会上，谓行政只作业务上之领导。

二、区长对工作不能自行布置，不能领导乡长，其工作皆是区委布置和领导。区长只分工领导一个乡的突击工作，乡长领导一个保，而区委坐在家里作总的领导。

三、行财委员会领导全货管，行政不问；财粮货管，党不问，故可调动干部。

四、故出口在行政机构上谋改组。

五、现成立三个行政单位：和含、含巢、江全三个，以办事处领导之。

六、每次布置工作，均由区委书记。

七、新提拔的区长区委等（如赵潜）原是三青团。

八、现在的机构：

单位	区数	乡数	备注
和县	6	44	2 镇
江全	2	12	实际三个区
含巢	3	17	1 镇
办事处	12	76	共三个镇

九、经济上至明年三月缺一万万元，仍差五千万元。

十、粮食可保至接新，现拟变债三个月，可抽二千万元。

十一、工作重点，在财政，以解决目前困难。

十二、对于改善关系，采团结与斗争。

十三、工作主要缺点，在于停留在区，不能到乡下去。

十四、军事上不能帮助财粮，行政上不能主动布置工作。

十五、行政上缺失，工作上不通过主要负责人，而造成区乡长不负责。

十六、民力浪费，有一月出十天至二十天者，有挑草借牛不还者。

十七、慰劳也太多，行政上区乡的鞋子均由人民摊派。

十八、和县新桥区为中心区，反扫后召开两天大会，只到 300 人，情绪低落。

十九、全田三十二万亩，每保一千多亩，故隐田甚多，故拟大查田，用于训生去办。估计可能查出十万亩，路西每保有三四千亩。

二十、统战工作尚差，边区尤甚，县以下均不敢大胆作事。

12 月 18 日　曾政委总结

一、一年财经工作成绩与缺点

1. 成绩：

发展起来了，不论哪方面，如货管、贸易、合作社、农业百业经济制度，均大进步。节约、生产、部队生活，干部安心了，贪腐少了。总之，解决了我们的需要，局部减少了穷困，但尚未基本解决耳，抗战中是不可能的。

2. 缺点：

财政第一、经济第二的观点，还保留一些，而未达到毛泽东同志的指示，故经济发展不大。边左边右的经济观点（不顾人民）及（单纯的好人精神）掌握公私兼顾还不够。官民合作非全是如此，问题在如何公办而使人民得到生活。农业生产，只限于一般的号召，未作深入动员组织工作，研究还不够，至今只有汤家应一个标本例子。贸易工作还未统一，有互相争夺现象。也缺少对外贸易知识。合作社目的总限在分红上，眼光很小的，认此为达到组织人民了，与社员以外的人民无关。银行印不出票子来。手工业发展在政策上帮助关照不够，未曾奖励他。

二、根据地财经工作在目前成为重要之环节

1. 目前的困难——吃穿鞋袜不够。

2. 地区不大，但经济复杂性极大。

3. 部队扩大了，脱产的人加多了，用费增多，生产减少了。

4. 反攻快到了，一切要准备，事业费大了，战斗需要更大了。

5. 今后困难加多，如淡月，将来盐路，部队生产到反攻时是不可能的。

6. 民主根据地要有真正的新民主根据地。要做长期打算，改善人民生计（华中以我为第二轻，第一是苏中一师根据地，次即我），所以轻乃因此地富足，部队少，建设未起来。

因此，财经工作，尤其是经济工作，是目前我们重大任务——加强财经。

三、财经工作基本原则

1. 总的是发展经济解决供给，发展是公私兼顾。

在我的看，要灵活应用它，是整理财政，发展经济。因财政工作还未走上轨道，如粮赋还多未收者，故须把财政工作真正整理好。这两工作要齐头并进，现当未到把财政工作只当作一个供给工作，目前要从整理上使经济工作再进一步，使将来经济工作成为财经工作之基础，走上此路。为何发展经济呢？是大大的组织起来，但迄其特点与延安是不同的，我们要与计划研究联系起来。

2. 整理财政问题

（1）税收、货检税

今后应占重要地位。第一在如何争取大量过境货物，开展育民的统战工作。政策上的争取减税直至免税，是需要的。我们一般税率，要比其他处轻，要使运输须手续不难。第二是如何加强我们的工作技术，勿使吃亏。税率每月改一次是对的。但要靠经济情报之正确，事先估计好。突然高涨者不限于一个月改一次，此事还由财经处统一来办，县供报告可也。其次是缉私，但提成足得研究，应依据其劳力定之，可否用奖励方式，按缉私物货困难等定之。发动每个人民注意之，凡偷漏者要打的，但主要要和支队部取得〈秘〉密联系，因系打仗也。

关于沦陷区税收，可以做，但须与敌伪工作及敌区群众工作联系的，只可单纯经济，要顾及政治影响。关于土产内销，在于工作深入，护商费，力量能控制区，禁止要，但在三不管区内，则以自动收，不得索取，正规部队少做此事。

（2）地方税

营业税率，开小会研究，其起征点在执行中要灵活，小担子即六万也勿征，如在街上摊子，不费劳力，则可征之。研究后以命令公布之，按收入大小定之，是正确的，依群众路线解决之，契税、查田将成为运动，其他税征收实物是好方法。这些工作要行政首长做出例子，对讲人情不公平等要反对。

（3）粮赋

收入是最大一笔收入了，故整理的意义作用更大。第一是查旧，次为反伪化，扩大民主。最好不谈增加，不到最无办法时，基本在于整理。关于丈田之意义，应放在查田之证实上，合理负担上。过去在增加收入，而非放在合理收入上，〈是〉不对的。丈多了的，以不改亩数为宜。而以弓口之大小，定其收入。累进税应征收的，但问题在于量质及人口之研究，合一折中之。

公粮东佃负担，也要研究，根据两个方法得其决定。

粮赋变价，自流出口与计划出口之目的有不同，应在群众中深入解释，但负责同志也应顾及此事，予以关照，不做群众尾巴不脱离群众。

粮券要多印小的，便条严禁（空白临时券），粮政之调动不可常，反对乱调，须经批准。抗属公粮要有文件，但这是两事，须分开。因是对国负责，一是优待也，须坚持不动。公学产统此于县财政系统，统一整理筹办与支配，不另说保管，但地方人可审核之。

其不足，则调剂之。

亩产决定于群众，经群众会理提一部，解争，亦以动员调解解决之，基本在于使其款用于全族，最好是办学校，其利及于他性，命令方式不好。

四、劳动互助问题

1. 其重大意义与作用

（1）这种组织比各种政治性的组织（如农抗）巩固的多。（2）使生产方式方法从封建的个别的生产方式，大进一步达到集体的形式。（3）比较节省得多，故将得到甚大之效果。（4）工作上依凭这组，将得到各种便利，并可从这个发现许多干部，模范工作者，劳动英雄等。

2. 其基本原则

（1）说服教育，加以推动，自动自愿，由民主达到集中。（2）不论贫农富农，均可加入此组织，个别知识分子（相信这个的），亦可参加，从事登账教育等工作，工具、牛力、人力均可加入作为劳力计算。（3）开始以中农与贫农为着手点，因他们需要最甚，但亦可加入富农以调剂之。

3. 组织办法

（1）一组自然村，组织几个互助小组，行政村可成大组，乡则为劳动互助社，区可组织联社，乃由小组到分社到社，到联社，由下而上。有组长社长指导员，皆参加劳动，不脱产。凡参加者，每家订生产计划，上而至于总计划，相互通过，适宜配置。(2)劳力强弱要分等级，可分全劳、半劳……四级，工具畜力均打入，各以其物力参加。集体耕种，老年、幼童、妇女要分工。（3）具体办法，还是依群众自己去讨论，从工作之闲忙，决定组织，忙时集体干，闲时分开干，也有无论闲忙者皆合作，忙时自家干，闲时替人干，还有忙时集中吃饭，闲时分散吃饭。再有从劳动结果来分别组织者，即各收各的庄家，另有将田全合，共耕共分（此须将田分等级）。凡此皆依人民自动决定，随着进步而改变，各方法中当以最后为佳也。因此可免各种不好的矛盾，意义更大。

4. 集体组织之困难

要懂得中国几千年个体生产习惯及自私自利等之观念，实乃不易之事，故要他巩固，殊不易，故不能用命令，而用自动自愿，促其自行觉悟的。

5. 要有劳动纪律

（1）尖头滑期必然有的，故必大家商定，大家遵守一定之条约，才能使其巩固。（2）并定出相互原谅的规定。

6. 组织领导中应行严守之原则

（1）一定要深入打通彼此的思想，争取自愿，不可光靠号召。（2）组织中基本要有骨干，组长社长指导员等，这些人必须大家选举，慎［郑］重其事，万不可用指定。（3）培养积极分子，推进中间分子，改造落后分子，也用民主办法，可公开识别之。（4）绝对要公平，使大家折服才行。一切要民主，故开始人不宜过多，免难解决也。先把基础弄好，逐渐增加之。（5）中心关键在选择骨干，以老有经验威信之农民为好，支部书记为指导员的决定不见得好，不必硬干。（6）须研究其村的特点，不易解决之关要，与［予］以解决，得利则有威信了。（7）凡多出之劳力，必使有作用有利益，使大家得到，使别人皆知道。但勿夸张，刺激人家，不骄傲欺人，要影响人。（8）任何干部（党员）参加了，应完全守其纪律，不准有特殊人，一切公允为宜。（9）不可使其会议太多，以少为宜。

7. 改造二流子等工作

以感化为主，批评教育也当有之，不可教者则由大家退出之。

8. 明年对此工作之希望

（1）15%—25% 为佳。（2）每社选出一个模范英雄。（3）中心区着重，边区可以少做或不做，看我们的基础。

9. 关于蒋家冲

（1）区员徐金林有耐心说服的精神及对此工作的兴趣。经常谈话不主观，这个干部。作用甚大，值得大家学习。（2）汤家应与吴满有比，其长处：①很爽直，忠实坦白，对事业有信心，积极努力干。②不自私，做模范，为人尊重，有威信。乃从工作中产生者，乃领导者中最好的作风也。③以行动来感化别人，而不夸张吹牛，乃为我们全党干部学习的。④有真周到精密的计划，各把的问题，好解决未受旱灾。⑤他很公平，如罚其妻之赌钱是。故汤老英雄是我们全体的模范，至其功绩，把赌博冲变成了模范村，全村 44 家以前没饭吃，现在均好了，三百多人都为他改变了。蒋家冲变成前后两个世界了，成了整个根据地的模范。

但此工作，桂林极雷之同志也有功劳的。

五、组织制度问题

1. 组织制度节约，是财经工作的另一面，是使用分配问题，这是最重要的，用钱要用得好，一个钱当两个钱用，才最得宜。

2. 财经组织问题

（1）取消货管独立，并入行政系统，使其直接成为机构一部分。必须注意改变习惯性，要首长们都来负责。（2）区以下不合并，同意，但非保留其独立也，必须帮助督促他。（3）贸易成立总的贸易局，和含、皖南、巢无、湖东、贵池各成立分居，总局设行署财经处之部，地点不定。（4）财经处本身，财经两工作，皆不分开，但设财粮合计建设等科，贸易局大江银行。县级设财粮（货管公粮）经建两科，金库仍设总库分库，如旧。（5）区党委地委设审核室，与财经机关合并办公。其领导由区党委，根据规化［划］财经委员会，区党委及地委设立，余则不必了。乃是总领导政策。但各部分可自设经济委员会。

3. 制度问题

（1）预决算严格执行，经费公粮民力统归预算。（2）收付手续，概须批准，不可怕麻烦。（3）严格执行审核制度，各地委成立审核室，区党委成立总的。（4）严格执行保管制度，保管联单可行。（5）移交制度，必须严格执行。（6）机关商业生产以一地区为单位进行之。独立团可干，营以〈下〉一律不干。（7）伙食标准，按物价每月规定一次。待油币问题解决后，凭票发给之，菜，主力部队供给五个月，地方供给九个月，区乡供给五个月，以后再作具体决定。农业生产规定如前。（8）批准权，预算内不必批，再以命令行之。（9）一切慰劳，非经政治机关批准者，一律不准乱干。

（10）度量衡，中心区求统一（湖东、无为、临江），以合作社为标准，做出标准来，推广民间，公共机关一律适用，市镇经委员会解决之。交物是应当作为制度，非节约也。

4. 节约问题

（1）精神要提得高，从思想上来动员，节约财力、物力、民力等，一文当两文的号召，提倡储蓄，对公钱也有一样精神。

（2）节约要有计划，周到精密。就支出讲，从计划到使用，处处要节约，有此眼光远见，所谓算计不到一世穷。领导机关应做出计划来，以为标准。经济委员会中应有节约委员，在组织上起作用。

12月21日　关于新年工作

一、新历年工作方针：着重干部整训教育。

二、旧历年工作方针：着重对群众的宣传教育。

三、干部教育——以坦白反省、拥爱、拥干、爱兵等为主。

四、群众教育——以生产民兵，组织家庭会议，根据地巩固与发展，国内国际之前途等。

五、贺年片，可干。

六、请客，部队机关有作用的可行，群众请客任其自动，不加推动。

七、新年团拜会，以乡为单位，自动进行。

八、部队发动写信（根据地内）。

九、机关对伤病员之慰劳。

12月22日

供给会议

1. 油币各每人每日五钱，菜一斤半，草三斤。2. 本中心地区，油币每斤 120 元，菜每斤 12 元，草每担 100 元，部队不算。3. 本地实价（法币）油 120 斤，币 120 斤，菜 12 元。4. 和含皖南自报，按价实报。5. 每月四、五日以前报告区党委核准。6. 除草外，每人每天 25.5 元。7. 行政每人每天减十分之一，应 23.0 元。8. 伤病员比例增。9. 出差费以不支为原则，在根据地一律使用饭票，特别者每餐 30 元。10. 马料五斤六斤，按实物计价。11. 菜金自给之决定：（1）主力部队，自给四个月；（2）地方部队，自给八个月；（3）地方机关，自给八个月（县以上）；（4）区乡政府，十个月自给（中心区）；（5）边区游击队，货管分所，小组，全部发给；（6）手工生产，伤病员全发；（7）边区区乡，自给八个月；（8）防止违背群众纪律。

12 月 24 日

1945 年工作总方向

一、扩大解放区。

二、提高警觉，准备反扫荡。

三、整训自卫军民兵，增强战斗力。

四、提训正规军及游击队。

五、补充及扩大军队（不加重人民财政负担为条件）。

六、军队内部要团结——拥干爱兵。

七、加强拥政爱民与拥军优抗。

八、民族统一战线是中国人民抗日救国的根本路线，应加强工作。

九、任何工作人员应被尊重，有职有权，老区减查租，新区减租，应交租。被敌摧残等之地主，政府助解其困难，参加农工商业等工作。

十、加强生产，耕三余二，军民兼顾，公私兼顾两个原则。

十一、注重文教工作，政府应将报纸学校艺术卫生四项放在自己日程。

十二、提选战斗劳动英雄及模范工作者，给奖励教育。

十三、训练干部——区乡级。在职用轮训，不在职用学校。

十四、提倡民主作风，实行两条原则。1. 知无不言，言无不尽；2. 言者无罪，闻者足戒。

十五、想出种种足以促成联合政府的办法，继续和国民党及其他党派谈判，次为全国人民起来呼吁，可能的其他办法。

中国青年在大时代中应有的责任（皖中联立中学讲演）

一、什么是大时代？

1. 人类进化的历史阶梯

（1）地球之进化；（2）人类之产生与其进化；（3）历史上的段落——原始共产主义社会、奴隶社会、封建社会、资本主义社会、共产主义社会。

2. 现时代的中国

（1）它是一个半封建半殖民地的社会；（2）它在全世界革命进步之中；（3）它在本身大革命除旧换新之中；（4）是之谓大时代，千载难逢。

二、中国青年应该怎样呢？

三、中国青年应该担负什么责任？

1. 改造世界的责任。2. 世界需要改造。3. 现在正是改造的好时候。4. 世界可以改造。

四、世界怎样改造？

1. 中共给了我们明确的路线：新民主主义、社会主义、共产主义。2. 清晰的认识和理解：坚定的意志，无限的忠忱；光明坦白的正气；大公无私的精神；刻苦耐劳的作风；远大愉快的心情；客观科学的头脑；精益求精的态度；谦虚深入的怀抱。3. 这样，它就是一个改造的战斗员。（1）独善其身，超凡出世么？这是利己主义、宗教思想。（2）孤怀愤世，生趣全无么？这是厌世主义。（3）人生何几，酒醉今朝么？这是享乐主义。（4）依凭幻想，热烈疯狂，遭遇现实，消沉颓废么？这是虚无主义。（5）研求真理，依据现实，实事求是，毅勇奋斗么？（唯物的立场，科学的态度，实事求是的精神，奋勇前进百折不回的干法）这是现实主义。（6）以上（1）（2）（3）三个是不负责任的，（4）是始负终弃的，（5）是真正担负责任的。

12月27日

关于三坝兜堤之建设

一、三坝新兜略图（见下一页图）。

二、兜堤民〈国〉十五年造。长960丈，高1.13丈，顶1.8丈，底8或9丈。

三、江滩现存四丈，八九丈不等。

四、真龙地内堤长160丈，今春庆丰、扬清两圩民伕共造。

五、新生洲扩展与本堤为害。

六、新兜拟予：堤外墙宽三丈、堤内一丈，加高五尺、二收。

七、则将来堤高1.63丈，底宽13丈。

八、土方52736方，需工（三工一方）——158208个工。

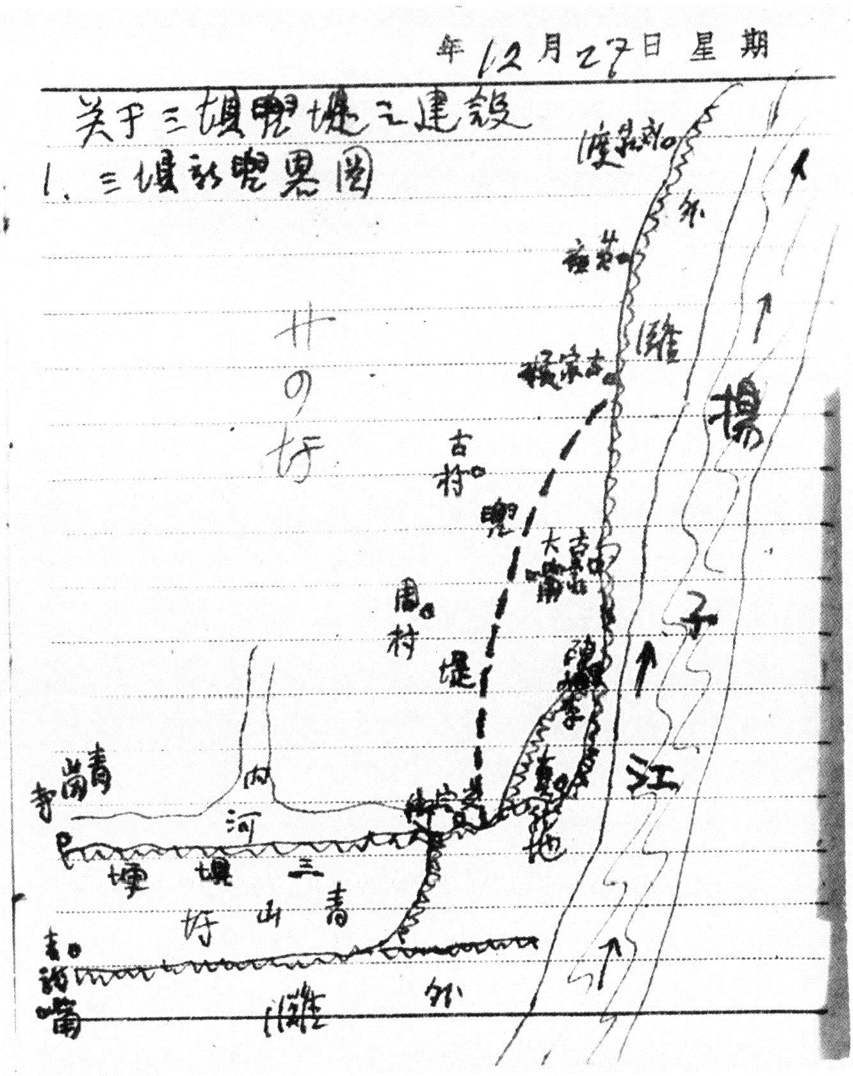

三坝新兜略图

九、官坝额伕 6400 名（五区 990 多名）。

十、收法（三二收）。

12 月 28 日

干部大会讲话——1944 结束

一、1944年已做的工作

1. 这是建设年——方法主场改变了。2. 首先是经济建设——整理财政，发展经济——水利、纺织、劳动组织。3. 军事上，扩军，边区胜利，工事。4. 政治上拥爱、民主运动、参会。5. 文化上冬学……中学。

二、几个问题

1. 民主不够，相互友爱不够。2. 公私兼顾的经济、劳动组合，25%。3. 训练五万民兵。4. 发展大众文化（五百字运动）。

顽之坏处，我之好处。

三、打通思想，开动机关，努力奋斗

青年干部大会（新年团拜）

一、谭师长主席报告

1.1944年变动很大。

2. 我们要回思一下，作1945年的奋斗，前两规定的任务，已否完成。

3. 大家团结在区党委之下，为了共同目标一致奋斗，的确我们有了很大进步。

4. 根据地建设向正规道路前进，巩固道路前进，例如：

（1）大门黄姑闸盛家桥敌人打走了，守住了我们的大门，如果进来，就要杀伤他三千人（实杀一千多人）。（2）〈从〉人民生活上看，也有很大不同，安定了，渐向上长了，军民共同关系更加紧密了。

5. 但也有缺点，为迎接更伟大胜利计，必须在1945年加倍努力，以与发展相陪衬，思想上有此检索。

二、曾政委报告

1. 谭师长所示方针极同意。

2. 我说：

（1）1944 年优缺点。（2）1945 年怎样干。（3）如何干。

第一点：成绩（1944）

①成绩很伟大，党政军民全体，在各面更巩固壮大发展进步了，各年都不错，最好是 1944〈年〉。军队大大壮大了，扩大三倍以上，技术增高。②政权方面：老百姓的认识转变了，主要以为民主政权是自己的，由于民主工作深入了。③巩固了，西边大门关起了。④在发展上，江南开辟许多地区，和含、江全也均好（虽被占抢，民众是我的）。⑤全体有了高度热忱及积极性，产生了很多英雄。军队有光荣例子，干部和士兵学习，湖东民兵与顽正式打仗，人民的扩军超过四分之一。生产英雄、王老铁匠、汤家应、范家山，公家人自己生产，达一万万元。做工事也不同，克服官僚主义了。前后相比，两个世界了，是最宝贵的，一切成绩都由此生长出来。

第二点：缺点

①成绩比他处还是小弟，思想整顿还不够，物资准备还不够，大规模胜利还不够，民兵数量及技术还不够。地区巩固还要加强，发展还得加大，各种建设只还是开始。总之，成绩还不够。②其次在积极性中还存在缺点，形式主义、军阀主义、开通机器，都还存在。思想上还未基本起变化，真正改造还不够，缺少群众观点、民主精神、对政策把握控制还不够，缺点难尽，但要使不应有的缺点不再犯。

3.1945 年我们做什么？

（1）希特勒明年（1945）可打垮。大概估计，是可能性，不是绝对性（红军已打到十一个国家里面去了）。（2）解放区大胜利，大后方民主运动大发展，美部队可能在中国登陆作战。（3）正面战场，鬼子虽胜了，将开始诱降。方先爵回重庆可证，但是否降决定于中国人民之力量。（4）国民党仍坚持其反动政策，故目前形势是两方面：一是好的，光明方面；二是国民党之腐败反动。但两者非对等的。好的是总趋势优势的，发展生产的，坏的则是渐渐缩小（国民党造成的），且在总好中为甚小的，乃是总流中的一小股逆流。（5）我们的任务。总的是配合作备战，准备反对；次为改组政府。解放区任务：①援助大后方运动；②组织沦〈陷〉区配合我们；③巩固我地区。以第三任务为核心。（6）解放区十五大工作，此十五〈项〉工作中我们要好好研究，它是相互联系的。其中有的是工作方向，有的是内容、方法及目的，要找出关键。

4. 如何完成任务（目的）？

（1）抓住工作中心。①开辟地区，粉碎扫荡。②整训充实部队。③发展生产。④整训干部，加强整风。（2）科学的分工，组织，及计划（方法）。①从组织上好好分配，每单位有其重心。②按地区特点，抓紧自己工作，重要环节。③从时间上好好分配。④把一个任务包含在其他任务中去实现。（3）发展高度积极性创造性（动力）。①要他们都认识目前形势，中国唯一寄托在我们，懂得自己责任毛病等。（4）要有正确的工作路线、方法及民主的精神。①立场虽有，方法若不好，徒然的（积极是立场）。② 1945 年是靠我们大家相互学习奋斗——任务。

12月29日

对三坝工程指示——何区长其茂、徐参议员天一、古先生子南、洪啸同志：

一、工程方面

1. 在兜堤上加高培厚的办法，同意。2. 高度以超过外坝为好。3. 做法要坚实，锹硪及碰头，剔沙。4. 挖压视情形。5. 工程计划及预算。

二、伕子及动员

1. 工程报告书（工程计划列入）。2. 圩董现年的谕子。3. 五区应当多担负责任。（包顽区伕子）。4. 分配公允。5. 用动员说服方法，严禁打骂。6. 伕室在民家（不准敲诈）。7. 伕子管理纪律。8. 竞赛，劳动英雄。9. 组织照旧，领导由行政。

三、委员会工程局——指定何区长兼局长

1. 委〈员〉会是号召、计划领导机构。2. 工程局是执行机构。3. 行政系统是局长、段长、组长，群众系统是委员会、圩董、圩首现年，特别着重于圩董现年。

四、对外问题

1. 伪方采敷衍。2. 顽方不理之。

五、经费

1. 行政费由行署担负，列预算呈核。2. 工程伕费各圩自理，但不得有包揽贪污等事。

六、日期——正月十六日开工，年内组织完竣。

1945.1.3—1945.6.25

1月3日　印刷社讲话

一、最近所谈合并开展的内容及目今办法——仍然照旧。

二、本社的任务——作开展文化教育事业的媒介，印刷课本及其他教育性质的物品，如报纸、政府公报等。

三、工业的性质——是一种社会大众事业，在其经营上则用企业的方式。

四、成绩功劳——设备已具规模，这是姚经理以及大家努力的功劳。

五、大家应有的认识——私的世界与公的世界，社会之发展，旧社会之丑恶，新社会之来临，工人在新世界中的地位，工人的创造，革命中的工人，将来的工人。

我们对工人的看重及工人本身应有的努力与贡献——自尊自信，争取模范，力求进步，严守纪律（制度）。

六、普通应做的事——努力尽责，爱惜公物，团结友爱，服从指挥，做一个模范工作者，一位文化战线上的战士。

1月8日

1944年—— 一年敌后

一、战斗20000多次。

二、死伤敌伪220000多名。

三、俘获敌伪60000多次。

四、争取敌伪反正近30000名。

五、缴获各种炮100多门、轻重机枪1200多挺、步枪

80000多支。

六、收复县城16个、攻入县城47个、克服据点碉堡5000多处、光复国土80000多方公里。

七、解放同胞1200万人。

八、现仍抗击敌在华兵力50%，伪90%。

九、现有：正规军65万（增加18万）、民兵220万（增加20万）、解放区人口9200万（增加1200万）。

1月13日

是日在联中参加问答晚会，我向学生讲话。因脑部发生旧的障碍，竟及中途不能成词。忆在路东时常如此，前去年冬季亦如此，近又发生，是知身体太差矣。

1月16日

联中及临江干校师生联欢会讲话

一、联中干校相互研究这件事是好的，准备发，客气态度之限度，今后这种方法更要扩大

二、关于学习问题中的一些认识

1. 我们为什么来学习的呢？“目的”何在呢？

往时的——升官发财，个人幸福。现时的——服务社会，大众幸福。

2. 学习内容是什么呢？

往时的——欺骗，虚伪，架子。现时的——真理，事实，〈有〉用的东西（斗争知识）。

3. 学习方法是怎样呢？

往时的——片段的，脱节的。现时的——理实一致，学

以致用。

4. 学习精神是怎样的呢?

往时的——自私的,注入的。现时的——集体的,自动的。理实一致,学以致用。积极的,创造的。

5. 总之,前后是迥然不同的,其中最主要的是公私之不同、眼光不同、立场不同、方法不同。

三、如何有这样的变革呢

1. 时代到了——大时代的任务,改造社会创造新中国(不是解释世界,是改造)。2. 环境如此——我们不能落伍,落伍即将为环境所遗弃的(社会的需要)。

四、最近各方面形势的发展

1. 国际情形——法西斯之末日。2. 国内情形——新旧势力之转变。3. 我根据地的情形——各种建设工作。

五、所望于大家者

1. 确定意志,开动机关(立场)。2. 老老实实,实事求是(方法)。3. 深入学习,大胆创造(前途)。

六、正面战场三次挨打战役的损失

1. 兵力 50—60 万;2. 省城 4 个,城市 146 个;3. 国土 20 万方公里;4. 人民 6000 万;5. 空军基地 7 个,飞机场 36 个;6. 豫湘桂粤赣闽等省,无数计的物资和资源。

1 月 16 日

东乡的水利工程,待即勘定者:

1. 白茆畈湾,在姚王庙附近,从杨庙向东约二里,距江边约百丈,最近处 22 丈之谱,去年(1943)崩得最凶,下江者五六丈,今年未崩。

2. 田家沟梗，在裕溪对河，因芜湖弋鸡山的嘴子伸出，致水流激冲，滩脚十丈之谱，至三十丈左右，去年崩下江十多丈，如做生工，约长二里。

3. 人民以其危险，要求勘验具工。

1月19日

江流船政办事处概况

一、本处干部14，杂员16，共30人。

二、分处干部4，杂员5，共9人。

三、分所干部2，杂员2，共4人。

四、分处5个，分所19个。

五、干部共87，杂员共64，两共151人。

六、现在实有人数135人。

七、一二三几个月总预算659620元，公粮19810斤，公草39170斤。

刘效高——科长，林二梅——会计。1.19来署。

1月24日

我于一月二十二日自署动身，本晚抵斗沟坝，休息于鲁博良同志家。二十三日早大雪纷纷，鉴于时间迫促，不能久住，乃冒雪上船，午间天晴，晚六时到汤沟镇，住慎余商店，兹将应办各事，列后：

一、白茆区所属黑沙洲的永固乡，划归繁芜领导问题。

二、民坝私沿沟田家沟张家畈白茆畈湾等处之研究。

三、皖南邮政及临江邮政交通。

四、江流船政办事处工作。

五、临江渔业问题。

六、赖浦滩之检查。

七、公学款产之解送及组织人员分配。

八、年内现款集中。

九、临江的材料。

十、劳动英雄石像。

十一、解决事件：

1. 依老梗加高五尺，培宽四尺。2. 八寸一板，每板夯下三成（硪）。3. 按期磋逢。4. 组织委员会，委督工委员。5. 下令征调官坝 6400 名伕。6. 敌顽田无办理。7. 经济行政费由公家担任，造预算送核，以麦山圩外滩柴利先用。8. 日期阴正月十日。9. 必要时得起双伕。10. 民伕住民家，不需棚厂。11. 令知各县区乡，发照谕给圩董现年圩首。12. 发三坝修建报告书。

十二、要办事件：

1. 关于各县今后支付学款办法，总收解库，各县得支付书始得领款应用，余悉存库。2. 土煤运至斗沟改良燃料。3. 与老蔡商米之出口，是否早禁。4. 汤市限价问题。

1 月 26 日

谭长发同志云：雍家镇的永固闸、观寺岗闸、贾家桥闸、王家港闸要组织闸务管理会，制定闸董负责。要准备闸方。

开会决定之。

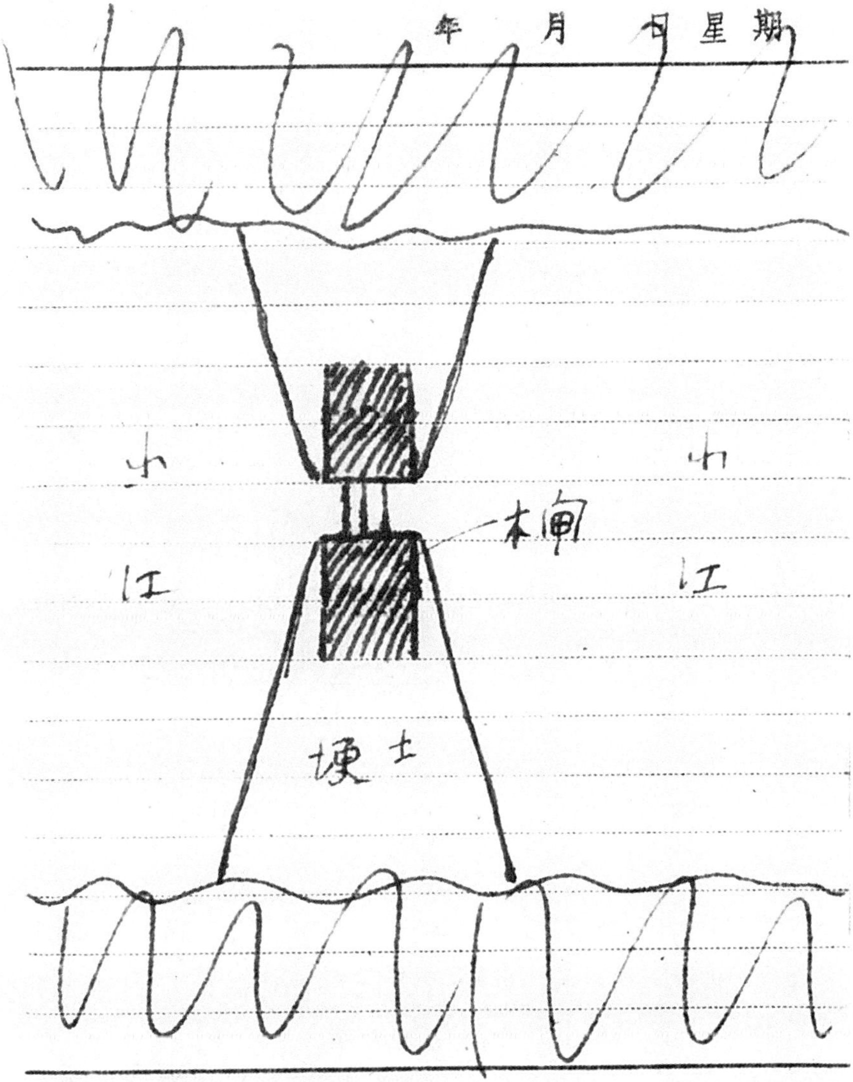

王家湾闸

1月27日

张家畈退建佚工问题之决定：

张家畈生工约35丈，约需10000个工。

作为三股，三保半任1/3，周区任2/3，并酌以公收折佚费补贴之。

聘请江毅、毛寿山、方子宜、王星五、江祝堂、吴代丙、谭长发七人为退建生工委员会委员，以江毅为主任委员。

克日召开会议列具预算呈核。

与刘国棣同志谈话：

一、垦丈局之结束问题。

二、区丈洲区收清脚金者——小沧洲，复滩洲（长丰圩、永丰圩、复兴小圩、边鱼肚子三棚至十棚）三垅。常坝套，另有昌新洲、门闩洲、太平洲、复兴地天地字号一龙尾，已丈而未收金者。

三、发给执照，应办的，但是依丘呢或是依户呢?

四、复凝洲上剩莲花套、金带洲上面复凝洲一二三棚未丈，应该图丈。

五、民众对测丈工作的印象，不好者是：①同志们态度不好；②脚金稍多了。此外，有民众希望测丈。因地土纠纷及负担不公允，故如黑沙洲几次要求。

六、对民众可解决：1.黑粮问题；2.纠纷问题；3.无契问题；4.平均担负。

七、政府方面，对粮赋帮助甚大。

1月28日　汤沟市民讲演会大纲

一、问候大家，感谢感意。

二、此来任务：（一）水利工程；（二）考察工作。

三、第一任务之处理：1945年政府对工程之方针，三坝之兴修、张家畈之退建。

四、第二任务之处理：（此来的所感，好，坏）打算检查、采访、改善，举行市镇座谈。

五、汤沟镇进一步改善之必要：

对外的影响上（生活）。

对内的进步上（经济的调整改善，组织的加强，文化教育的提高）——由城市领导乡村。

六、各方面状况变化的报道：

1. 我根据地之巩固与发展：敌顽将斗争之胜利（换工冬学）。生产增加与生活改善（地主问题）。皖江地区之扩大（11个县，300多乡）。

2. 别的解放区：总人口约九千多万，民兵二百万，正规军65万。生活改善，抗战高涨，力量雄厚。在世界上的威信。

3. 全世界情形：德寇之灭亡——华沙收复，柏林危。日寇之末路——招架无力了。中国战场之重要与正面败绩。

4. 中国最近政治：国共关系——美调整情形。国内之变化与解放区联委会之蕴酿。新旧势力之今昔：兵力、政治、经济、外交。

5. 结语：世界战争快结束了——法西〈斯〉灭亡。中国新社会将来临了——胜利属于我们。

七、我们应该加紧努力：

加强生产、改善生活、蓄积力量（方针）。整训人才，扩大人才（方针）。加强组训，民兵，正规军。扩大解放区，号召卫国，统一步伐。我们的政策是最适宜，不改变的。

八、希望与大家者：

明是非（从大处观看），知大义（如营业税的态度）。对社会国家要有责任心（在自私以外）。共同出力，建设新汤沟（除旧换新，如造桥、合作、船，水库改良）大家是胜利的、成功的。

1月28日　汤沟镇政治报告提纲

一、前言

（一）感谢感意。

（二）带来任务：1. 水利工程。2. 视察。

1. 视察部分——有欣欣向荣之气象（后详）。2. 水利部分——政府方针与决定（三坝及张家甿）。

二、最近形势之报道

（一）世界战争

1. 德寇之垂死。2. 日寇之垂死。3. 中国战场之败绩与重要。

（二）中国战争

1. 半年来正面与敌后形势（对比）。2. 国共关系——美国之调停。3. 国内之变化之联合委员会之蕴酿。4. 新势力之生长（繁荣换工文化状况、民主运动）。

（三）结语

1. 法西斯的必然消灭。2. 中国必然胜利——我们的胜利。

三、汤沟镇诸问题

（一）汤沟镇之重要性

1. 对外影响。2. 对内关系——经济上咽喉之所。

（二）市镇上的一些问题：

1. 经济方面的：（1）我们的经济政策。公私兼顾，军民兼顾（但仅对左右偏向、公平合理）。从发展经济来解决财政（从减少支出，到增加收入，到经济管理，保护经济，计划经济）。（2）做法，金融管理——银行合作（斗争）；资源管理——贸易合作工作（保护）。（3）偏向——纸币价格不定。（行）市价不稳，投机取巧。码头及车伕之高价，小偷之行动（秤斗），各种澜言，总之，不正派。2. 习惯（思想）方面：（1）不纯正的发财思想，侥幸心。（2）奢侈繁华，私欲大，公众心弱。（3）迷信。3. 保安政策方面：我们的政策——治病救人，宽大为怀。本地区的尖锐斗争。我行我素，时间是试金石，不必恐惧。4. 市镇管理与改良：组织方面——多种会体，互助合作。教育方面——教育馆、学校、冬学。建设方面——交通运输（民主作风）。卫生方面——医药，公共卫生。保安方面——警察。

总之——正派的发展。互相辅益，大家发财，大家进步。

总结论：

世界在改变进步，由自私到大公。中国在改变进步，稳健的前进。个人自己要进步，以适合大时代。社会是我们自己的，自己要负责起来！

1月31日

我三十一号到白茆洲，一号与叶、段、陈、张各位讨论问题，二号上午坐抬子回署。晚抵石涧区府，寄宿，次早大雪满天。乃令伕子回去，自己步行归来。

诗云：流水不腐，户枢不蠹，乃一真正道理。余久居未出，身体大弱，久将不能行路矣。今后当力谋再造也。

2月13日　正月初一

时间真如流水一般，转眼又过一年了。我从四十二岁又到了四十三岁，青春在我眼前，不知觉间竟然由少而壮，自问却还是依然故我。无所进修。

近半年来，我的工作能力大大减低。一种反常的心理——怕繁难，就是身体衰颓的具体表现。每每到了夜一二时，便不能再行工作了。倒卧床上去，连知觉都似乎没有了。别人不知，在白天里，怎有时间来看公文写指示信呢？必须等到夜深人静，这才是我工作的好时候。因为这样，叫我身体更坏，精神更不济用了。

我这样想着，这样紧急的局面下，若还是敷衍公事，那除非是没有心肝。再以我私人说，我深深知道，我是很不够格来担任这样一个名义与职责。党与首长们对于我，总算是特殊又特殊。我再不加紧报之以工作，我也是没有心肝。而且，在集体的进步当中，假如我一人过分落后，集体能对你客气么？不可能的。不仅如此，还有许多人在冷眼观看，看你垮台呢。因此，三更灯火五更鸡，累断命根也不迟疑的了。生命只是一条在此，干吧。鞠躬尽瘁，死而后已。

我的家庭，是个小资产阶级家庭，至今也还是这样。我妻是个旧式妇女，但大体上还没有不合道理的举动，所谓安守本来面目，力求刻苦过活耳，然我的生活秩序很差，一人之消耗，抵一家而有余，这怎么对得起我妻的纺纱砍草以及穿破衣服呢？这是我应该反省自责的，也是不配来当行政首长的地方。

我一定要自爱自救。自今以后，与一切恶劣的东西作坚决斗争。这回，不声不响地来干。等到戒绝〈吸烟〉以后，再为宣布。一个出身不好且在旧社会习染长久的我，到今天还能列于革命的阵营，这是如何不易与光辉的事，我应该珍惜它，不应该自己糟蹋自己哟！

2月14日　正月初二

敌扫荡我临江地区，廿日退却，约三千人，我无其他损失，仅将张君武同志绑架去。敌之特点：

分进合击，铁壁合围，行动敏捷，情报甚详，此乃我之工作疏忽致之也。

普遍捕捉，人民达二千余，故意发给所谓匪民证，以资欺骗。抢撸［掳］毒打，及杀人。

3月3日

二月十八日，顽军集中约四个团，开［分］路向我湖东进攻。是日夜行署与财经处移至新瓦屋，十九日早餐后移至青苔衖（是日上七），二十日下午到师部，晚宿上庄参议会，廿一日归青苔衖，午后东行至陶胡老村宿营，又奉召到师部，夜与眷属同宿上庄参议会内。廿二日宿营陶胡老，廿三日至斗海坝，宿周家桥正学同志家，本日到奚家河住宿，廿一日归查剑农陆随之分发，廿四日将瞿剑秋、杨泽民分发，蒋霞埋伏。如此，仅有郑我及警卫运输员各二人而已。

事实上这次敌顽是完全配合向我进攻的。顽固派丧心病狂一至如此，它实际上已经叛了国家民族了，它这一股垂死的凶气，还要尽量在我地区来施展，破坏这一块干净土使人民流离失所，其罪过更不可恕了。

现在我才十二分的认识到，中国的革命第一件大事就是武装，没有武装说到什么呢！我们现时有充分有生力量，在一个稍长艰苦后，一举而击溃顽敌是不成问题的。

上次到师部时，政委以我平时斗争观念不强，加以批评，我当然接受，唯此话究不知从何说起耳。在紧急与敌战斗中，上级偶因他事不如意，而发脾气，有何关系，我毫不为意。以今天上级之操劳，我们也应该谅之，但以状态论，似非完全单纯。其言曰，时间是试金石。说后又问我有无意见。揣测其情，当系预先有不满在心，且夹有怀疑吧？则岂不冤枉死人？为了工作做不好，或者无能而受责骂，我绝无意见，若无端而作政治上的怀疑，则我只有痛心罢了。时间是试金石，此言得之，我之为人，是忠是奸，我自有我伟大之人格自作保证，经过火炼以后，让人去看去评吧，又何容于心哉。

廿五日仍宿奚家河，两晚与上级睡。二十六日早自斗沟周家桥午餐后到周北店，宿周家墩子印家。是日夜在扁担岗公安局开会处理特务案件。二十七日宿芮家岗，以待前方消息。

二十八日行动至样巴埂，派郑倪两同赴前方调查顽匪暴行，晚宿张家祠堂。廿九日天雨，未动，下午则到涧埠与丰平等晤面，晚仍宿张家祠堂。

三月二日（即正月十八日）天住雨，路亦较干。早六时自张家祠堂动身归署，当未午也。下午头痛甚剧，卧倒床上，直至三日午，将略好。

3 月 11 日

本日下午四时动身到南苏既廿乡苟头寨花家，住李觉民先生处。晚函知区政府，钱区长未来，仅答复条子一个而已。

后天拟在开成桥举行座谈会。该镇向系封建大本营，思想落后之至。此次顽军进攻，未到该镇，则正对大江抗帮发生拒绝之事，其首要系贾家油坊，故不得不枪决贾纲尧以正刁风，但为教育镇民，将开会为大家一解现局，期皆觉悟。

此周连日头痛尚未痊愈，晚宜早宿，故即住觉民先生家，预备后天有精力可以与会也。

3 月 13 日

开成桥镇民坐［座］谈会提纲

1945 年二月十八日起，西边桂顽 196 师李本一向我根据地进攻，迄廿四日以自己面临危险，仓皇退去。在此次进攻中，顽军奸掳烧杀。达最高程度，可谓穷凶极恶了。而我地区内埋伏的奸细特务分子也同时丧心病狂的配合活动起来，尤以开成桥为甚。我特与李局长巡视该镇，为镇民作如次之谈话：

一、前言

1. 我对开镇之怀念。2. 我们取做的事务的性质。3. 我们的斗争：鬼子打我们——不足奇，顽固派打我们——痛心，人民都拥护我们——我们是真正为国为民的。

二、这次桂顽配合鬼子进攻的经过

1. 为什么进攻——抗日与民主。2. 战争经过——我们战略。3. 他们的暴行及其所得。4. 我们应做的事——必然胜利的。

三、特务政策下的特工活动

1. 战中特务之残忍及危害。2. 活动表现——（1）大聚会，大吃喝，吃春酒，花拳，捉迷藏，叠罗汉，表示愉快之至。（2）对工作人员出洋相，冷声冷气，不受命，不理睬，自己的工作一概不受了。（3）造谣——新四军消灭了，某某死掉了。基干队上前线了。（4）抵制大江抗帮，搭浆票，造蛋队。

卢季尧。公然如此欲图陷害公务人员。（5）准备欢迎顽军。3. 对特务及小眼光者之批判。4. 我们应做忠实人，反特务。

四、世界与中国现状及将来

1. 欧亚战局现状。2. 中国必然前途——新的力量之伟大无比。3. 民主自由新中国之图案。4. 人人应发天良做新民。

五、抗日民主政府对大家的希望

1. 抗战团结进步的三大方针。2. 团结最低限度之愿望。3. 对死不觉悟向善分子的警告，顽固倒退之不足恃。

民主政府宽大政策有限度。

对直接为敌者镇压之决心。

六、结论

1. 大家来尽匹夫之责。2. 研究认识真理，明是非，判黑白。3. 胜利是我们大家的。

溉桥镇人民被抢之统计

类别	数量	估价
被褥	426 床	1964600 元
衣服	3113 件	4998800 元
帐子	133 件	1128600 元
棉花	240 斤	68500 元
布匹	204 丈	1586700 元
帽	45 顶	87000 元
米	169 石	476400 元
油	14750 斤	881100 元
□	5370 斤	64300 元
卤咸货	3486 斤	505100 元

（续表）

类别	数量	估价
牲口	409 只	179300 元
面	1830 斤	71500 元
烟土	269 两	269000 元
家具	2826 件	2644400 元
硬币	7151 元	215200 元
共计 246 家　17263100 元		

3 月 15 日

晓晴、其明均往和含，闻晓晴生病，自芳忧之，此孩我因钟爱特甚，故着老赵前往接归慰治。

3 月 17 日

严家桥镇民谈话会

一、前言

1. 慰问大家受吓受损失。2. 佩赞民兵及人民之英勇与正义。3. 政府一般的救济方策。

二、桂顽为什么进攻，为什〈么〉残酷？

1. 压不住的无耻心头之恨——国际与国内民主潮之澎湃。2. 献媚日寇缓和其进政——想留最后一块地保持面孔。3. 模糊与镇压其统治下的兵员与民众。4. 野蛮无理战争只得用奸掳作为动员口号。5. 基本上他们是强盗。

三、何以退却呢？

1. 人民不合作的伟大力量。2. 民兵日夜袭击使之不安。3. 我境内主力的布［部］署。4. 境外我对顽之袭击。5. 面临着覆灭之危险，在我全体军民努力下逼走了。

四、今后如何？

1. 华中的形式——顽无力，我有力。2. 中国的形式——顽必定瓦解。3. 欧洲及东方形式——日必败，我必胜。4. 全世界的民主光明前途。5. 再度进犯之可能性——不大，有。

五、我们的应有准备

1. 加强武装——民兵及爆破。2. 加强生产——空舍方法，互济。3. 加强教育——除奸，盘查。

六、应该注目的内奸活动

1. 特务份［分］子的诸种活动。2. 乡村里不法行为。3. 活动与行为之打击。

七、政府的声明

1. 我们肝胆照人的实证。2. 对丧心病狂者的痛心与绝望。3. 抗战团结进步之方针。4. 团结的最低愿望。5. 宽大的最高限度。6. 对病狂者镇压之决心。

八、结语

1. 顽配合敌人是出卖祖国之行动。2. 此次他实际失败了。3. 大家警惕合力苦干，胜利在前。4. 提倡职业改善民生之各方面。5. 储币号召。6. 各事其事，各加努力！

3月21日

顽敌又在盛家桥黄姑闸增兵，我方自不能不作紧急战备。昨天署内人员已分散一部，由笑侬同高锦堂、徐冬荣先到陈家闸，再赴东乡安置。

夜来雨未稍歇，我们是否即行，当候情况再定。

封建社会之末世，人们无耻无信可谓达其顶点了。马祯像煞有介事的，曾来我处谈加入工作。后来与之略谈，知其毫无知识，彼眼光中仅有日敌与汉奸的一切了。但我为怜其身处敌境，不免受其传染，将设法以治疗之，哪知他后来竟以先借三十万元为加入之条件，岂不笑坏人耶，今乃知彼是一个奸细，无意来此，故意将条件提高也，材料如次：

马祯（谏甫），无为城内夫子庙小学四年级级任教员；谢李翔，城内初中国语教员；李景凡，初中校长；李仲平，伪县长顾问。

3月22日

本日下午才天晴了。由于国民党反动派加速自掘其坟墓，加紧使其政治破产以绝于国人，他又在湖东边境增兵了。为了自卫以及保护我根据地百万人民，我们决心展开广泛的游击战，以制止其暴行，故一切后防机关均暂撤开。

我们晚饭后离开行署，留宿新瓦屋。因行署地位突出，不便守卫也。陆云顽敌仍在花桥一线。

同行干部十三人，杂员十三人，再加上曰仁、惠生、伯举以及临时来的人们共十三人，一行总计三十九人。

3月23日

今早我们一行约卅人自新瓦屋至梓巴埂南张家自然村宿营。

3月24日

本日上午召开本行政村（梓巴埂行政村）干部会，指示：住民对逃难者不关痛痒态度之不对，不卖牛草将使难民不能坚持下去，也数有害于我们的战斗。午到芮家岗与师首长晤谈，决定即赴临江准备召开湖东、无为、临江三县民主座谈会。午餐在薛为海家用，曰仁同志所部署也。对薛教育，似颇有感。晚抵小圩子村，宿此，据报此村最落后，大有闭门不纳之势，先到者几无所举措。乃唤倪道周者加以教育，并决定次日开会。

3月25日

本日仍住本村，改会期在晚餐后，免误农人工作也。行政村主任刘秀峰早来谈，有倪执冰者送鸡来并邀午饭，实不知其何人，大概曾见面者也，姑收之。派各干部从事本村调查，安排切实来一次教育。

小圩子村的调查

一、人口——400—500〈人〉，66户

二、田地——五百亩

三、做田代渔者30户，专渔3户，富农15户，中农13户，不生产5户（一个吸烟，余好赌）

四、经济状——过去还好，现下降

原因：1.赌风盛（各样，宝，万计）；2.迷信多（丧，山人，在一夕石）3.懒惰；4、技术不改良，工具不足（无牛），倪昌轩在赌懒。

五、（人事）

1.赌的方式——放哨，麻将纸牌公开。2.赌头倪正学（小老头子），技术高，赌具全，妻亦然。3.赌而败家者，倪合应、倪长安、倪守华、倪合年、倪昌子、贯抄（此五人不生产）。昌树，外有倪昌能、道周、守矩、亦好赌。4.妇女赌著名者——倪正学、守矩，昌能之妻，正学、守矩，两人妻且是光棍。5.吸

烟且专以赌为事——倪长安、正祥、昌好（靠赌营生），昌好妻子好，长安是山人，收入虽多，生活坏，去冬无衣。6. 村长倪合彭负责忠实，威信差，家有几十亩田，付［副］村长倪受意能力较好，家境亦还好，为人可以。7. 农抗理事长倪昌近，过去野蛮，任理事长后，现已进步，也不赌了，做事还好。8. 倪运周，夙任圩董，有 50 多亩田，过去母在当家，绝好，母死后治家不善，中落。子好赌无法管理，媳强悍主内政。道周为人贪小便宜，不认识政府，勉强才干事。9. 调皮者——倪昌子，合钊（养鸭）受华，家境都不好。倪昌全，性野，常打老婆，蠢父母。10. 老年人男女，落后，对冬学演剧唱歌都不欢迎，唯昌聘略好点。11. 劳动典型——大长受，小长受，又无坏习惯。12. 好妇女——倪合喜，尽忠二人之妻，均好，参加冬学。13. 社会关系，曾伪化，白顽撤后即完了。14. 全村大多数，拥军拥政不够。

六、倪求知——民办小学教员

财粮委员 500—3000 元每股，创合作社，又办过冬学。

七、意见

1. 戒赌。2. 拥军拥政。3. 山人。4. 妇女无组织。5. 生产情绪不高，过一天算一天。

小圩村村民晚会

第一部分：小圩子的印象及病象

一、前年来一次（无处睡）。

二、不给房子住，不借东西，不卖东西，毫无关心及互助友爱，对政府不认识。

三、屋未盖，小屋多、苦相。

四、赌钱，唱歌无意义。

你们的病源：

一、赌风盛——状况。

二、懒惰，不务正业——技术差。

三、迷信——山人，不习教育，不知政治。

赌懒迷信之害：

一、赌

费时失业，浪费金钱，幸侥思想，万恶之根：输——懒——偷——盗。

二、懒

生产减少，生活降低，破产毁家，万罪所生。

三、迷信

由于愚昧及统治为生，人无志气，不自努力，失败之源。

四、总论（良药）

要戒赌：1. 倪正学（小老头子），要猛省［醒］小心，妻亦当改、劝。2. 长安、守华、合年、昌子、昌树、正祥、昌好也要猛省［醒］（不事生产）。3. 昌能，道周，守矩亦要改。4. 正学、守矩、昌能之妻也要改，尤其是正学、守矩之妻皮［脾］气要改。

要戒懒：1. 打鱼应起劲。2. 做田应出力，买牛，昌轩。3. 冬学不起劲。4. 跟男大小昌受学，跟女合喜、尽忠之妻学。

戒迷信：

1. 昌安山人要歇另谋生（去冬无衣，生活不得过）。2. 用山人犯法，严禁。3. 加强学习道理。4. 求知先生好，应加强全村教育大家尊从之。5. 拥军拥政。

五、希望

1. 看想邻村都好，丢脸。2. 政府提倡英雄（汤家应等英雄例），不干丢脸。3. 中国要盛兴，应做新公民。

第二部分：拥军拥政

一、为什么拥?

1. 国家外患内忧——人民痛苦。2. 新四军民主政府之政事及功劳—安宁，生活，教化。3. 拥才能成功，是自己的好处。4. 现在我们一定胜利了，更加紧拥。

二、怎样拥?

1. 出钱、出力、出心。2. 立将以前思想行动改。

第三部分：这次战争

一、顽军前次残酷状。

二、为什么进攻与残酷。

三、为什么走的?

四、为什么又来。

五、我们是否胜利，因何?

六、但我们应该：拥。

总结：

一、立改前非。二、努力正业。三、进步起来。四、做个新民。

3月29日

三月二十五日从事帮助小圩子组织生产，这次报告感动了全村，足见全村是有救的。

二十六日举行时事座谈会的筹备会，稚石、笑侬、新武、锦堂、冬荣、惠群、治平、陈沛、曰仁均出席，商定：

一、地点——斗沟附近。

二、时期——四月二日（后改三日）。

三、出席——湖东、无为、临江三县，总人数四五十名。

四、手续——由参议会行署及皖江人民改组国民政府及其统帅部促成会，三个机关共同召集，先发通知，请各县长邀约。

三月二十七日诚之、稚石请客，有一好的午餐。

三月二十八日通知发出，下午我与新武、舒文两同志到汤沟，晚宿诚之兄处。

应办事件：

一、药材合作社药种及药价之商量确定，运接手续之预定。

二、脚踏船之试验。

三、西药店及人民医院之商榷。

四、严重的赌风之研究。

五、赖浦滩闷湖及刻渡太白洲垦务问题（农场情形）。

六、七洲挑埂（生工）津贴。

七、机置水车事的查考。

八、汤镇市镇问题。

九、函致恺帆。

十、张家畂生工之检查。

十一、托买钢板纱布等。

十二、围棋（送参议会）。

十三、给新经济制度及法令（中学要）。

十四、中学买出。

十五、中学节省。

十六、小江放水，莲花套放水，依现在约放去二尺即可。

3月30日

关于民主座谈会筹备会

1. 地点：张家大墩子二村。2. 伙食：以每桌八人，每饭五个菜，两家招待一桌，每人300元，共计3000元为标准（茶水在内）。3. 住宿：由该两家负责。4. 开会：在张氏族学内。5. 警戒：在俞家坝君格临江坝真五殿各处派队守卫。6. 各家预备船一只（征民伕）。7. 以上杂务员在内，由王大宝接洽。

3月31日

座谈会报告提纲

一、地点等——与胡等商（警卫）。

二、出席人——朱讯，周新武，段洛夫，谭伟，蔡辉，胡德容，陈沛，吕惠生，方向明，陈明，唐晓光。

三、记录，签名，开会词，时事报告（周），谈论，结束语。

四、岳（31日谈）。

小圩村变工队成立大会

一、此事动机，转变好现象有物质基础的。

二、小圩村习惯造成，由于各种条件，但也有好条件，这是转变之枢纽。

三、勉励——即成功了，进移退速，遇困难即灰心。

四、希望——成模范村，英雄，方法改造之创始者，有志竟成，认识（自救）。

五、政府保证——权力、经济。

六、焚烧赌具——态度（慰劳）、钦佩（彻悟）、成功之证实。

七、队长：倪海山；付［副］队长：徐家祥；指导员：倪合应。

4月2日

大会标语

一、反对独夫统治。

二、促进民主团结。

三、建立联合政权。

四、完成解放事业。

4月3日

芜巢人士时事座谈会

一、约谈大家开会的动机及经过

1. 全世界民主潮流之高涨。2. 中国民主事业之现状。3. 中国反动势力之阴谋。4. 民主事业成功之必要手段与途径——团结起来。5. 大家来谈大家来干。

二、在目前中国存亡关系上民主之实质

1. 头晕与弱症，麻剂与补药。2. 外患与内忧，抗战与民主。3. 去晕必去弱，抗胜必民主。4. 这样才有自己的力量。5. 所以，实质上今天中国之民主问题，即是中国之存亡问题。

三、我对本会的希望

1. 认识民主地区有充分自由与活泼而畅所欲言。2. 认识祖国光明的前途只在大家负起责任，这是离乱中不易之事。所谓家贫孝子离乱忠臣，共同来创造新国家。

丁聘权：以延安政府为政府，收回大别山。

郭方明：自组政府，类似欧洲民解会。临江成立救济委员会——精神物。

金稚石：延安政府好，但又要团结。民解会尚非适宜，未亡。我以为：各地区政府联合办事处、机关，权集中，不分裂（名称）；收立煌也对，意见书征求别的。

谭伟：民主机构，要广义点，要包括各方面，仅敌后不够。

金稚石：广泛不妥，要在中共以内。

丁聘权：办事处不够，要政府，因要有外交，求军火。

金笑侬：我们已有四分之一人口，故要政府领导，人民做鞭子。不是不团结，实为忍无可忍，故应自己干。同意成立总机构，成立解放委员会，皖江作为一个单位，征求他地区同意。

徐先生：集中机关极需要；另出名义恐国际怀疑；中共政府有威信，即此好，别的为分区。

何谦堂：顽军不可靠矣，我们要自立［力］更生做。各分地区成立解放委员会，然后成立总的机构。

方耀庭：中央靠不住的。

徐冬荣：皖江地区提议成立中华全国解放区联合委员会。

郭方明：解放不应限于解放区，应广义。我们组织中国解放委员会，又组中国解放联合委员会。

金稚石：中国民主解放区政府联合委员会。

江祝堂：联合办事处，狭义了。另一政府，两个不妥。中国人民解放委员会，全人民皆在内，外交亦好。

陈四箴：同意江祝堂。

徐同志：同意中华全国解放区联合委员会，每地区设分会。

周新武：暂不当作全国的政府，不分裂。地方政府的性质，包括敌后解放区及后方民主地区，及进步地区。在联合的民主政府未成〈立〉前，代替他施行执权。联合政府成立后，它仍成为组成部分；提议解放区临时人民代表会（局部的）。

陈四箴：先成立本地区的解放机构，然后再成立大的。提议上级，首倡。

金稚石：旧金山代表只一位。

徐先生：解放委员会要快成立（四月廿五日以前必成立）。一位代表少了，应增加。

金稚石：支配武器也要提。

徐同志：补充代表要三分之一。武器要在旧金山提出，按成绩分配。

4月4日

斗沟坝镇合作社大会讲话（1945.4.4）

一、旧社会的剥削状况（现时的）

1. 半封建半殖民地。2. 在此环境下农民所受之剥削与压迫：政治性的——租税、差役、竹杠、战争。经济性的——买贵卖贱。社会性的——灾荒病疫。

二、打破剥削的方法

1. 改造政治——抗战（反帝）反封建。2. 改造经济——增加生产，合作社。3. 破除迷信崇尚科学。4. 为何反帝——抗日工作。5. 为何反封建——民主。6. 增加生产——组织劳动力。7. 合作社——大家参加。8. 破除迷信——无神论。9. 崇尚科学——人力抗自然。

三、论合作社

1. 性质——互助，集体。2. 效用——人人得利，便于斗争。3. 组织——民主集中。4. 工作——生产的。5. 人选——忠实可靠。6. 精神——为人民服务的群众观点，为事业求进展的事业观点。7. 前途——人人为社员，新国家的形式。8. 弊病——官办式，欺人；垄断、不顾人民；发财、不顾政策；自私、自做生意；不负责、东西丢了；层层剥削，组织太繁复。

4月5日

一、金融问题

1. 现象：（1）伪币拥挤。（2）法币少。（3）抗币信用不高。

2. 原因

（伪币多）：（1）我们是农村，产物必出。（2）出口超于入口。（3）故伪币多。（4）买布匹要伪币。（5）自然依存于伪币。（6）故光采压迫是不可能，问题在交换。

（法币少）：（1）富农加多，存法币（不得已）。（2）鬼子收（大多沦陷区吸物）。（3）与大别山无交换（百姓不买）。（4）今后将更少。

（抗币信）：（1）种类少多，折价杂乱。（2）法币多人利用，如政治，我们则暂少流通地域，使用有限制。（3）但须管理的好，仍能吃香，因政权的威信也，再则在于善掌握伪法币。（4）币的信用，在于①物资，②政治信用。故重在提高其信用，任何可以流通兑换。（5）除技术折数等求好外，必求能兑能买物资。

3. 办法：（1）提高抗币，以抗币为本位。（2）进行教育，做出文件。（3）改良技术。（4）增加数量。（5）争取市场抗币流通，伪法币辅。

二、粮赋问题

1. 征收方法：收量差额征收法，本季缓行，提一区或两个乡试验。

2. 东佃负担：赋是东家的，粮东佃均等担负照旧，依东佃分利法不妥。

3. 分上下芒征收，因上季需款，可征三分之二。余在下季结算，根据将来大会之决定数额多少补足之，此上芒多征法由皖江最高联席会大概决定，再函各县参议会召开临时会决定之。

4. 湖东及白茆受灾最甚地区，约征三分之一，下季补足之。

三、烟苗罚金问题

1. 估计东乡六千亩零 2600 亩，共 8600 亩。

2. 每亩收 15000 到 20000（平均每亩四十斤，每斤 800 元，收 32000 元）。

3. 用镇余组织，派遣专门干部办理。

4. 总收 16000 万元。

四、贸易问题

1. 币米 350 斤 = 币 100 斤 =1/3.5。

2. 抗前米 6 元一担，币 12.4〈元〉一担。

3.6=12.4=1/2。

4. 比较抗前增加 1/3，贵了。

实存 241.0 万斤、289.0 万斤；皖南 269.9 万斤。

地点粮赋存储

	粮	草	
无为	100万斤	120万斤	
湖东	50万斤（内稻16万斤）（上芒可征80万亩）	120万斤（每月70万）	每月吃35万斤，缺3个半月
临江	180万斤	350公斤	
和含	100万斤	不多	
（三月底止）			

五、烟苗问题

临江约10000亩，无为约1500亩；和含约3000亩；皖南约800亩，共15300亩。

4月10日

（民国）34年上芒公粮公草征收条例

一、起征点由田亩与人口数决定。

二、公粮公草一律以白米为计算原则。

三、以中等己田为标准，以每人田五分为起征点，不及则免。

四、不及等——免征；劣等——合己田一半；下等——合己田八折；中等——计算标准；上等——合己田一亩二分；特等——合己田一亩四分。

五、衡器以十六两老秤。

六、田亩计算以分为单位，不及一分者，四舍五入。

七、灾区得呈报勘免。

田地山荡等级分类暂行办法

一、不及等——荒地，新垦未满三年地，水荡无收入者——免征。

二、劣等——全年每亩收量不满一石。

三、下等——一石以上，三石以下。

四、中等——三石至六石。

五、上等——六石至八石。

六、特等——八石以上。

七、不论弓口及种植，概依生产物的现时价值折合现时稻价以分类。

八、不论耕作成绩，但依普通可能或应该收获计之，勤不增收，惰不减收。

九、等级在每年上下芒征收前鉴定之。

十、锁定以每一行政村为单位，但乡出七人至九人的临时等级鉴定委员会办理。乡政府、行政村长、农抗理事长三人为当然委员，余由本村户主大会推定之。

十一、按户按亩鉴定后，公布一周，让群众评判，大会表决通过。

4月20日

廿日优抗会议

一、本地抗属悉由各县地方负责。

二、外来抗属由政治部介绍，行署负责。在何县者，何县负责，未定者，由署负责。

三、行财政干事家属严格调查统计，经批准始发。

四、地方干部无有，但作特殊以批准定之，免养成赖心。

五、援米三万斤款六万元，给湖东一万斤米，三万元。

六、署抗属归并县办，款粮照移。

4月21日

廿一日，清理各事，准备迁移。文书室先于夜间移赵巷，瞿、王、杨、杨四人同去突击法令汇编。晚为徐事，邀金何同在我室剀切劝告，似有效果。

四月廿二日到东朱村，我们的群众工作欠实际，到处见之。

四月廿三日，准备调研朱东村，钟区长云：优抗工作近来在实际中感到应提出的口号是：

在干部——从帮助抗属生产的细致工作中来解决抗属生活。

在抗属——生产的抗属才是最光荣。

在群众——帮助抗属生产，其光荣与抗属相等。

这个口号很正确的，我们倘仅见到募化来接济，乃是不能解决问题的，而且养成抗属的寄生性，害了他们。

包耕制的执行，发生抗属故意将自家耕牛卖去的现象。

接济有了优裕，发生抗属大吃喝大赌钱的现象。

如今抗属问题，确是一个即待解决的大问题。

我们行署应该有专门研究问题的人员和职务。

县民政科设付［副］科长，区设民教付［副］区员，皆专办优抗事务。

钟提议这是相当合宜的。

4月25日晚

石涧埠纯疃乡东朱行政村，全村干部调查会

一、乡代表八人，正付［副］村长（自然村）共十人（五个村）。拥军，包代耕，兵工，文化，生产，调解委员，粮赋七人。行政村正付［副］主任二人。农抗，妇抗理事长二人，自卫队中队长付［副］二人，治安员一人（六种委员会：拥军，武装，调解，财粮，生产，文教共 32 人）。实际全行政村干部 25 人。

二、去年在腊月十六日开大会改选成立行政村的。

行政主任朱鹤林，付［副］〈主任〉朱荣耀，农抗长朱纯青，妇抗王笑玉，治安员朱荣路，中队长朱仲树。

三、植芦生产——区员（农工）在区府抗正付［副］主任，生产委员理事开会——区员到村召全体干部开会（农业合作社，全民做股东）。干部八九人自己动手干。

突击工作，以工作委员会分工，9 人。

四、抗属的平均与安生观念。

黑沙洲——白茆分局——局长李士凡（何乡长月波）。

罚款伪币 530700 元（在三月初交），吕慎木——黑沙洲大官棚，因贩运豆子35石，周宏应33石未发，生汉与周是老表。

4 月 27 日

东朱村人民晚会讲话

一、前言

1. 会的性质——家常会。2. 我的立场——家乡人。

二、误会的解释

1. 误会经过——不让住。2. 我的理由：（1）住及让房之必要。（2）没有不让的理由（以公、以私、以利害）。（3）我的办法——马上教育，□。①直接教育，刺激性大，有效，倒转的方法。②民主必须集中，权利必有义务，以不民主对不民主。③平等是相互的，军不欺民，民亦不能欺军。④在教育而不在其他。（4）误会消除——我抱歉，一口吹。

三、来研究研究所以有误会之根源

1. 良药苦口，忠言逆耳，勿嫌我来批评。2. 有进步，但不够——以前的东朱村。3. 立当改良的对策（1）提高政治认识。（2）加强友爱互助精神。（3）公私兼顾，奋勇前行。

四、关于提高政治认识

1. 知道现世界状况（中国在内）。全世界法西斯的灭亡。黑暗无理，人吃人世界的结束，光明的民主的世界之来临。2. 知道集体的互助的劳动的光荣与潮流。好人，劳动者，大翻身，在集体互助的工作下，每人都能得到快乐与安全。（1）精神方面：政治认识差，萎靡不振（表现对公家人厌恶，迷信，参加帮会，产生念旧书）。（2）物质方面：互助不积极，合作事业大家未参加，以人力耕田，不公允的代耕。赌钱、吸烟、副业少。生活上升不多，下降却不少。（3）总之，欠缺朝气，欠缺认识。如送米，欠公平无私，生活未走上积极的正轨，还是旧一套。3. 知道现在目前的新四军民主政府（共产党），即是实现以上光明的忠实先锋队，他是完全为了大众谋幸福的，他一定成功。只有如此救中国。4. 知道这是大家应做的事。每个人应以不同的方式，参加此项创造新世界的伟大神圣工作。

五、关于加强友爱互助精神

1. 组织起来，砥励进步，相互劝导改邪归正，不相害。2. 组织起来，从事集体生产。增加副业收入——畜牧纺织等。改善各自的生活，大家都有饭吃有衣穿，不相妒忌。

六、关于公私兼顾奋勇前行

1. 公私的关系——没有党政军则一切完了。2. 拥军拥政——助自己、助人。应摊到自己的事，努力去做。3. 大家团结一致，同登乐境。

七、结论

1. 我们没有误会了，以后无论何人来此，都要不生误会。2. 误会的根源，由于知道不多、进步不够。3. 我们要提高政治认识，知道世界与本身的光明前途，集体的互助的快乐的生活，而不是黑暗的吃人的世界，知道党政军民的团结爱护之必要与密切关系。4. 我们要加强互助友爱及组织，共同进步。互助砥砺，改邪归正，组织生产，改善生活。5. 知道党政军民的密切关系，团结一致，拥军拥政。6. 如此，则大家有利、大家幸福。

4月30日

与董先生谈

一、政策的理论根源

1. 中国社会是半封建半殖民地的社会——我们革命的对象是反帝反封建，也即是抗日民主。2. 中国社会，如枣核形，中间大两头尖——我们必须是抗日民族统一战线，凡抗日与民主的革命阶层联合专政。3. 因此必然是统一战线的统战抗日，统战建国，一直统下去，可能很久，至于到底。

二、诸种具体政策

1. 政治方面（1）三三制政权。（2）干部政策及其待遇。（3）政治之施行。2. 经济方面（1）农——交减，恳荒，合作，换工，生产运动。（2）工——增工资，十小时工作制，效果之保证，自给自足与计划经济。（3）商——护商，企业，资本主义式。（4）金融——合作社、银行、贸易、斗争。3. 文化——民族、科学、大众、反帝反封建。4. 军事——正规军、民兵、游击战、参军、优抗。5. 群运——组织、动员。6. 锄奸、俘虏等政策。

三、各部门相互关系

1. 党政军民之立场与互助。2. 个人在团体之地位。3. 对外来干部。4. 对国民党及其他派别（一个建筑厂的比喻）。

四、干部

1. 作风——团结紧张、活泼严肃。2. 要求——不过高，渐使进深。3. 希望——凡有血性者都应来参加，都竭诚容纳。

这位董先生是曰仁同志的老友，其人虽已四十有二，却颇有正义，可算是一位同道者，他在各方面关系很多，不久将有远行，故与深谈也。

5月1日

新四军七师及皖江民主政府成立四周年纪念——五一

（五月三日开干部纪念会）

过去一年的行政建设工作

一、我根据地近一年来之开展

1. 西南方——沿江地区：由桐城、贵池、东流、望江，至德达、彭泽（安庆、潜山、宿松）。设沿江行政办事处，区级单位七个（其实有十余个），人口五六十万，正在走上正规［轨］中。

2. 南、东南方——皖南地区：由铜陵、青阳、南陵、繁昌、芜湖，而达宣城、泾县一带。设专员公署及三个县级政府，区级亦十余个，人口六七十万。

3. 东北方——和含地区：

设专员公署及三个县的单位，区十余个，人口四五十万。

4. 对沦陷区——芜湖下江一带：我们展开了大的政治进攻，使我们政治影响大扩张。

5. 总之，开展十分神速。

二、根据地内的行政工作

1. 政治方面：

民主运动：①完成了参议会的改选及县参议会之建立，锻炼人民与干部。②改造了一大部分基层行政机构——改保为村。增加政权效能，洗革了社会。

2. 经济方面：

生产运动：①广泛的开荒——增加大量生产。②创造新的生产方法（集体生产）——涌出大批劳动英雄。③广泛兴修水利——农业得到保证。④广泛号召副业——植树，棉，烟，鱼，藕，畜牧。⑤工业——纺织。⑥矿业——煤。⑦金融——合作与贸易。

3. 军事方面：

（1）防奸运动①揭破了特务的面具；②教育了群众及干部；③巩固了地方。（2）训练民兵①群众有了力量——全民抗战；②许多可喜的奇迹。

4. 其他各方面：

（1）文教工作——冬学，联中；（2）司法工作——有进步；（3）财政工作——有进步。

三、尚待加劲努力的事（缺点）

1. 基层政治不如意：

（1）群众认识之模糊——跑反时。（2）下层干部（尤其村长）太差。（3）下面黑暗情形仍有——朋比欺压，贪污，赌博隐瞒。基础政治一定搞好。新民主的脚深入群众。对边区的影响要好。

2. 民兵工作还不够：

（1）数量还不够。（2）质量也差——教育欠缺。（3）今后要集中力量来弄这个——以它和铁的正规军配合。

3. 几种浪费太不该：

（1）公粮浪费——乱以使条起。（2）民力浪费——乱叫名伕。（3）坚决改善——负责者加强教育检查督导。（4）上级检查督责不够，干部教育不够。（5）一连串的官僚主义作风，民主作风亦不够——统治。工作方法不精良深细。（6）今后我们要——改正作风，去了官僚主义的粗枝大叶的，改为实实在在的，精细深入的。抓紧干部，训练干部，提拔干部。

四、总结语

1. 今年是胜利年，也是战斗年。

2. 不斗争流血（洗），社会是不得好的。

3. 今后斗争还多着呢——世界状况可知（国外国内）。

4. 世界光明就赖我们努力。

5. 我们不可欺人自欺，应当承认自己有毛病，工作有须改进之点而努力改进。

6. 埋头苦干争取胜利（这样来纪念我们的光辉节日）！

5月8号

六号接李步新同志信，谓西边可能暂无战事，遂即准备移回牌楼，决定九号实行。

我们在东朱村做了一些工作，使村子上换工组织成为实际的，并为解决耕牛（借农六万元）及口粮问题。村民大为拥动。

故用这个方法——每一区级以上之行政与党，皆当领导一个乡的工作，这办法似可倡行。截至今日，我们的乡以下工作实在还是大嫌不够也。

徐案虽经屡次促其前进，但彼仍是瞻顾不前，令人可恼，观彼为人实将难期成为新世界中之一份子，相反必将为旧时代之忠实孝子贤孙矣。

5月14日

欢迎三师老大哥大会词

一、代表在皖江区党委领导之下的全皖江行政干部和人民，向"咱三哥"致最热烈真实的欢迎。

二、这欢迎，是真实的、充满着无限胜利的、愉快的、希望的。只有在无产阶级政党——共产党领导之下的党政军民是真正团结友爱的，他们具有响应毛主席号召——（五月十七日），组织解放区联合委员会各界人士座谈会。

主席报告开会宗旨（吕）

一、曾政委政府报告

能否打败法西斯这问题，现在解决了。欧洲除西班牙土耳其等国家还存在法西斯外，余皆成为民主国家（如法国、波兰、捷克、芬兰、罗马利亚等）。

这胜利之重大意义与第一次世界大战不同处，是人民得到了解放。

必然无限愉快，小弟也能成家，大哥再帮一把劲，则更将完成它最伟大光辉的任务了。故焉得不愉快。

我们的前程，是胜利，又是奋斗，更须向老大哥学习本领——军事政治以及种种。

二、欧洲胜利从何而来呢？人民为何得到解放呢？

因为有了苏联及其红军之决定作用，为何？自1941年德进攻苏联起，中间英美整整三年未予帮助，皆是苏联单独作战，苏联总共打死伤及俘者是一千二百多万，而自动投降者少，只有一百多万。对英美投降二三百万（以打共为挑拨）。故德之败及欧民之解放，全在于有了苏联强大的力量。四月廿二日红军入柏林，五月七八号德国才无条件投降。

三、联合政府问题

要想中国目前问题及战后问题得到解决，其道路只有组织联合政府的道路，为何？以下三点：

1. 打垮日本，它的力量还相当大。中国是重要的，但国民党反动派打败仗，消极，不民主，永不能胜利的，这样政府的政策、不可能解决中国问题。

要打垮日本，靠国民党现在大银行家买办阶级大地主的政府是不行的。必然靠团结人民建立一个各党各派的联合政府。即使现在打垮了日本，若无新的政府，则中国还是不可能富强起来。联合政府离不开共产党。

2. 联合政府能不能实现的问题——可以的。（1）国际上有利的，联美英是一定团结和平的，此外是全世界人民的力量。（2）中国自己的条件也好了——全国的民主运动高潮，及全国解放区19个，占十九省，人口一万万，人民武装，正规91万——国〈民〉党150万，我们民兵二百多万）。（3）联合政府的政策，纲领：①既非资产阶级政府，也不是苏联的民主政府，乃是全中国之统一战线的民主政府。②联邦性质的政府，民主集中的机构，各阶级利益共同的纲领。③是资本主义发展的国家，国家、私人及合作社式的经济发展。④武力真正成为国家武力，大家交出武力给联合政府。

四、如何使临时联合政府实现

1. 共产党全部力量集中奋斗，团结联合全国人民而奋斗。

2. 成立解放区联合委员会，召开代表大会于延安，是推动中国民主的任务。其作用：①推动全国人民；②各根据地工作必大进步；③加强准备反攻的有效步骤；④是促成联合政府的大力量，敌后的临时的总的地方政权，为将来联合政府的模型。

5月18日

座谈会意见

1. 王荣春：一定要联合委员会，因蒋死不觉悟，并应联络敌后沦陷区大后方群众同干，如蒋再不干，我们就自干起来。没民主政府，中国不会存在。我是上海工人，北阀［伐］时上海是我们打下来的，蒋不但不感谢，且工人受了屠杀，此因工人没有后台、共产党之正确领导之故也。

2. 潘佑祺：桂顽残暴，国民党黑暗暴虐。组织联合政府及解放区委员会，我极赞成。

3. 陈建钧: 联合政府是天经地义，起死回生解联会之号召，是全中国人民同意，完全合理的。如病，原医是包穿包死，一误再误，万不能任他再干了。蒋是否照办？则自问要否自由？毛主席号召定是努力实行的。我们要团结加强自己力量。

4. 陈四箴：大势潮流是民主，欧洲虽好了，而中国则有两样——黑暗与光照。要求不答，必团结催促他。联合政府之办法最好，先联合解放区是更好的。以它做发动机，并有了力量，外交也能得助。万一再不，则以武力打倒它。怀林区万人要求当前需要组织委员会，拥护毛主席号召，是否组织分会再讨论。

5. 祖田新：没有那人不赞成，委员会代表应是不分阶层的，是否由全体人民选举？

6. 丁聘权：委员会代表产生要快，我意行署委员中推选代表到延安。

7. 何绪友：联委会老百姓都赞成，前方希望收复周大山，顽是败子，我们不干不得了。

8. 钱应全：因民主了，不然国家大事怎能我们知道，我希望民主，解委会组织赞成，民主政府能改善人民生活。

9. 吴少华：民众享受民主之福，说不尽了。团结要紧，有力量，毛号召无人不赞成。到会各代表回去应多提倡，此与民、与国有利之事。

10. 刘寿长（代表工人）：毛〈主席〉意见向来没有错的，毛主席号召一定同意，工人由此民主政府而解放，故解会亦要像这样子，各阶层都受益，即把这政府作联合政府很好。

11. 向雪堂：内忧外患相逼而来，故组织联合政府是迫不及待的。大后方挂羊头卖狗肉，西方虽光明了，东方日本还有力，而大后方这样坏，打垮日本并非易事。期远来不及了，全国人无不一样心理，只有打电报供给意见了。中国是汉、满、蒙、回、藏、苗、瑶等，是大众的，非公忠体国者不能当，虽毛之号召，实乃百姓之意也。故绝无不赞成的，恐怕不成功，不必。自大违民意者必不成功。项羽盖世英雄，残暴，故不成功，虚委独裁必遭溃灭的。蒋不悔悟，只为莫穷之续耳。事成在我，无须仰他鼻息，联政府及解委会非成不可。

12. 周新武：四项诺言（廿六年九月廿二日）三民主义是中国必需，本党愿为其实现奋斗，工农红军改编为国民革命军，放弃推翻国民党政府的政策，停止暴动，停止没收土地的政策。

5月19日

行委会参驻会联席会议报告大纲

一、三月来的斗争概况

1. 临江的反扫荡（正月初二日），张君武被俘，白茆洲损失。2. 湖东顽敌进攻，其经过及暴行，湖东、无为的备战。3. 皖南自卫战与反扫荡。顽192师，挺二队勾结伪川144师，七日为我击败。4. 贵池反顽斗争，桐西桂顽败。5. 和含自卫战与反扫荡（4.29），刘逆子清604人配合顽扫荡，樊村27、杀2、抢粮巨（4万斤）。6. 江全斗争胜利、收石村庙等。

二、地区发展

1. 皖南后三个据点、两个区。2. 东满新辟8个区。3. 江全地区收复（二师配合）。

三、目前情形

1. 独立旅护境——巩固。2. 打蝗工作。3. 禁烟工作。4. 农贷工作。5. 优抗，民伕，公粮工作。6. 救济工作（湖东）。

四、四、五、六月份中心任务

1. 备战。2. 春耕——加强生产，物质力量。3. 训练干部——整风，联中。4. 提高技术。

五、提案讨论

救济情形

1. 湖东——被焚

尚 235 户、关 17 户、槐 4 户、共 256 户。

赈济——竹草——89000 斤——3 人——80 竹，19855 斤米——每人 15—30 斤，款——共计 262836 万元。

募款 39.8856 万元、米 19810 斤、草 15000 斤、款存 130000 元。

米透 45 斤、竹透 65985 斤、两比透支 265910 元。

2. 无为募款 220000 元、米 10 担。

3. 临江（无复信）。

6 月 3 号

财经问题研究参考材料

一、贸易金融

第一部分——贸易金融之特点

贸易金融工作基本特点，就是与敌人争夺物质与纸币发行权。今天是敌人占领城市，我占领农村，敌需要我农村物质，我需要敌人城市物质，两非需要不可，但两都不愿给，就在这种矛盾与一定情形之下，进行贸易斗争。

关于金融方面，同样是敌不用我之纸币，我不用敌之纸币，但纸币是购买物质的工具，正因双方购买物质，必须一种纸币来代替，要解决这问题，主要的斗争还是贸易工作，因为贸易工作是控制物质和争取物质的，它是坚持敌后战争胜利主要条件之一。如果把贸易工作认为单纯的盈利的财政观点解决财政一部分支付，这是错误的。

我们的物质，以自己需要为主，自己需要而有余之物品，应去换取敌人物品供自己必需之用，为了供给我解放区物质而有余去争取敌人战争工业品进来，不仅控制我们物质，更进一步发展群众生产运动。增加解放区物质，如果仅仅控制物质，而没有多余的物品，也不能换取敌之战争工业品。如果仅有物质剩余而不能进行贸易管理，则多余物质听其自满，亦不能换取敌之战争工业品。贸易管理与群众生产运动，是互相关联的。

国民党贸易统治与我不同，他是为了大地主、大资产阶级超额利润，利用战争名义实行统治以饱私囊，并不以限制发行纸币弥补财政赤字，而以发国难财为目的！

同时，我们贸易金融斗争也不同于陕甘宁边区。在那里，今天是群众生产及机关部队公营生产运动已有很大的规模，自足自给经济基础已经建立，贸易工作主要是为了集中组织与调剂生产与消费之间的关系。虽然在一定程度上仍须对国民党的封锁破坏做斗争，但是服从于组织与调剂的方针，而金融政策则以调剂金融市场，帮助生产为其主要的任务，虽然也要与国民党破坏边币的特务活动作斗争，但也是服从于调剂市场与帮助生产的，他主要是对内，也对外，但对外是服从对内的。我们主要是对外，争取敌人物质的。

我们过去贸易机关，多半为赚钱或采买机关，把它单纯化起来。但怎样争取敌人物质与根据地经济的联系，这一观点是很缺乏的。另一种观点，过早强调对内调剂市场，只顾及群众，而忽视军队为战争服务的观点。这两种偏向，以第一种为最普遍。

第二部分——贸易金融工作的历史

贸易工作历史，由 1942 年开始。从前争取物质是由货检处来做。当时货检多半做保护关税作用。禁止粮食牛出口，但群众粮食登场是要卖的，而且向高价地方去卖。当时群众未组织起来，只是我们货检处采取行政办法。武装缉私，禁止出口，利用各种人，提奖百分之三十。鼓励打资敌。这一方法在群众未组织起来时是可以采用的。这一方法当时与群众现实利益是对立的，而是强制的办法，但与根据地整个的利益是有好处的。以后游击区建立了灰色政权，就采取粮食登记办法，使边区人民到内地购粮食吃，这是第一步。

第二步是在政权建立下层机构与组织以后。进行登记各乡粮食人口、粮食流通，乡到乡，区到区，县到县，均有证明书。这一办法比较具体。同时武装缉私队以积极的办法。袭击边区敌粮食，也取得了一些效果。

第三步，在根据地减租以后，农民粮食够吃了，而人民粮食有多余的，就须准他卖。从前是粮食不够供给，就须禁止，但后来因粮食出口，敌人就把粮价压低了。我们采取办法，事先把群众组织好，将出口粮食登记起来，在几天内以突击的办法。在粮价高的地方出口，到粮价低了时，又禁止出口。因为粮食关联群众最广泛，我们采取斗争的方式也是最复杂的。

保护关税基本政策是：关于军用品与农业生产品禁止出口，如硝牛等，必须有多的，然后准其出口。鼓励工业必需品进口，也鼓励付［副］产品出口，但有许多消耗品限制其进口，具体表现于货检税率表上面，有的免税进口，有的高税进口，多余的推销出口，主要看具体物品而规定税率。高税率一级百分之十五以上，中税率为百分之十以上，低百分之五以上。同时税率要看当时情形而转化，例如鼓励土布要刺激纺织业，进口布征税就要提高；为了相当刺激手工业发展，就须禁止油粮出口，只准油出口。例如有的地方自己无香烟代替，税率定得很高，结果香烟走私很厉害，许多地区就碰了许多钉子。

金融贸易的经验训教

一、我们全部金融贸易工作（保护关税在内）说明我们与敌进行经济金融斗争。主要在于首先控制自己主要的物质，才能进行斗争，最主要的物质是粮食，其次是油、盐、棉等特产。粮食是关系全解放区人民的生活，是关系最大而最复杂的群众性的工作。盐的产量虽大但生产集中，管理较粮食容易。棉是部分地区的产物，当然控制这些东西意义亦大，然较之粮食的群众性及对贸易的主要性来讲，要次一步。在着手及进展的程序及力量的配备来讲，是以粮食为主。

在控制的方式过程来讲，是以保护关税方式为其序幕，然后与贸易管理、金融斗争三者分头进行，而最后趋于三位一体和一致。贸易管理本身方法则有统制出口、管理出口及自由出口三种，另辅以与商人同处于平等地位经营。

金融斗争本身则是经过：运用法币打击伪币，同时建立并巩固抗币的阵地。辅助法币斗争，以准备全面排斥法币，抗币独立。今天在法币流通性讲，他是辅币，但他本身有其独立性。

二、我们的金融贸易工作是以对敌伪斗争为主，争取敌区物质，保护我区物资，打击伪币，以保证坚持敌后战争的胜利，造成发展有利条件。这是五年来斗争所证明的，但这些斗争是各个军区被分割的局面下单独作战而进行的。但经验说明，只要我们能首先控制最主要的物资粮食，在争取物资进口及进行物价斗争（虽然是局部很小的收获）是可以获得成绩的。如我们不能控制粮食而代以次要容易控制的物资如盐，则斗争虽然部分胜利，但其结果在金融上是会失败的，则物价上涨财政支付加大，人民生活困难。所以群众的粮食走私出口是我们失败主要原因，由于粮食未被控制。

三、根据地巩固与打通交通，群众生产互助运动开展，运销合作运动开展，解决群众生产的运销。如原料的调剂以有易无。军区与军区间之调剂，统一对外步骤，并进一步与群众生产互助，运输与合作结合。并改造商业，组织运销，使我们的斗争真正为基本群众服务。今后对内组织调剂的作用，要提高与对敌斗争并重的地位。并帮助群众生产，目的也更加强对敌斗争，在这一要求下，配合今天的印刷条件，发行统一本位抗币，与各军区的抗币同价流通于市场，已成为重要工作。

四、配合目前政治形势，对外贸易管理工作，与城市工作，及政治上争取与中上层人士联络工作，应有密切的联系。应争取其配合，打通对外贸易的上层关系，更有利于我争取敌区物质进口而逐渐转变我们对外贸易的被动。

五、贸易工作的财政任务完成，只有正确执行贸易金融政策不犯错误，才能不与民争利，不妨碍群众生产，而为财政经济打基础，完成将来财政更大的任务。照顾今天，也要照顾明天，单纯的贸易管理的财政观点，是救一时之急，贻害却很大的。

6月19日

优抗工作报告

一、优的对象

1. 本地抗属；2. 外来抗属；3. 烈士家属；4. 荣誉军人；5. 收验及抚恤；6. 职员家属津贴。

二、优的方法

1. 优抗稻；2. 募款募地；3. 代耕包耕；4. 公家粮草被服之供给；5. 工厂做工。

三、现象

1. 平均观念，寄生思想；2. 特殊份子的地位；3. 大吃喝、赌，卖耕牛；4. 瞒产，夺地权（佃权）；5. 不出粮赋伕差；6. 打骂公务员；7. 固定的担架（荣军）；8. 包打官司；9. 募捐中的胁迫；10. 函招家属来根据地（外县战士们）。

四、办法

1. 反对平均寄生思想——开会教育批评（以抗属教育抗属）；2. 确定方针——从解决其本身的生产来干优抗（口说不能过活，细研究能过活）；3. 加强抗属组织及管理——乡级拥委会，区级民教区员或付［副］区员，县民政科长或付［副］科长；4. 配给土地；5. 荣军教养所——部队办；6. 收验抚恤——部队办；7. 职员家属津贴，现在很多，要制定规章加以严格限制。

关于本年分季的财政任务

一、四五月起部队经常费，一万万元。

二、七月——十二月，要廿万万元。

1. 经常费，六万万。2. 冬衣布，三万万二千万。3. 兵工等，十万万八千万。

三、来源——过去半年情形

1. 货检，四五月份，每仅七千万，上半年收三万万，减少一半。2. 贸易，不景气。3. 粮食，混乱，冻结，取不到。4. 地方税，亦受损失。5. 烟苗罚金，去年占 1/4，现不到一万万元，即 1/20。地方税——已完成一万万二千万（烟）。契税——无为二千万，湖东一千万，临江三千万，和含三千五百万，皖南两千五百万，共一万万二千万。营业税——总的五千万（六个月）。粮——五万万，货检——七万万三千万，地税——二万万七千万元，生产——一万万，贸易——四万万。和含及皖南要自给自足。

除上开源外，即在于节流，制度宽松。

今后最要紧的是用贸易来解决财政问题，要来完成二万匹布的任务。

粮食运用——粮食运用观念不够，次为粮食管理办法不好。最近对粮食调度之要求——四百万斤在二个半月内交出，以存粮为主，上芒次之。

无为 20.0 万斤（3.0—4.50 万斤），临江 100 麦、100 米（东），50 麦、50 米（南）。

货检，每月完成一万万五千万，无为六千万，临江二万万，半年六个单位收七万万三千万。

关于粮赋征收保管（未）

一、一齐造新册。

二、求公平（以收量为准）。

三、边区先齐收（设站转运）。

四、中心区一年两季，分等征收，以村集中，供吃；选串公法依旧可行，征收稻或米来，看情形而定。

五、设临时粮站，在战时办理，平时不设，掌握在区乡。

六、管保在自然村，但以小村及辟路，群众工作差的，以大户为宜，否则基本群众亦可保管。保管义务要有一定责任，亦应有权利（免伕似未可行）。

七、公粮券——行政干部之对粮不负责，是思想上的不妥。

粮的支付，可分为吃粮及卖粮，区下命令者：

1. 粮券上应填明日期，到期作废；2. 不准买卖；3. 不准军民直接支付；4. 贸易不收粮券；5. 军队每月造粮食预算，由县级以上政府，划定地区向下面去领；6. 满动部队，带粮券，饭票，或给钱去买；7. 行政人员，亦带伙食费。

6 月 25 日　生活大事记

中历	西历	年岁	大事记
元年	1912	10	小学读书
二	1913	11	小学读书
三	1914	12	小学读书
四	1915	13	小学毕业
五	1916	14	在家
六	1917	15	春入安庆一农
七	1918	16	在学
八	1919	17	在学
九	1920	18	夏一农毕业
十	1921	19	小学教书
十一	1922	20	秋入农大，冬父殁

十二　1923　21　在学

十三　1924　22　在学，正月结婚

十四　1925　23　在学

十五　1926　24　秋毕业，入国〈民〉党，冬归

十六　1927　25　春无中〈学〉教书，夏无为政变，夏秋在逃，冬归，长中学

十七　1928　26　夏，辞中学校长，秋冬办党

十八　1929　27　春，供职安庆农林场，秋冬闲，赴沪医病

十九　1930　28　春，长中学，建校运动

廿　1931　29　夏，止校长，秋冬闲（官事）（赔当运动）

廿一　1932　30　贵池乡师教书一年

廿二　1933　31　南宿州教书一年

廿三　1934　32　春夏芜二职，秋冬病

廿四　1935　33　春夏安庆棉蚕场，秋冬任县建设科长

廿五　1936　34　春夏闲，安庆训合作，秋冬大罗山

廿六　1937　35　秋南昌，春大罗山，冬归

廿七　1938　36　春夏在韦部，秋任胡秘，十一月母殁

廿八　1939　37　春夏在家，秋冬赴立

廿九　1940　38　春赴路东，参军

三十　1941　39　春归，五月在无为县

卅一　1942　40　秋初成立行署，〈任行署主任〉，

入党

卅二　1943　41　（元旦夏历入党）五月不兼县职

卅三　1944　42　任〈皖中〉行署主任

卅四　1945　43　春，改为皖江行署，〈任行署主任〉

以上是我的生活大事记。